近現代報刊詞話彙編

三

朱崇才 編纂

人民文学出版社

國家出版基金項目
NATIONAL PUBLICATION FOUNDATION

愛蓮軒詞話

林子和

《愛蓮軒詞話》一五則，載上海《新世界》一九二二年八月一二日；上海《小說日報》一九二三年一月一五日起，迄二月一日。署『林子和』。今據此迻錄，去其重複，得一六則。原無序號、小標題，今酌加。

愛蓮軒詞話目錄

愛蓮軒詞話

一　不可爲聲譜所縛

凡填詞，不可爲聲譜所縛。須貫通融會，入其中而出其外，斯爲美善。若泥於詞譜，反覺牽强。唐後主所爲詞，其善於融會，而不爲譜所限者也。其〔浪淘沙〕云：『簾外雨潺潺。春意闌珊。羅襟不奈五更寒。夢裡不知身是客，一向貪歡。　　獨自莫憑欄。無限江山。别時容易見時難。流水落花春去也，天上人間。』讀此詞流暢自然，誠佳作也。

二　王微修〔天仙子〕

女子工詞者，代有其人，然求其纏綿跌宕、抑揚備至者，甚難。余嘗誦王微修〔天仙子〕一詞，其氣慨似唐後主，而婉轉過之，誠不可多得之作。其詞云：『煙水蘆花愁一片。個中消息難分辨。舉杯邀月不成三，君不見。儂可見。伊人獨與寒燈面。　　欲寄封箋情有限。除非做本相思傳。幾回擲筆費成吟，君也念。儂也念。霜斷曉路雞聲店。』

三　蘇軾戲僧詞

蘇東坡守錢塘，西湖無日不有其足迹。嘗携妓謁大通禪師，大通慍甚，形於顔色。東坡因作〔南歌子〕一闋，令妓歌之，而大通亦無可奈何也。詞曰：『師唱誰家曲，宗風嗣阿誰。借君拍板與門槌。我也逢場作戲、莫相疑。　溪女方偷眼，山僧莫眨眉。却愁彌勒下生遲。不見老婆三五、少年時。』

上海《新世界》一九二二年八月一二日

四　詞體創演

自《國風》息而樂府興，樂府微而歌詞作，其始非有成律以範之，特以抑揚之音，短修之節，以合歌者口吻而已。至六朝，聲詩漸降爲長短句，潛啓其意，迄於隋唐，而詞體乃創。五代繼其隆軌，逮於宋初，尤沿勿變。迨大晟設官，宫調迺備。而周美成諸人，復增演爲慢、曲、引、近。或移宫换羽，爲三犯、四犯之曲。按月令爲之，詞旨遂繁，亦自此而精密。

五　詞賦之祖

屈子〈離騷經〉，叙古舒情，如嫠婦[一]夜泣，洵爲詞賦之祖。學倚聲[二]者，不可不先讀之。

六　周美成渾厚和雅

周美成負一代詞名，所作詞渾厚和雅，善於融化，如〔六醜〕〈詠薔薇謝後〉云：『正單衣試酒，恨客裏、光陰虛擲。願春暫留，春歸如過翼。一去無迹。爲問花何在，每來風雨，葬楚宫傾國。釵[三]鈿墮處遺香澤。亂點桃蹊，輕翻柳陌。多情爲誰追惜。但蜂媒蝶使，時叩窗隔。東園岑寂。漸朦朧暗碧。靜繞[四]珍叢底，成嘆息。長條故惹行客。似牽衣待話，兩情無極。殘英小、强簪巾[五]幘。終不似、一朵釵頭顫裊，向人欹側。飄流處、莫趁潮汐。恐斷鴻、尚有相思字，何由見得。』

〔一〕嫠婦，原作『婺婦』。
〔二〕倚聲，原作『綺聲』。
〔三〕釵，原作『叙』，據《全宋詞》改。
〔四〕繞，原作『裏』，據《全宋詞》改。
〔五〕巾，原作『市』，據《全宋詞》改。

七　杏花春雨江南

虞邵庵先生在翰林時，有〔風入松〕詞云：『畫堂紅袖倚清酣[一]。華髮不勝簪。幾回晚直金鑾殿，東風軟、花裏停驂。書詔許傳宮燭，輕羅初試朝衫。　御溝冰泮水挼藍。飛燕語呢喃。重重簾幕寒猶至，憑誰寄、銀字泥緘。報道先生歸也，杏花春雨江南。』此詞卽其七絕詩，『屏風圍坐鬢毿毿，銀燭燒殘照暮酣。京國多年情盡改，忽聽春雨憶江南。』一首意也，但簡繁不同爾。當時教坊[二]多織此詞帕中。其貴重如此。張重舉詞有句云，『但留意、江南杏花春雨，和淚在羅帕』，蓋指此也。

上海《小説日報》一九二三年一月一五日

八　王次回〈閨情〉

王次回以香奩體見稱於世。舊於扇頭書〔浪淘沙〕〈閨情〉三首云：『幾日病淹煎[三]。昨夜遲眠。强移心緒鏡臺前。雙鬟淡煙低髻滑，自也生憐。　不貼翠花鈿。懶易衣鮮。碧油衫子襯

[一] 酣，原作『甜』，據《全金元詞》改。
[二] 教坊，原作『機坊』。
[三] 病淹煎，原作『淹病煎』。

紅邊。爲怯遊人如蟻擁，故揀陰天。』其二云：『疏雨滴青簾[一]，花壓重檐。繡幃[二]人倦思懨懨。昨夜春寒眠未足，莫捲湘簾。　羅袖護摻摻。怕拂粧奩。獸爐香倩侍兒添。爲甚雙蛾長翠鎖，自也憎嫌。』其三云：『斜倚鏡台前。長歎無言。菱花蝕彩個人蔫。吩咐侍兒收拾去，莫拭紅綿。　滿砌小榆錢。難買春還。若爲留住艶陽天。人去更兼春去也，煩惱無邊。』才致如此，眞所謂却扇一顧，傾城無色矣。

九　楊香玉

楊香玉[三]者，金陵娼家女也，年纔十五，性爱讀書，鄙與俗偶，豪貴慕之，雖千金不能得其一盼。閩中林景清，年少而有才情，嘗薄游金陵，與奴邵三狎，三乃香玉姊也。景清以三爲介，訪香玉於紅闈。一見交歡，兩情無間。數月後，景清將歸，玉泫然曰：『君歸，勢不可從，但誓潔身以待，并令此軒無他人之迹。』景清感其言，與之引臂盟約，期不相負。遂以『一清』名其居，兼製〔鷓鴣天〕詞留别。詞云：『八字嬌娥恨不開。陽臺今作望夫台。月方好處人將别，潮未平時僕已催。　聽聲付，莫疑猜。蓬壺有路夫還來。毵毵一樹垂楊柳，休傍他人門户栽。』香玉亦塡〔鷓鴣天〕[四]

〔一〕簾，原作『籙』，據《小檀欒室閨秀詞鈔》卷一〇改。
〔二〕幃，原作『緯』，據《小檀欒室閨秀詞鈔》卷一〇改。
〔三〕香玉，原作『玉香』，據下文乙。
〔四〕鷓鴣天，原作『鴣鷓天』。

一闋報之。詞云：『郎是閩南第一流。胸蟠星斗氣横秋。新詞宛轉歌纔畢，又遂征鴻下翠樓。開錦纜，上銀舟。見郎歡喜别郎憂。妾心正似長江水，晝夜隨郎到福州。』景清去後，香玉思之成疾，不久遂卒。

一〇　髑髏詞

蘇東坡嘗作〈女髑髏贊〉，其後遥山大慧師宗杲[一]，亦作〈半面女髑髏贊〉，吴文英因賦〔思佳客〕云：『釵燕攏雲睡起時。隔墻折得杏花枝。青春半面粧如畫，細雨三更花欲飛。輕[二]愛别，舊相知。斷腸青塚幾斜暉。亂紅一任風吹起，结習空時不點衣。』

上海《小説日報》一九二三年一月一六日

一一　廻文難工

詞句廻文甚難，非不能也，以其難工也。嘗見葉小紈〔菩薩蠻〕〈咏暮春〉，及沈靜專〈咏春曉〉廻文詞，二者雖非絶響，然已無瑕矣。〈暮春〉云：『柳絲迷碧凝煙瘦。瘦煙凝碧迷絲柳。春暮屬愁人。人愁屬暮春。雨晴飛舞絮。絮舞飛晴雨。腸斷欲黄昏。昏黄欲斷腸。』〈春曉〉云：『曉花流露春風少。少風春露流花曉。輕燕掠波平。平波掠燕輕。緑陰簾控玉。玉控簾

[一] 宗杲，原作『宗果』。

[二] 輕，原作『情輕』，據《全宋詞》删。

陰綠。驚夢奈深情。情深奈夢驚。』綜觀二詞，〈春曉〉似覺顧盼自然，暢無所滯，較勝於〈暮春〉矣。

一二　斷橋〔風入松〕

淳熙間，一日御舟經斷橋，橋旁有酒肆，頗雅潔。肆中設素屏，書〔風入松〕一詞於上，詞曰：『一春長費買花錢。日日醉湖邊。玉人慣識西湖路，驕嘶過、沽酒樓前。紅杏香中歌舞，綠楊影裏秋千。　暖風十里麗人天。花壓鬢雲偏。畫船載取春歸去，餘情付、湖水湖煙。明日重携殘酒，來尋陌上花鈿。』帝注目稱賞久之。問爲誰作，肆主人以大學士俞國寶醉筆對。帝笑曰：『此詞甚好，但末句未免儒酸。』因爲改定云：『明日重携殘醉。』則迥不同矣。

上海《小説日報》一九二三年一月三〇日

一三　黃韻珊尤饒情韻

海鹽黃韻珊先生，才思横溢，《茂陵絃》、《帝女花》、《凌波影》等院本，均傳誦一時，詞亦工雅。其〔浪淘沙〕一闋，尤饒情韻。詞云：『秋意入芭蕉。不雨瀟瀟。閒庭如此好良宵。月自纏綿花自媚，人自無聊。　别恨幾時銷。認取紅綃。鳳箏音苦鴈書遙。醒着欲眠眠着醒，燈也心焦。』

一四　何籀〔宴清都〕所本

何籀〔宴清都〕詞，有『天遠。水遠。山遠。人遠』之句，一時號爲『何四遠』。然前有宋景文出知壽春，過維揚[一]，賦〔浪淘沙近〕，留别劉原父[二]文云：『少年不管[三]。流光如箭。因循不覺韶華换。到如今、始惜月滿花滿酒滿。　扁舟欲解垂楊岸。尚同歡宴。日斜歌闋將分散。倚闌橈、望水遠天遠人遠。』觀此，則何籀蓋本此也。

一五　趙子昂與管夫人

趙子昂嘗欲置妾，以小詞調管夫人云：『我爲學士，你作夫人。豈不聞，陶學士有桃根桃葉，蘇學士有暮雨朝雲。我便多娶幾個吴姬越女，有何過分。你年紀已過六旬，只管占住玉堂春。』夫人答云：『你儂我儂，忒煞情多。情多處，熱似火。把一塊泥，捻一個你，塑一個我。將我兩個，一齊打破。用水調和，再捻一個你，再塑一個我。我泥中有你，你泥中有我。與你生同一個衾，死同一個槨。』此詞對答極妙，因録之。

〔一〕過維揚，原作『過雜揚』，據《能改齋漫録》卷一七改。

〔二〕父，原作『文』，據《能改齋漫録》卷一七改。

〔三〕少年不管，原作『小年不管』，據《能改齋漫録》卷一七改。

一六　『寄與』與『寄取』

石林詞『誰採蘋花寄與。又悵望、蘭舟容與』，或以爲重韻，遂改『寄與』爲『寄取』，殊乏義理。蓋容與之『與』，自音『預』，乃去聲也。楊子雲〈河東賦〉云：『靈輿安步，風流容與。』其註：爲天子之容服而安豫。又《漢·禮樂》注云：練時日[二]，淡容與。其注則爲安閒。二注均去聲。則『寄與』與『容與』，非重韻可知。又惡能改之爲『寄取』。況『寄取』又不及『寄與』之佳乎。

上海《小説日報》一九二三年二月一日

[二] 日，原作『曰』，據《前漢書》卷二二改。

海棠香夢館詞話

朱婉貞

《海棠香夢館詞話》一則，載上海《快活》一九二二年一二月第三六期，署『朱婉貞女士』。今據此迻録。原無序號、小標題，今酌加。

海棠香夢館詞話

海棠香夢館詞話

一　馮愓厂〔滿江紅〕

重九後一日，爲焦溪承月坡先生七十壽辰，徵文海內，一時名作雖多，終嫌膚廓不稱，惟余問字師馮愓厂先生所填〔滿江紅〕一闋，爲恰稱分際。猶憶其詞曰：『籬下黄花，纔過了、登高佳節。携螯酒、祝公純嘏，康彊七秩。舊業巾箱傳奕禩，清門累世稱通德。更栽培、桃李滿春風，多英傑。詩吟遍，樓前月。書讀遍，窗前雪。早蜚聲黌宫，望隆辯席。雀鼠隱消鄉里訟，冰霜久鍊神仙骨。問年來、銅狄幾摩挲，滄桑説。』

上海《快活》一九二二年一二月第三六期

詩餘管窺

毛翼雄

《詩餘管窺》五則，載杭州《浙江公立法政專門學校季刊》一九二三年八月一日創刊號，署『毛翼雄』。今據此迻錄。原無序號、小標題，今酌加。

詩餘管窺

詩餘管窺

一　詞曰詩餘

詞者，意內言外之謂也。古詩微而有律，律微而有詞。故詞曰詩餘。其先爲小令，如沈佺期之〔回波詞〕、楊太真之〔阿那曲〕、李白之〔清平調〕、韓翃之〔章台柳〕、張志和之〔漁歌子〕，皆五六七言絕句，去詩未遠，且皆草[一]調。李白〔憶秦娥〕分二疊，至白居易之〔長相思〕繼之，而雙調大行，以後且有三疊、四疊者。《尊前集》載唐莊[二]宗〔歌頭〕一首，凡一百三十六字，實爲長調之祖，惜不能佳耳。

二　詞律

詞凡八百二十六調，二千三百六體，然尚不能盡。萬樹《詞律》爲卷二十，爲調六百六十，爲

〔一〕草，疑應作『平』。

〔二〕莊，原作『壯』。

體一千一百八十有奇，雖謂尚備，仍多舛誤。如〔粉蝶兒〕、惜奴嬌，原係兩體，因其字數稍同，起句略似，遂誤爲一體。然較張南湖《詩餘圖譜》及程明善《嘯餘譜》，則有過之。

三　作詞之難

李笠翁謂，作詞之難，難於上不似詩，下不類曲，不淄不磷，立於二者之中。此誠笠翁盡出底蘊以公世，幾於暗室一燈，真可謂大公無我。但有名則爲調，而按其聲律，考其體段，則又儼然一詩，欲覓相去之垠，而不可得者。如〔生查子〕前後二段，與兩首五言絶句何異；〔小秦王〕、〔清平調〕、〔八拍蠻〕、〔阿那曲〕，與一首七言絶句何異。〔字字雙〕亦與七言絶句同，只有每句疊一字之别。凡作此種詞，尤不易下筆。肖詩既不可，欲不肖詩又不能。昔日詞變爲詩，殆從此數調起。

四　詩詞曲之界

毛穉黄評詩詞曲之界甚嚴，微笠翁不能深辨。余謂詩語可入詞，詞語不可入詩；詞語可入曲，曲語不可入詞。總之以高而下爲善。

五　取法於古

詞固宜取法於古，然古亦未嘗無瑕瑜並見處。如唐人〔菩薩蠻〕云：『牡丹滴露真珠顆。佳人折向庭前過。含笑問檀郎。花强妾貌强。　檀郎故相惱。只道花枝好。一面發嬌嗔。碎挼花打人。』余謂此娼妓之態，非閨閣麗人之容。揉碎花枝，是何等不韻事；挼花打人，是何等暴戾之舉動。况『打人』字樣，幾於俗殺，尚有何幽雅之可言，尚有何溫柔之可説。陳後主〔一斛珠〕詞有云：『繡牀[一]斜倚嬌無那。爛嚼紅絨，笑向檀郎唾。』此詞膾炙人口者久矣。余謂，此梨園花面之醜態，倚門賣笑之人腔調。爛嚼紅絨以唾檀郎，與倚門唾棗核以調路人者，相去幾稀。而後人讀詞者，復傳爲韻事，謬也。

杭州《浙江公立法政專門學校季刊》一九二三年八月一日創刊號

[一] 牀，原作『狀』，據《全唐五代詞》改。

化之説詞

李萬育

《化之説詞》三則，載南京東南大學南京高師國學研究會《國學叢刊》一九二三年九月第一卷第三期，題『説詞』，署『李萬育化之』。文末注『未完』，待考。今據此逐錄，改題《化之説詞》。原有序號、小標題，今仍之。

化之説詞

李萬育　化之説詞

化之說詞

一　詞之緣起

有韻之文，昉自《唐》、《虞》、《風》、《雅》、《三百》，成於周代，禮以是興，樂以是和，固非僅觀風察政之具也。殆夫聘問歌頌，不行於列國，學詩之士，逸在布衣，而賢人失志之賦作矣。《漢書》〈詩賦略〉秦焚典籍，禮樂崩壞，漢初制取紹復，而樂府之體始備。唐代倚聲，開後承前，其淵源所自，古今學者所見不同，其言各異。

《朱子語類》〈論詩篇〉曰：『古樂府只是詩，中間却添許多泛聲。後來怕失了泛聲，逐一添个實字，遂成長短句，今曲子便是。』《全唐詩》〈附錄〉曰：『唐人樂府，原用律絕等詩，雜和聲歌之。其并和聲作實字，長短其句以就曲拍者，爲塡詞。』

汪《詞綜》〈序〉曰：『自有詩，而長短句寓焉。……自古詩變爲近體，而五七言絕句傳與伶官樂部，長短句無所依，則不得不更爲詞。開元盛日，王之渙[一]、高適、王昌齡詩句流播旗亭，而李白

[一] 王之渙，原作『王之煥』。

〔菩薩蠻〕亦被之歌曲……古詩之於樂府，近體之於詞，分鑣并馳，非有先後，謂詩降爲詞，殆非通論。』

《歌曲源流》曰：『開元天寶中，才士始依樂工按拍之樂，被之以詞，其句之長短，各隨曲而度。』徐師曾《詩體明辯》曰：『自樂府散亡，唐李白始作〔清平調〕、〔憶秦娥〕、〔菩薩蠻〕諸詞，時因效之。』俞樾《詞律》〈序〉曰：『《唐書》〈藝文志〉經部樂部，有崔令欽《教坊記》一卷，其書羅列曲調之名，自〔獻天花〕，至〔同心結〕，凡三百三十有五，而今詞家所傳小令，如〔南歌子〕、〔浪淘沙〕，長調〔蘭陵王〕、〔入陣樂〕，其名具在焉。〈唐志〉列之樂類，以此知今之詞，古之樂也。』張惠言《詞選》〈序〉曰：『詞者，蓋出唐之詩人，採樂府之音，以制新律，因繫之詞，故曰詞。』

蓋齊梁以來，樂府之音節已亡，一時君臣喜翻新調，及至唐人，以詩入樂，七言絕律，皆付樂章。玄、肅之間，詞體更定，實即樂府之嗣響。或者不察，欲實詩餘之名，故嫌臆斷，而斥爲絕非同科，亦屬偏詞也。

二　詞之濫觴

徐炬《事物原始》[一]曰：『詞始於李太白〔菩薩蠻〕等作，乃後世倚聲塡詞之祖。』趙璘《因話錄》曰：『唐初柳范有〔江南折桂令〕。』

〔一〕事物原始，原作『事物始原』，據《四庫全書總目》卷一三八乙。

或曰，詞始於隋。韓偓《海山記》所云，隋煬帝泛東湖之〈湖上〉八闋是也。其有疑此爲僞託者，則侯夫人之『一點春』，固明明隋宮之〈看梅〉曲也。

或曰，不然，始於蕭梁。梁武帝〈江南弄〉七首，沈約〈六憶〉詩四首，各字句相同，詞以塡成，此其嚆矢也。且〈江南弄〉七首，六首平韻，而〈採蓮曲〉一首用入聲韻，〈六憶〉詩四首，三首平韻，而『憶食時』一首用入聲韻，則又後人小令〈柳梢青〉〔一〕、〈憶秦娥〉〔二〕，慢詞〈百字令〉、〈滿江紅〉等詞，平入通叶之所本也。

或又曰，先於蕭梁者，東晉時有〈女兒子〉、〈休洗紅〉二曲。

劉師培《論文雜記》曰：詞於四始之中，近於比興，《三百篇》多與長短句相符者，如《召南》〈殷其雷〉篇云：『殷其雷，在南山之陽』，三五言調也。《小雅》〈魚麗〉篇云，『魚麗於罶，鱨鯊』，二四言調也。《齊風》〈還〉篇云：『遭我乎猺之間兮，並驅從兩肩兮』，六七言調也。《召南》〈江有汜〉篇云：『不我以，不我以』，疊句調也。《豳風》〈東山〉篇云：『我來自東，零雨其濛；鸛鳴於垤，婦嘆於室』，換韻調也。《召南》〈行露〉篇首章曰：『厭浥行露』，二章曰：『誰謂雀無角』，換頭調也。足證詞曲之源，實爲古詩之別派。

夫穿鑿附會，雖文人之通病，而溯本求源，實爲學之要途，并存上說，一以見涵蓋醞釀之遠，一以見息息相通之致耳。

〔一〕柳梢青，原作『柳梢春』。

〔二〕憶秦娥，原作『憶秦蛾』。

意內而言外，謂之詞。故詞者，低徊要眇，所以道其不言之情也。文小聲哀，辭近旨遠，既非詩之放逸，亦無曲之俗俚。

三　詞之體尚

體必婉約。顧貞觀謂，溫柔秀潤，豔冶清華，詞之正也。奇雄磊落，激昂慷慨，詞之變也。張世文謂，詞體一婉約，辭情蘊藉；一豪放，氣象恢宏。少游婉約，東坡豪放。而東坡稱少游爲今之詞手，後山評東坡如教坊雷大使舞，雖極天下之工，要非本色。柴虎臣亦云：『指取溫柔，詞歸蘊藉。』

文必清靈。張玉田曰：『詞貴清空，勿質實。清空則古雅峭別，質實則凝澀晦昧。』毛稚黃曰：『詞貴開宕，不欲沾滯，忽悲忽喜，忽遠忽近，所爲妙耳。』陳鋭曰：『詞之難工，純以清空出之。務爲典博，則傷質實；多著才語，又近昌狂。』

意欲奇，語欲新，而字欲鍊。毛稚黃曰：『詞家刻意俊語濃色，此三者皆作神明。』又曰：『意欲湛深，語欲渾成。』陸韶曰：『命意貴遠，用字貴便，造語貴精，鍊字貴響。』仲雪亭曰：『作詞用意，須出人意外，用字如在人口頭。創語新，鍊字響。』

故白描不近俗，修飾不太文，生香真色，自然流露。小令則言短意長，而不尖弱；中調則骨肉停勻，而不平板；長調則操縱自如，而不粗率。豪爽中有精緻語，綿婉中有激厲語。沈氏東江曰：『不卑不抗，不觸不悖，驀然而來，悠然而逝，設色雅，搆局變，如驕馬弄[一]銜而欲行，如粲女窺簾而未

[一] 弄，原作『丟』，據《填詞雜説》改。

出。』陳氏子龍曰：『以沈摯之思，而出之淺近，使讀者驟遇之，如在耳目之前，久誦即得雋永之趣；以儇利之詞，而製必工鍊，使篇無累句，句無累字，圓潤明密，言如貫珠。其爲體也婉弱，明珠翠羽猶嫌其重，何況龍鸞，必有鮮妍之姿，而不藉粉澤；其爲境也嫵媚，雖以警露取妍，實貴含蓄不盡，時在低徊唱歎之餘。詞之可貴，如是而已。』

南京《國學叢刊》一九二三年九月第一卷第三期

雙梅花龕詞話

鄭周壽梅

《雙梅花龕詞話》三則，載上海《半月》一九二四年三月五日第三卷第一二號，署『鄭周壽梅』。今據此迻錄。原無序號、小標題，今酌加。

雙梅花龕詞話目錄

雙梅花龕詞話

一　秋海棠詞

秋海棠一種幽豔清韻，絕勝春日紅妝。余手植甚多。一至秋日，窗前牆角，所在皆是。珊珊臨風，殊可人意。復鈔閨秀所詠秋海棠詩詞若干，寫入窗心。余之酷嗜此，亦可見矣。詞錄下。張學雅〔海棠春〕一闋云：『西風吹展胭脂片。愁絕處、睡醒難辨。試捲曉簾看，酒暈楊妃面。　霧龍煙鎖供腸陽斷。花史還嫌秋色淡。故把雨絲飄，染得紅堪翫。』張學典〔蘇幕遮〕一闋云：『嫩舒紅，輕剪翠。拂拭新妝，一種天然媚。淺淺胭脂凝宿醉。力怯憑闌，香夢初驚起。　映殘霞，籠曉霧。嬌態含情，欲語還羞吐。自是月中丹桂侶。一夜金風，吹向瑤臺聚。』學雅、學典，太原人張佚之女。江陰錢榆素〔雨中花〕一闋云：『滿砌溼紅嬌欲滴。似睡起、渾無氣力。看苔蘚籠香，薜蘿擁翠，相映幽姿別。　妒煞曉霞爭豔色。奈暮雨、絲絲如織。想腸斷西風，自憐冷落。未與春相識。』錢唐戴衣仙〔一萼紅〕云：『怪嘑痕。甚無端幻出，寒綠間晴紅。豔影迷離，仙姿綽約，西風認做東風。斜陽外、翩然漫舞，漸輕盈、欲睡眼朦朧。楊柳煙殘，梧桐葉落，蟋蟀堂空。　暗把曲闌偏倚，看檀痕脂暈，無限惺忪。怕染新霜，愛依涼月，愔愔靜掩簾櫳。休更說、春前斷夢，問何人、銀燭夜高籠。且與黃花同醉，莫管征鴻。』

二　鮑茝芬詞

予戚鮑茝芬女史，工於詞。然偶作詩，亦輕倩有情。嘗見示四截云：『月夜初聞玉笛聲，調將豔曲訴衷情。怪他不管人無寐，已盡黄昏到二更。』『明朝又是花朝日，姊妹爭來訂出遊。紫陌紅塵儂最厭，不如獨自上高樓。』『繡鳳初停金綫候，調鸚小倚玉闌時。偶然憶著相思句，卻有閒愁上翠眉。』『三年種得海棠秋，冷露幽閨共寫愁。清茗一杯琴一曲，銀蟾初上上簾鉤。』此種閨情豔體，本可與詞一鼻孔出氣，宜其下語工穩，有如是也。更録茝芬〔浪淘沙〕一闋云：『風雨又成秋。深閉吟樓。本無心事上眉頭。聞説海棠牆角豔，忽動幽愁。　猶記去年遊。小作句留。舅家妹子病綢繆。正是此花舒豔日，離别堪憂。』其世[一]稿名《翠篔簹閣》，佳構頗多，不盡録。

三　放翁〔釵頭鳳〕

《耆舊續聞》云，放翁娶唐氏女，伉儷相得，弗獲於姑。陸出之，未忍絶，爲别館，往焉，姑知而掩之。遂絶。後改適同郡宗室趙士程。春日出遊，相遇於禹迹寺南之沈園。唐語其夫，爲致酒肴。陸悵然賦〔釵頭鳳〕云：『紅酥手。黄縢酒。滿城春色宫牆柳。東風惡。歡情薄。一懷愁緒，幾年離索。錯。錯。錯。　春如舊。人空瘦。淚痕紅浥鮫綃透。桃花落。閒池閣。山盟雖在，錦書難託。莫。莫。莫。』唐見而和之，未幾，怏怏卒。放翁復過沈園，賦詩云：『落日城頭書角哀，沈園

〔一〕世，疑應作『詩』。

非復舊池臺。傷心橋下春波綠，曾見驚鴻照影來。』惜唐和作不可得見。此與逸梅外子之老友徐枕亞與蔡蕊珠夫人事相仿佛。惟唐氏女絕後改適爲不同耳。

上海《半月》一九二四年三月五日第三卷第一二號

學詞大意

傅君劍

《學詞大意》一一則，小序一則，載北京《晨報副刊·藝林旬刊》一九二五年七月三〇日第一一期，署「傅君劍」。今據此迻錄。原無序號、小標題，今酌加。

學詞大意目録

學詞大意

此篇爲傳先生在長沙鷄鳴社之講稿，前面有一小段，因無關本文，今已删去。標點符號亦稍有變更，但未得作者同意，特此道歉。

大杰七月二十

一　詞中門徑

吾湘人士，俱不善填詞，工爲詞者，大率爲江浙人。因詞盛於南宋，其流風遺俗，猶有存也。吾湘王益吾先生，自負宗工，選《湖南六家詞鈔》，刻於思賢書局。六人中，以[一]張雨珊（祖同）之《湘雨樓詞》爲第一，近有全集刻本。王湘綺自謂不能詞，觀其所作，乃絕似其五言古詩，非詞之至者也。自《湖南六家詞鈔》出，湘士始稍有習爲詞者，鄙人亦即聞其風而悅之之一人。當清末，偶

[一] 以，原下衍一『以』字。

隨朋輩率筆倡和，所作亦數百首。迄辛亥光復之役，乃於蘇州識吳瞿安（梅）。吳工爲詞曲，又曉音律，能吹彈，每酒酣，輒曼聲倚笛，歌其所自作諸曲。聽者莫不傾倒，因日與論辯，略知詞中門徑，於是盡棄已作，以爲皆門外漢語也。蓋學詞之難，在於音律，而鄙人於樂之一道，性不相近，非可强致，自是亦不復作。蓋此事千秋無我席矣。

二　詞之爲體

詞之爲體，上不可侵詩，下不可侵曲。〈詩大序〉云：『詩者，志之所之也，在心爲志，發言爲詩。』詩之所云，即志之所在。我之詩，即我之志，故爲詩者，言必由衷。詞則不然，《説文》以『意内而言外』釋『詞』，填詞家沿用之，相率以言掩意，往往言在此而意在彼，寓言十九，不盡由衷。此於詞家，謂之『寄託』。周止庵所謂『讀其篇者，臨淵窺魚，意爲魴鯉，中宵驚電，罔識東西，赤子隨母笑啼，鄉人緣劇喜怒』是也。大抵如溫飛卿等一派之詞，專工此道。其〔菩薩蠻〕諸作，處處説艶情，處處卻有其他之事實。李後主一派則多直寫胸臆，然語亦隱秘，難尋首尾，驟讀但知其哀，而不知其何以哀，以詞中事實，與詞之體制，皆非可以平鋪直叙者也。然試一稔其平生，則十可得其八九矣。詞止於謳吟，曲則兼有表演，伶人謂之唱工做工，故詞密而曲顯。詞止一闋，即一題數闋，亦必同調；曲則雜用諸調，糅合成篇，故詞整而曲散。如《西廂記》、《牡丹亭》、《長生殿》、《桃花扇》諸傳奇，皆曲也。詞往往有不盡之意，曲則無不盡者；又詞有一定字數，不容增減；曲則多有襯字，常有同一調而字數多少不同者，即此故也。

三　學詞之先

學詞之先，宜篤信三事：一、一調有一調之字數、句豆。二、一調有一調之平仄，宋人詞仄聲中之上去，亦有分。三、一調有一調之韻格——格猶言位言次，如文法中之主格賓格，以言字之所居之位之次也。以上三端，皆不容隨意變易者也。欲知其法，須檢《詞律》一書（明人[一]萬紅友著）。《詞律》中，每調之字數、句豆、韻格、平仄，及仄聲中去上有分者，皆一一詳注。初學者，宜奉爲金科玉律也。

四　詞調

詞有單調，有雙調。例如〔憶江南〕，單調也；〔長相思〕則後半與前半同，雙調也。又有小令，有慢詞。唐人只有小令，字數少，如〔蝶戀花〕、〔定風波〕等調，不過六十餘字。宋人始演爲慢詞，慢即曼字，謂曼聲以歌，有引之使長之意。然慢詞之最長者，莫如〔鶯啼序〕一調，亦不過二百四十字。小令之最短者，莫如〔十六字令〕[二]。亦有分五十八字以內爲小令，五十九字至九十字爲中調，九十字以外爲長[三]調者。《詞律》已不用其說。鄙意，不若謂之『令』與『慢』之爲當

[一] 明人，按，紅友爲清人。
[二] 十六字令，原作『十一字令』。
[三] 長，原作『一』。

也。今引例以證如下：

〔憶江南〕——單調　李後主

多少恨，（豆）昨夜夢魂中。（韻）還似舊時遊上苑，（豆）車如流水馬如龍。（叶）花月正春風。（叶）

〔長相思〕——雙調　李後主

雲一窩。（韻）玉一梭。（叶）淡淡衫兒薄薄羅。（叶）輕顰雙黛螺。（叶）　秋風多。（叶）雨如和。（叶）簾外芭蕉三兩窠。（叶）夜長人奈何。（叶）

右引〔長相思〕詞，後半與前半，字數、句豆、平仄、韻格俱同，謂之雙調。然平仄亦有不同者，如『一』之與『風』與『如』，『淡』之與『三』，俱一平一仄，則知此處平仄可以互用也。

五　檢律

填詞者，最重檢律，方不落腔。然有時未能檢律，則莫如取唐宋名作同調者二三首互校，或即用本詞前半與後半自校。柳永詞則爲例外。然亦有辨者，慢詞後半取首，名『換頭』，『換頭』多加字，謂之『偷聲』，往往與半起處不合，末句則謂之『減字』，然末句或不減字，『換頭』則無不『偷聲』也。今舉例如下：

〔摸魚兒〕（慢詞）

更能消幾番風雨。（韻）匆匆春又歸去。（叶）惜春長怕花開早，（豆）何況落紅無數。（叶）春且住。（叶）見說道、（頓）天涯芳草無歸路。（叶）怨春不語。（叶）算只有殷勤，

（豆）畫檐蛛網，（豆）盡日惹飛絮。（叶） 長門事，（豆）準擬佳期又誤。（叶）蛾眉曾有人妒。（叶）千金縱買相如賦，（豆）脈脈此情誰訴。（叶）君莫舞。（叶）君不[一]見、（頓[二]）玉環飛燕皆塵土。（叶）閒愁最苦。（叶）休去倚危[三]闌，（豆）斜陽正在，（豆）烟柳斷腸處。（叶[四]）

此詞宜辨者，從半[五]『準擬』二字偷聲，故較前半之『幾番風雨』多兩字，末句仍不減字，故較前字數相同。校之之法，可取其他宋人所作〔摸魚兒〕調，與此相校。本詞自校，則除換頭之『長門事，準擬佳期又誤』七[六]字不校外（因平仄多有不同），如『匆匆』句與『蛾眉』句，平仄同也。『惜』之與『千』，『長』之與『縱』，『何』之與『脈』，『見』之與『君』，『天』之與『玉』，『怨』之與『閒』，『算』之與『休』，『畫』、『蛛』之與『斜』、『正』，『盡』之與『烟』，俱一平一仄可以互用也。又句豆有宜辨者，如『更能消幾番風雨』七字句也，而『更能消』，爲一頓，謂之上三下四，與下句『惜春長怕花開早』之上四下三者不同，此最要認確者。五字

〔一〕不，原作『莫』，據《全宋詞》改。
〔二〕頓，原作『噸』。
〔三〕危，原脱，據《全宋詞》補。
〔四〕叶，原作『叫』。
〔五〕從半，疑當作『從後半』。
〔六〕七，疑當作『八』。

句亦然，如『算只有慇勤』句，謂之上三下二，與『盡日惹飛絮』之上二下三者不同是也。

六　斷句

又，初學得一詞，每苦難於斷句，此亦有一捷法：先看此詞係用何韻，但查前後半之末之一字便知。如上詞先看其末一字爲『絮』、爲『處』，則知其『雨、去、數、路、住、語』，皆爲韻也。已知其前半韻格，則後半可執前半而求之也。『賦』字何以不爲韻，因前半『早』字非韻也。故韻格亦可以前後半自校，而知校詞爲用之大如此。

七　大韻小韻

又，慢詞大抵皆分八大句，每句叶韻謂之『大韻』，餘可謂之『小韻』。如此，則脉路易明。每得一字〔一〕，無不可斷句之理矣。

八　平韻間仄韻

詞中如〔相見歡〕、〔水調歌頭〕等調，平韻中俱間有仄韻，宜辨。至於〔菩薩蠻〕之換韻，〔河傳〕之間叶，又易知也。

〔一〕字，疑當作『詞』。

九　上去宜辨

詞中上去宜辨者，前人所言，如周清真詞〔蘭陵王〕中末句，『似夢裡淚暗滴』爲『去去上去去入』，認爲必不可易，易之即不起調是也。大抵轉折處及末句兩去聲字最爲要緊，《詞律》辨之詳矣，茲不多舉。

一〇　詞之起原

詞之起原，當始於隋煬帝之〔清夜遊〕等曲。及唐人，始解散五七言詩句而爲之。如李白之〔菩薩蠻〕、〔憶秦娥〕等是也。菩薩蠻，本爲婦女髻名之一種，而李白詞『平林漠漠烟如織』云者，意並不在詠髻，可知製此調以詠髻者，尚在李白之前。白因其調，而注以新題耳。至於〔憶秦娥〕詞中，『秦娥夢斷秦樓月』，及下云『灞陵[一]』、『樂遊原』、『咸陽道』云者，又皆秦地，則可知此調自白創始，即當時本題，以其詞意即爲『憶秦娥』也。

一一　詞牌

調名謂之詞牌，大率取所詠之物，或詞中之語爲名，後人沿用其調，逐不能改。此學詞者所宜知也。若欲問諸調之各爲何人所作，則可借嚴氏之言以解之。嚴氏云：『詞始於唐，盛於江南，而大

[一] 灞陵，原作『壩陵』，據《全唐五代詞》改。

備於宋。《花間》、《草堂》，爛然一代之著作。至姜白石輩，間爲自度曲。而北宋諸家，已並用當時一定之調，不知諸曲復創自何人，至於此其多，而及其廢也，又何以一旦風波歇絕，更無一人能記其拍以寫其遺音者，斯亦可惜也已。』故今之爲詞，已失其音律之舊，而徒存其法於字句之間。縱今能工，亦不過爲長短句之詩耳。然詞之在吾國之文學界，實以附庸而蔚成大國，且爲今日寫新詩者所取材。夫言新詩者，果能取材於詞，則新詩界當不如今之粗陋，致貽反對者之口實矣。然則詞之音律雖亡，存其皮毛，尚足沾溉於無既也。至於欣賞篇章，褒彈作者，容當別論，茲不暇及焉。

北京《晨報副刊·藝林旬刊》一九二五年七月三〇日第一一期

秋平雲室詞話

蓴農

《秋平雲室詞話》五則，載上海《新聞報》一九二六年一月一日元旦增刊，署『蓴農』。今據此迻錄。原無序號、小標題，今酌加。

秋平雲室詞話目錄

秋平雲室詞話

一　詞亦有史

詩有詩史，詞亦有詞史。詩中如杜工部之〈哀王孫〉，哀帝室之飄零也；〈兵車行〉，傷戰禍之慘酷也；〈石壕村〉，寫吏役之恣睢，與夫苛政之如虎也。他若〈北征〉[一]百韻，劫記滄桑，〈丹青〉一篇，意存感慨。以及白居易之新樂府，元微之之〈連昌宫詞〉，名篇鉅著，皆足備遺山野史之搜，供金鑑千秋之采。詞中類此者，較少於詩。然如南渡末造，德祐乙亥，太學生作〔念奴嬌〕云：『半隄花雨，對芳辰消遣，無奈情緒。春色尚堪描畫在，萬紫千紅塵土。鵑促歸期，鶯收佞舌，燕作留人語。遶闌紅藥，韶華留此孤注。　真個恨煞東風，幾番過了，不似今番苦。樂事賞心磨滅盡，忽見飛書傳羽。湖水湖煙，峯南峯北，總是堪傷處。新塘楊柳，小腰猶自歌舞。』〔祝英臺近〕云：『倚危欄，斜日暮。漠漠甚情緒。稚柳嬌黄，全不禁風雨。春江萬里雲濤，扁舟飛渡。那更聽[二]、塞

〔一〕北征，原作『南征』。按，杜甫〈南征〉爲五律，非『百韻』。

〔二〕聽，原脱，據《全宋詞》補。

鴻無數。　歎離阻。有恨落天涯，誰念孤旅。滿目風塵，冉冉如飛霧。是何人惹愁來，那人何處。怎知道、愁來不去。』按，前詞三、四兩句，謂眾宮女風流雲散，如飛燕辭巢也；第五句謂朝士紛紛引去，如羣龍無首也；第六句謂臺官默默無言，如仗馬不鳴也；第七句指太學上書事；第八、第九兩句，斥陳宜中也。『恨煞東風』，謂賈似道；『飛書傳羽』，謂北軍至也；『新塘楊柳』，則謂似道新納之寵妾耳。後詞之『穉柳』，謂幼君；『嬌黃』謂太后；『扁舟飛渡』，亦指北軍；『塞鴻』指流民；『人惹愁來』，謂賈似道之出；『那人何處』，謂賈似道之去也。此類詞實可爲詞史之濫觴。近人詞中，如臨桂王半塘給諫《校夢龕集》中〔鷓鴣天〕〈序〉云：『向與三二同志，爲讀史之約，意有所得，即以是調記之。取便吟諷，久而不忘。人事作輟，所爲無幾。今年四五月間，久旱酷热，咄咄閉門，再事丹鉛，漫成此解。並告同志，毋忘前約。爲之不已，亦乙部得失之林也。』借讀史以刺時事，其意顯然，惜《半塘詞》中，此調僅得四首。其一云：『卅載龍門世共傾。腐儒何意得狂名。武安私第方稱壽，臨賀嚴裝促辦行。　驚割席，憶橫經。天涯明日是春城。上尊未拜官家賜，頭白江湖號更生。』其二云：『羣彥英英祖國門。向來宏長屬平津。臨歧獨下蒼生淚，八百孤寒愧此君。　傾別酒，促歸輪。壯懷枉自託風雲。劇憐彩鷁乘濤處，親見蓬萊海上塵。』第三云：『屬國歸來重列卿。楊家金穴舊知名。似傳重訂冰山錄，那得長謠潁水清。　仙仗入，篋書傾。空令請劍壯朱生。好奇事盡歸方朔，殿角微聞叩首聲。』第四云：『注籍常通神虎門。書生恩遇本無倫。鬼神語秘驚前席，輓輅謀工拾後塵。　空折角，笑埋輪。寓言秦鹿笑翻新。可憐一闋成何事，贏得班姬苦乞身。』此四首刺翁同龢、張佩綸等，引古證今，妙造無迹。翁常熟於稱壽前數日獲譴，孫師鄭詩註中言之甚詳。讀此四詞之第一首，可備見當時情事也。又儀徵劉新甫恩黻

〈綺羅香〉〈詠紅葉用玉田韻〉，第一首上半闋云：『鴨脚黄邊，鵶頭緑後，霜訊朝來寒妒。一樹門前，難覓舊題詩句。縱還我、奪後燕支，懶重過、唱春山路。怕荒溝、流出濤箋，勸郎休向那邊去。』第二首下半闋云：『停車聊放倦眼，誰信西風世界，繁華如許。好不多時，還是夕陽歸路。憑畫手、多買燕支，也難寫、豔春嬌語。笑兒曹、當作花看，醉容和淚舞。』皆指清德宗之珍、瑾二妃而言，故有『奪後燕支』、『夕陽歸路』之語。新甫所著名《廔楥詞》，其〈水龍吟〉〈唐花〉一解云：『花宮不耐深寒，群仙偷嫁紅塵裏。春愁未醒，憑空數到，番風廿四。噀雨痕輕，釀雲香潤，內家標致。笑貴人金屋，藏嬌買豔，渾不解，溫存意。　過了試燈天氣。玉簾空、主恩捐棄。當初底事。千薰萬沐，催教梳洗。我亦曾經，鳳城西畔，略窺芳思。歎龜年老去，凄凉羯鼓，說開元事。』則指庚子拳亂，德國聯軍總帥瓦德西入都，留京諸人，爭納手版，求其噓植事也。鄭叔問《比竹餘音》〈漢宮春〉〈庚子閏中秋作〉云：『明月誰家，甚年年今夕，多事重圓。移盤夜辭漢闕，貯淚銅仙。珠簾畫棟，倒寒波、空影如煙。魂斷處，長門燭暗，數聲驚雁蠻絃。　還見山河殘影，恁磨成桂斧，補恨無天。凄凉鏡塵頓掩，雲裏嬋娟。東華故事，祝團圞、歸夢空懸。凝坐久，蓬壺翠水，西流好送槎還。』時兩宮西狩，翠華未歸，起韻三句，可謂慨乎言之。廣東鵶片之役，釀成五口通商，爲吾國外交史上之奇恥深痛。方事之殷，鄧嶰筠廷楨總制兩廣，與林少穆詩酒唱酬，刊有《鄧林唱和集》。集中〈高陽臺〉一詞，專記此事。起句云：『鵶度冥冥，花飛片片。』已明點『鵶片』二字。廣州商人業洋貨者，頗爲此事與外人通款曲，其最著者曰『十三行』，故詞中亦有『十三行』字樣。每讀一過，不啻一篇鵶片戰史始末紀矣。洪楊之亂，向忠武以江南大營長圍金陵，天國中人，困守危城，勢日窮蹙。自將星遽霣，太平諸王突圍而出，大江南北，遂無噍類。故江陰蔣鹿潭《水雲樓詞》中

〔踏莎行〕一詞云：『疊砌苔深，遮窗松密。無人小院纖塵隔。斜陽雙燕欲歸來，卷簾錯放楊花入。蝶怨香遲，鶯嫌語澀。老紅吹盡春無力。東風一夜轉平蕪，可憐愁滿江南北。』感慨淋漓，不嫌意盡。題曰〈癸丑三月賦〉，蓋志其劫運轉移之時日也。鹿潭亦有心人哉。余嘗欲搜求此類詞，彙爲一編，時備觀覽，似勝昔人集本事之詩，與但爲詞人作箋註記傳者遠甚。況晚近以還，世變紛乘，開千古未有之局，歷五洲未有之奇，倘能本此史筆，爲作新詞，不必侈談文學革命，其價值自等於照乘之珠，連城之璧；網裏珊瑚，正不必更向海外求耳。

二　詠物詞難於寄託遥深

詠物詞，不難於體物瀏亮，而難於寄託遥深。《樂府補題》以白蓮喻伯顔，以龍涎喻二聖之蒙塵。香草美人，意在言外。王半塘〈詠燭〉〔鷓鴣天〕云：『百五韶光雨雪頻。輕煙惆悵漢宮春。祇應憔悴西窗底，消受觀書老去身。　花影暗，淚痕新。郢書燕説向誰陳。不知餘蠟堆多少，孤注曾無一擲人。』又〔浣溪紗〕〈詠馬〉云：『苜蓿闌干滿上林。西風殘秣獨沈吟。遺臺何處是黄金。　空闊已無千里志，馳驅枉抱百年心。夕陽山影自蕭森。』借物興感，最爲得體。民國紀元，余于役南洋羣島，英屬各地，涉歷殆遍。初意華南僑商，蘊蓄閎深，必能摛展瑋抱，以光祖國。及日與晉接，遂有『何所聞而來』之慨。島中多檳榔，若『檳榔嶼』，即以此得名。因譜〔齊天樂〕一解以紀之，其末句云：『瓠落年年，棟梁渾坐棄。』蓋不自覺其言之直率矣。

三　黃摩西才氣橫溢

虞山黃摩西人，才氣橫溢，詩文詞皆如其人。負奇不遇，卒以窮死。歿後，其同鄉諸子，爲刻《小奢摩詞》《摩西詞》八卷，計《和龔定庵無著詞》一卷，《懷人館詞》一卷，《影事詞》一卷，《庚子雅詞》一卷，《集外詞》一卷，《和張皋文茗柯詞》一卷，《和蔣劍人芬陀利室詞》一卷。《和無著詞》中〔太常引〕云：『夢中天上醒人間。尚索夢痕看。襟袖浣應難。有無數、香斑淚斑。　十分輕忽，五分疏懶。圓月誤成彎。情債積如山。只準備、愁還病還。』〔賣花聲〕〈白門作〉云：『六代總荒烟。金粉依然。秦淮水照畫闌干。闌外垂陽千卍樹，春在誰邊。　如此好江山。只貯青鬟。東南王氣久闌珊。我亦不辭絲竹寫，漸近中年。』〔水調歌頭〕云：『居此大不易，行路亦良難。歲華誰道易邁，但覺日如年。未必世皆欲殺，無奈天還沈醉，創烏墜驚絃。惜此人不出，傷我道長艱。　占紫氣，參白骨，擁紅顏。平生仙佛兒女，信誓未曾寒。否則某山某水，準備一耕一釣，二頃去求田。風浪滿人海，枕石聽潺湲。』〔鵲橋仙〕云：『吹簫也可。碎琴也可。只有濫竽計左。舐丹鷄犬盡飛昇，却剩得、閑鷗一個。　青山難買，青鬟難買，莫問爐中芋火。西風落葉大江萍，算一樣、飄零似我。』皆探喉而出，人人所欲言而難言者。又〔鳳棲梧〕云：『寸心萬古情魔宅。積淚如何，積恨如山疊。欲遣美人都化月。山河留影無生滅。』摩西，多情人也，故能言之深摯若此。

四　近人遺著

譚復堂《篋中詞》，捃摭甚富。惟較復堂年輩稍後之人，多未列入。即同時儔侶，或以聲氣罕通，或以微尚各異，亦不免有遺珠之憾。《復堂日記》頗不滿於吾鄉丁杏舲之《國朝續詞綜》，然《聽秋聲館詞話》中，亦正不乏佳構。而采錄未廣，人有同病。若復堂者，則又何說。余嘗欲仿《篋中詞》例，遍搜近人遺著，憔悴江湖，見聞隘陋，抱此宏願，尚未知何日償也。著錄已及者，黃摩西外，有南通周晉琦曾錦《香草詞》，能以語體入詞，如元人之白描高手。〔水龍吟〕云：『世間那有神仙，世間那有長生草。世間那有，金丹玉液，服之不老。笑煞當年，秦皇漢武，痴腸愚腦。被兩三方士，萬千誑語，欺惑得，顛還倒。　三百童男童女，更遠尋、十洲三島。十洲三島。原來都是，虛無縹緲。我道神仙，非靈非異，亦非奇妙。但無榮無辱，一歌一曲，即神仙了。』秀水金希偓鴻佺，纏綿婉篤，高逸之趣，欲遏行雲。〔摸魚兒〕〈題歸樵唱晚圖〉云：『恁匆匆、翠微拾橡，功名都付羣豎。裘披五月渾閒事，肯學紅衣漁父。君未悟。怎忍把、腰鐮換了黃金組。歸來何暮。算只有浮雲，殷勤遮路，留我嶺頭住。　參天幹，多少常留深塢。枝椏肩負幾許。從來才大難爲用，此恨竟成千古。誰最苦。歎塵世、勞薪髀肉愁空拊。狂歌欲舞。還自問名流，安排第幾，軒冕羞爲伍。』第二首云：『最堪傷、河橋官柳，燒殘劫火無數。今番侵曉攜柯去，免惹別離愁緒。漁也錯。任一舸浮家，欠了官租賦。層巒穩步。正村落炊烟，焦桐人聽，太息無人顧。　擔頭上，得失鷄蟲幾許。攀援羣峭何苦。茅檐堆得榆錢夥，笑比豪家財府。柯爛否。縱石室、觀棋肯被神仙誤。高歌月午。儘帶得雲歸，兒童不識，追逐同飛絮。』慨當以慷處，不減〔漁陽三弄〕也。

五 〔霜花腴〕吟卷

朱彊村先生六十覽揆時，余偕春音社同人，假長浜路周氏學圃，奉觴上壽。先生旋屬高君野侯繪〔霜花腴〕吟卷，遍徵題詠。沈寐叟、王静安、張孟劬、况蕙風、陳倦鶴，各譜〔霜花腴〕一解。寐叟詞不多見，錄之，以見灰囊一迹：『碧瀾霽色，斂新寒、秋山爲整妝容。鼻孔禪撩，顛毛病禿，還來落帽西風。人間斷蓬。著淚痕、染遍江楓。度關山、萬里雲陰，傷禽不是楚人弓。　古往今來多事，儘牛山坐看，哀樂無窮。壞井蛙聲，危柯蟻夢，臺邊戲馬忽忽。騎兵老公。莫青袍、誤了吳儂。仗萸觴、祓惡滌愁，愁來還盪胸。』

上海《新聞報》一九二六年一月一日元旦增刊

詞讕

宣雨蒼

《詞讕》五四則，載上海《國聞週報》一九二六年三月七日第三卷第八期、一四日第九期、二一日第一〇期，署『宣雨蒼』。今據以迻錄。原無序號、小標題，今酌加。

詞謏目錄

詞讕

一　詩餘遞遭

詞，詩餘也。其源從樂府長短句遞遭而來。唐人採樂府製新律，而後有詞。其嚆矢於何人，無可指實。第舉世之所傳最首出者，李白之〔菩薩蠻〕、〔憶秦娥〕，然亦不得即謂權輿於太白也。其後有唐一代，所傳作者，韋應物、王建、韓翃、白居易、劉禹錫、皇甫淞、司空圖、韓偓，並有著作。而溫庭[一]筠最稱傑出。五季南唐，小令之工，後無能媲。北宋詞引爲慢聲，正如初唐五七言律詩，多在古近體之間。求其通體工稱之作，殊不多數。捨東坡如天馬行空，別成一格外，餘子如淮海、耆卿，相傳諸作，往往一首中雖有可誦名句，而俗艷浮響，無謂俚言，亦復不免雜出，金鍮互見。誠不能爲古人曲諱。至於清真，漸臻完密，然生硬處仍時有之。蓋其時猶以爲詞者乃詩之餘，未足並重。但以尋聲爲尚，而修詞次之。此其所以失也。南宋作者，究心倚聲，重於詩歌，一時士夫能文章者，無不旁通音律，故能聲文並茂。其最高爲姜堯章。《詞品》謂其高處有美成不能及者。多自製曲，初則

[一]　庭，原作『廷』。

率意爲長短句，既成，乃按以律吕，無不協者。其〔長亭慢〕自序亦如此。是知堯章之製詞，固先有文而後有聲，有聲而後有律，深合歌以永、律諧聲之道。此其所以集大成也。

二　澀體爲禍倚聲

世既知倚聲之重於修詞矣，而澀體亦於是婪入。澀體爲南宋一時風尚，文氣艱澀怪誕，以詞害意，不獨爲禍倚聲，實千古文字之大劫運，可謂南宋亡國文字之妖孽。而近人亦多崇尚此體者，蓋同爲亡國之餘，固應有此亡國之咎徵也。

三　近日詞家之澀

夢窗詞，世號澀體，玉田已謂其七寶樓臺，拆〔二〕下不成片段。本朝張茗柯《詞選》，亦毅然去之。所以正詞苑之風氣也。不圖近日詞家爭相祖述，餖飣寫來，幾不成語。嘗見今世奉爲詞伯者有傳句云：『窣波鐘動，歸去連錢，蜻蛉催泛』，可謂澀矣。然窣波何不逕用佛樓，連錢何不逕用花驄，蜻蛉何不逕用扁舟，使讀者可以豁然意爽，仍未見其稍倍詞旨，必欲强借名詞，一一帖括，好爲其難，毋論矣。乃並其强借之名詞，不求甚解，是誠大可怪也。試爲正之。如『窣堵波』，爲梵語，譯即塔也，塔非藏鐘之地，鐘則別有鐘樓，而『窣堵波』一句梵語，尤斷不能截去堵字，但用窣波，致不成語。即彼或曾見前人有誤用者，以爲是有所本，而不知爲一盲引衆盲，相牽入火坑也。彼執詞壇牛耳者，

〔二〕拆，原作『折』，據《詞源》改。下文二『拆』字同。

傳作且如此，世之依草附木，自號倚聲家，更可知矣。詞苑波旬，可爲一慨。近世西人有鐘塔，此若指彼鐘塔，即應用彼名詞，非吾所知。然窣堵波，吾固知其明明梵語，截去堵字，忽作窣波，則斷不許如此割裂也。

四　姜史並稱

世以姜史並稱，梅谿細膩運帖[一]，允稱作家。而考其根柢，實不逮姜遠甚。蓋白石風度，如孤雲野鶴，高致在詩人陶孟之間，豈彼權門堂吏所可希及。人有真性情而後有真文字，彼搔首弄姿者，雖工亦奚以爲。

五　稼軒之後學

稼軒詞感慨蒼涼，自具一格。亦南宋之東坡也。後之學者，自改之、竹山，已不免病在猖狂。試讀辛『野塘花落』，『羅帳燈昏』諸作，其靜細處豈尋常操心人能道一語，使舉後學之鄙獷叫囂，以爲胎息不善，歸咎師資，稼軒不能受也。

六　詠物詞有寄託而後雋永

詠物詞，必有寄託而後雋永。當以碧山樂府爲最。其盛傳者如〔眉嫵〕之詠新月，〔齊天樂〕

〔一〕運帖，或當作『熨帖』。

之詠蟬，〔慶清朝〕之詠榴花，〔高陽臺〕之詠梅，無不感時傷事，深契風人之旨。至於後世作者，運典而不運意，雖極工麗帖切，不過一事類詞耳，誠何足觀。

七　白石風骨

草窗與玉田相近，玉田於白石具體而微，然風骨終不能及。

八　不善學者

雅正如白石，不善學者將流爲平滑。然[一]壯如稼軒，不善學者將流爲犷獷。藴藉如碧山，不善學者將流爲纖巧。斟酌飽滿如夢窗，不善學者將流爲堆砌敷衍，無所不至。

九　著作有著作之時代

著作有著作之時代，必遇文武成康之世，而後可陳雅頌，必遇東周王室之變，而後可極諷刺。此皆時代爲之，非偶然也。至於尋常時世，固不可爲無病之呻吟，亦不可作太平之粉飾。作者唯以嘲風弄月，各抒懷抱，雖非興觀群怨之旨，然不失其爲本色語也。至於今日天崩地坼[二]，生民未有，誠

[一] 然，疑應爲『雄』，或下脱一『雄』字。

[二] 天崩地坼，原作『天崩地折』。

爲空前絕後大著作之時代也。而猶光景流連，尊俎[二]酬唱，意本帖括，詞尚餖飣，不唯負此著作，亦大負此時代矣。此稼軒之『斜陽煙柳』，白石之『廢池喬木』，所以傳之千古，而繼響風騷也。

一〇 倚聲亦文章之精華

言語之精華爲文章，文章之精華爲韻語。倚聲亦韻語之一類。雖小道，其入彀之難，尤甚於尋常韻語也。使如吃者之口，前後剌剌，聾者之耳，東西茫茫，是即不能成爲語言。不能成爲語言者，安能成爲文章，反安能成爲韻語之文章邪。彼工爲澀體，而理晦於詞，從事帖括，而詞複於意，是何異聾者之聽茫茫，吃者之口剌剌邪。倚聲云乎哉。

一一 意詞筆不可或缺

文字以立意爲主。意立而後選詞，詞修而後運筆。意猶生氣，詞猶骨肉，筆猶血脈，三者有一或缺，不能成文。倚聲乃有韻文字而最精密者，安可不求其美備邪。蓋有意無詞，其病枯燥，有意無筆，其病沈悶。有筆無意，其病空衍，有筆無詞，其病浮滑。有詞無意，其病支離，有詞無筆，其病板滯。三者缺一，其病已及於此。缺二，非散漫即隔閡。甚則複冗敷廓，蕪穢而不能成章矣。

[二] 俎，原作『祖』。

一二　求澀而以詞害意

前清周止庵，祖述夢窗者。其論詞於白石時有不足，與張茗柯之不選夢窗正同。門戶之見，雖詞章小道，亦復不免。然周詞甚不逮張，以其好爲澀體，仍陷拆下不成片段窠臼中。如〈詠蟬〉詞之起句，『聽倉黄病柳，一聲淒婉』，柳豈有聲而可聽邪。彼固詠蟬，而如此起法，則不辨所聽者爲蟬爲柳矣。亦拆下不得之昭昭者，求澀而以詞害意也。雖然，予之指摘止庵，不免予之門戶見耳。

一三　慢詞過變

張玉田言：『作慢詞，最是過變，不要斷了曲意。』是倚聲家不可不知，然人之短玉田者，或謂其慢詞換筆不換意。言之雖過，而玉田此失，亦時有之。蓋本其不斷曲意一語而來也。倚聲豈易言哉。

一四　長調兩三換頭者

作長調，兩三換頭者，如〔鶯啼序〕、〔哨遍〕、〔蘭陵王〕、〔寶鼎現〕之類，須段段有意，句句成彩，不複而不斷，纍若貫珠，密若布網，具一常山索然之勢，否則毋甯其已。

一五　詞調中難工稱者

詞調中有難工稱者。如〔壽樓春〕之多平，〔繞佛閣〕之多仄，〔霓裳中序第一〕之多韻，以及〔夜飛鵲〕、〔綺寮怨〕之類。皆須以自然高妙出之。稍有牽合，便非作家。亦不如置之，而別求悲壯激昂宛轉流麗之文，攷詞定義，按部就班，庶不至有乖風雅也。

上海《國聞週報》一九二六年三月七日第三卷第八期

一六　倚聲之韻

音韻之學，久已乖離。今世所用之詩韻，斷不足以代古韻也。倚聲之韻，又與詩韻稍異。蓋詩韻古所通者，倚聲無不可通，且但分平仄，不分上去，更較詩韻爲寬。惟於入聲爲獨用，實止略分四部：屋沃其一，覺藥其二，質陌錫職緝其三，物月乃至合洽其四，此稍異也。然古詩於質陌物月十餘韻均得相通，試讀杜、韓大家五古，如〈北征〉、〈南山〉諸篇，可以概見。而詞家清真、白石，亦間有通用者。自後世詞韻出，而某通、某獨、某半通，分別井然，世遂奉爲金科玉律，而不察其並未折衷於古大家也，不亦陋乎。

一七　清真〔浪淘沙慢〕

清真〔浪淘沙慢〕，通首用月屑韻，而有『恨春去、不與人期，弄夜色』一韻在焉，假令此句不入韻，而後人填此調者，莫不依韻填押，即近世鄭叔問號爲知音，其集此調用質陌韻，此句爲『似淚粉、亂點東風，悵恨極』，固知爲韻無疑。

一八　白石〔暗香〕折字韻

白石〔暗香〕折字韻，後人以『摘』字易之，所以强就詞韻也。然當時吳毅夫所和，卻爲『鐵石心腸爲伊折』。其原韻『不管清寒與攀折』之『折』字，尚可强以『摘』字相代，於義未悖，而吳和之『折』字，若竟以『摘』字代，尚成語邪。

一九　白石詞韻

白石〔慶歲春〕〔二〕詞，即是『月曷合洽』通用，誦者便知，毋俟深考。又〔霓裳中序第一〕用質陌韻，而『羅衣初索』之索韻，亦借叶入，『索』固在藥韻也。

二〇　詞韻獨用通用

詞韻以侵韻爲獨用，元韻爲半通，真文與庚青蒸、寒删先與覃鹽咸，均分爲兩韻通用。仄韻寝沁同侵爲獨用，阮願同元爲半通，而旱銑翰霰與感儉勘艶等韻，軫震與梗敬等韻，亦同平韻寒覃真庚等韻，各分兩韻。然考之古諸詞家，並無如此之必相分者。如玉田之〔憶舊遊〕〈登蓬萊閣〉一首，真文庚青蒸侵六韻全用，陳西麓之〔絳都春〕一首，元與寒先亦復全通，而周草窗之〔木蘭花慢〕，先鹽寒删覃等韻亦各通用。其仄韻詞韻所分，而詞家所通，尤復比比皆是，不可勝舉，是皆可爲先

〔二〕　慶歲春，疑爲〔慶宫春〕之誤。

例也。

二一 古韻支魚紙語本屬相通

白石〔長亭怨慢〕，全首用語遇韻，而中有『也不合青青如此』之此韻在焉，今詞韻固不相通，後人遂以『此』字改作『許』字，又將前之『暮帆零亂向何許』之『許』韻，改作『向何處』，此皆深中詞韻流毒不可藥者，故敢肆意妄誣古人。姑毋論其改所在點金成鐵，貽咲作家，且並白石自序『極愛桓大司馬』語亦忘之。桓語爲『如此』邪，『如許』邪。蓋古韻支魚紙語本屬相通，固非陋儒所知，而遑論於考定詞韻之老樂工邪。

二二 方音叶韻

弁陽老人選《絕妙好詞》，膾炙人口。開卷第一，即張于湖〔念奴嬌〕，其叶韻，今之所謂落腔也。兩宋詞家，多有以方音叶韻者，原不可從，至於酌用古韻，亦斷不可妄肆訾議。

二三 戈順卿知音而不知詞

今人所奉詞韻，實遵戈氏。按，戈順卿知音而不知詞。其自作詞，世有傳之者乎。俞曲園之序鄭叔問詞，有曰『戈氏深於律而不工於詞。律之不工，固不可言詞，詞之不工，又何以律爲』之數語，知言也。蓋戈氏僅可謂之知音之樂師，不可謂爲倚聲之詞人也。

二四　詞須情文並茂

詞固以音律爲尚，然果是浩氣流行，及天然渾成佳句，即有一二字不叶者，儘可聽其自然，萬勿强肆雕琢，致損太璞。試觀兩宋詞人，諸大家中，亦不乏此等出入，後世製譜者，必且曲爲之解，曰借某，叶某，非遇狂易無憑謬充詞伯之老伶工，斷不敢肆口詆語。總之，既名曰詞，則必情文並茂，方可傳世，若僅乞靈聲律，但一工尺譜足矣，又何必填詞爲邪。

二五　戈順卿《宋七家詞》

戈順卿選刻《宋七家詞》，爲清真、梅溪、白石、夢窗、草窗、碧山、玉田。選宋詞而遺稼軒，已是不知子都之佼。其所選者，自謂律韻不合雖美弗收，故於梅溪〔雙雙燕〕詞，以爲庚青真文四韻雜用，毅然屏之，而白石之〔慶宫春〕、〔眉嫵〕二詞，亦以用韻不合不録。此固彼自圓其説，猶有詞也。乃於所選白石〔摸魚兒〕詞，竟將『湘竹最宜欹枕』，改作『湘簟正宜宵永』，『閑記省』，改作『閑對景』，『無人與問』，改作『無人細省』，『微月照清飲』，改作『微月照清境』，以强就彼所訂詞韻，不屑上誣古人。如此而操選政、講韻學，倚聲道中，有此闡提，可爲千古詞人同聲一哭。

二六　定詞韻應就大家

著書講學，當有淵源。定詞韻者，必應就古諸大家所作之詞，更參古韻，而詳考之，定爲一是，以範後學，則人不敢不瓣香以祀，無可置喙。若捨諸大家所作，而自我作古，定其所定，人亦何不可各定其定，安在必以詞韻爲準繩邪。

二七　萬紅友賴以斌詞譜

萬紅友《詞律》，亦多私臆。然所駁正圖譜之處，確有卓見。至於後出賴以斌之詞譜，幸而所收詞調不備，譜中破句，十調而五。譾陋至此，偏欲著書，吾不知其何以流傳至今，尚有奉之者。此譜不毁，貽誤後來詞學將絶矣。

二八　《詞律》之失

《詞律》之失，亦在崇拜一家。但有夢窗之作，必將其他名家異同之處，强爲改就，於白石自度之〔暗香〕、〔徵招〕諸詞，皆不深信，轉引他作爲證，是亦不可救藥之病也。

二九　夢窗與白石

《詞律》一再言夢窗、白石二公交厚，同游最久，數數援以爲證。自予按之，則白石集中，從無與夢窗賡和之作，不知紅友數百年下，何以得知。此蓋欲融門户之見，而愈形穿鑿也。

三〇　和韻非古

和韻非古也。詩且不宜，而况乎詞。勉强爲之，終近生捏。苟有獨運意匠，語語自然者，自爲有數之作，亦不可廢。余生平不嘗與人賡和，惟丁巳春，偶有〈和人獨遊中央公園〉〔念奴嬌〕一首，稍信裁縫尚無針跡。惜乎原韻係用古通之入韻，與今詞韻大背。予固非墨守詞韻者，且不忍自沒苦心，附錄於此，亦遂不復再編入集矣。詞曰：『永嘉以後，算風流、誰是渡江人物。泣下新亭成底事，且讓雄譚捫蝨。白髮燈前，黃塵馬上，字字從何說。千門宮殿，潛行依舊春日。　祇恐化作哀蘭，荒涼月落，送盡咸陽客。定有騷魂招不盡，淒斷陸離長鋏。芳草生時，流鶯嘹處，幾箇無家別。天涯如此，素心羞問晨夕。』

三一　歐西之樂以夷變夏

近時教育，亦尚樂歌，列於學科。其所謂樂者，歐西之樂耳，不但非我古學，且絕非中國之聲，用夷變夏，極於如此，禮樂安得不亡。有心人聞之，宜如何驚且慨也。

上海《國聞週報》一九二六年三月一四日第三卷第九期

三二　蓮歌〔喝火令〕

學校風琴中，有將慢令各調譜入者，其律斷非中國之舊有，然其聲亦間有可聽。嘗記其〔喝火令〕一譜，與詞譜稍異，而音尚颯颯，頗近崑曲。時方長夏，就其所譜，爲填一令，以當蓮歌。詞曰：『三十六陂外，水香開白蓮。江南舊曲唱田田。爲問幾分湖雨幾湖煙。爲問湖煙湖雨，今日是何年。』音調殊哀以怨矣。

三三　風琴樂譜

風琴樂譜，以較中國之樂，不唯古樂，即比倚聲，其難易不啻霄壤。村學究，數黄口兒，均能唱和一堂。其聲淫哇噍殺，具勿深論，而歌詞俚鄙，尤出里巷風謡之下。用之校中焉，用之軍中焉。風尚如此，尚欲與之言樂律、言倚聲，非奏〔一〕《咸池》而享爰居，有不垂頭欲死者邪。是誠不可以已乎。

三四　内典入文字

内典入文字，最爲高尚。然必用之適當，方稱合作。萬一不求甚解，草率拈來，不第不能成詞，且不成語，如前載以『窣波』名詞代塔者是矣。唐人多通佛學，其運梵典，絶少謬謬。兩宋以後，已有强作解事者，不可爲訓。前清以來，至於今日，其自號著作者，尤喜用之，然十人而誤者八九，亦可知今不逮古矣。

三五　用梵典工否

黄仲則《竹眠》詞，亦嘗數用梵典，工否不一。如《金縷曲》《報勞濂叔手書大悲咒以贈》有云：『檀那衣鉢何曾吝。』其全詞甚佳，唯此句義獨晦。蓋檀那，譯即布施；衣鉢，爲師弟授受淵源之表法，如禪以心印相授受，律以戒行相授受，如此可得名之衣鉢。此曰檀那衣鉢，則似以布施相

〔一〕奏，原作『秦』。

授受矣。檀爲六度之一，義兼財法。其所言財法者，乃以法以財爲施，施與授義相若，循其詞義，非兩義複出，即成以衣缽爲現前法物而施之矣。故甚不可。又〔清平樂〕〈河間曉發〉有云：『替戾聲催裝上馱。』替戾，鈴語也，見〈佛圖澄傳〉。此則不唯精當工貼，且將顯神形容入妙。如此運用，便是作家。

三六　運用梵典

竹垞於前朝詞人中號爲博雅，自無間言。然其〔滿庭芳〕〈詠佛手柑〉詞，並不敢多搜梵典，不過『白牛露地，鹿女雙林』，略舉一二，且以活筆襯之。雖覺稍泛，尚無疵戾，殊有自知之明，長於後來儉腹高心者多矣。予因竹垞此詞，亦嘗擬作〔春風裊娜〕一首，稍信運典處無可訾議。附錄於此。詞云：『正拈花倦了，遊戲人間。分簷蔔，獻瞿曇。問擕歸、誰解結巾妙用，供來合送，攬几餘閑。薰得天香，沁回塵夢，接引休嗟入勝難。爲要圓通鼻功德，兜羅綿相示君看。　堪咲衆生顛倒，低垂下處，莊嚴事、錯認般般。真嚼蠟，也稱柑。撐拳或有，豎拂無關。轉語空猜，後身金粟，比量不似，前度銅盤。何如還去，對茶鐺藥鼎，黃龍一指，于細[一]重參。』此詞工切似已完備，唯絕少寄意，即予所謂事類詞也。雖佳，亦不應錄，故屏之集外。而尚贅此者，聊以標運用梵典一格耳。

[一]　于細，或當作『子細』。

三七 《蓺蘅館詞選》得失

《蓺蘅館詞選》，梁啟超託其女令嫻名所輯也。自唐迄今，不盡純萃。彼新學家眼光，無論何事，例視他人別具一副，原無足異。其於今人中，極稱鄭叔問氏，錄詞甚多。然所錄者，大半皆叔問自刪之作。不逮今集存者遠甚。『文章千古事，得失寸心知』，叔問之心知，自高出蓺蘅之知人。

三八 鄭叔問《樵風樂府》

叔問《樵風樂府》九卷，誠晚近倚聲之卓卓者。自光緒甲午、戊戌、庚子以來，所作寄意深遠，具有家國之感。宣統辛亥後，遂絕筆矣。宗旨如此，此其可以傳也。

三九 少而精

叔问於詞，所作多而所存少，果於割愛，故能以少而精。此其所以長也。大凡著作家，貪多者必敗。人生之精力有限，文字之精華亦有限。與其多而招尤，何如罕而見珍。鳳毛麟角，誠多乎哉。

四〇 白石外集當係僞託

白石外集一卷，當係僞託。不惟詞不相類，即製題亦復不似。假爲白石自刪之餘，而後人搜集成之，是亦可見其精於自鑒，而果於自決。大過人處，正在於此。離之則雙美，合之則兩傷，斯之謂歟。

四一　黃仲則《竹眠詞》

黃仲則《竹眠詞》，真氣横逸，開古今詞家未有之面目。然亂頭犓服，不自修飾，往往一首中金鍮互見，完璧甚尠。而荒穢不能成章者，尤時有之。甚可惜也。蓋仲則客死晉中，遺稿俱其平生交遊好之者代爲搜輯，初無抉擇，至於如此。今若就其所傳稿中，重加選訂，存十二三，壽之名山，可以不朽矣。他日予將爲竹眠爲之。

四二　蔣鹿潭爲獨步

咸、同中詞人，以江陰蔣鹿潭先生爲獨步。其所傳《水雲樓詞》，止百餘首，未刻遺稿尚多。曾於其子子璠茂才處見之。子璠死，不知今佚何處。若藝蘅館所選詞中，即有其未刻之〔琵琶仙〕一曲，亦甚精美。先生所爲詞，沈抑雅正，白石後有數作者。惜其遇甚窮，以鹽官浮沈淮上，又值亂離，終客死於吳江舟中。平生善吹簫，得新詞，必自吹度，令妾婉君曼歌，有小紅低唱之風。既死，畹君殉之。馬塍啼損，尤爲希有。先生與先大夫同官於淮，遂聯縞紵。其流寓東州時，每來揚州，輒館予家。予孩提中曾見先生豐采。嘗指予謂先大夫曰：此子有慧根，將來必能文也。今雖都不復記，而於先生生平，知之尚詳，先生有一佚事可附記之。

四三　揚州名娼小劉

同治初，揚州名娼小劉者，鹾商某求以重幣納之。劉鄙其俗，不許。先生嘉劉之識，贈以小詩，有句云：『不嫁商人空老大，吳陵疏雨怨琵琶。』劉遂引爲文字知己。先生歿後，其子子璠落拓淮上。時劉已退爲房老，養女數人，並名於時。審知子璠困，求得之，爲之納粟，得雜職。又介紹於其家往來豪客中，檄委不斷，以贍終身。若劉者，信有古俠妓風。而詞人生無所遇，死乃食報於風塵文字知己，可傳，亦可悲矣。

四四　豔詞不易作

豔詞甚不易作。作者貴有纏綿反側一往之深情，忌爲妖冶猥瑣刺目之褻語。如東坡『缺月挂疏桐』〔卜算子〕一首，或謂其爲老兵女而作。而茗柯選之，引鮦陽居士〔二〕所論，謂其與〈攷槃〉極似。若此，可謂善言詞者。至於山谷語業，已造犁泥，再如『妝樓長望』、『羅帶輕分』之類，直是俗艷浮響耳。毫厘有差，天然懸隔，學者宜慎擇之。

四五　白石艷詞

白石集中，亦間作艷詞。如戲平甫、戲仲遠諸作。遊戲之中，仍具深情。又其苕溪記見、金陵感夢，艷在情緻，而不在語言。是方稱爲艷詞合作。予亦習爲之，但師白石一派，斷不敢肆口呢呢。非戒之，蓋鄙之耳。

〔二〕鮦陽居士，原作『朝陽居士』。

四六　艷詞應以藴藉出之

彭羨門以鴻博第一名世。所著《延露詞》，妖艷特甚。記其〔卜算子〕有云：『身作合歡床，臂作遊仙枕。打起黄鶯不放啼，一晌留郎寢。』評者謂爲神品。就艷詞言，誠爲佳構，然而風雅道喪矣。至於晚近作艷詞者，亦是風尚。樊樊山、易實甫之流，皆好爲之。又如宋芝子有句云『口脂紅雨頰紅雲』之類，艷而不詞，尚成語邪。吾顧世之爲艷詞者，稍以藴藉出之，毋爲詞妖，以禍後進也。

四七　應酬交遊

應酬文字，每多溢美不衷之言，未免近諂。不佞生平之所深惡痛絶，故不敢作，不忍作，不能作。即勉强作之，亦斷不工，誠不若不作爲得。嘗觀古人此等著作，亦絶少當意。善乎，白石一窮布衣，生平受知於當代名公鉅儒，其自述者實繁有徒，而張平甫最稱知己。至謂十年相處，情甚骨肉，亦不得不謂交遊之廣矣。就集中觀之，其所交中，微平甫、石湖外，餘子見者幾何。蓋與張、范之交，素心晨夕，迴異流俗，故得有此。然餘子能好白石者，自非庸俗不文可知，乃其自甘窮放，絶不以此爲罔道求合之具，益足信其品操之高逸、著作之矜貴矣。

四八　白石之所恥

或難之曰：子安知白石當日不嘗爲此邪。作而不存，非不可也。曰：世之好白石者，好其文也。果有投贈，白石不以人矜，人將以白石矜，虽不自存，甯無代存者乎。信是作而不存矣，亦可見其自好爲不可及。若後世作者，雖無契合，且將攀拊一二知名士，以爲榮譽。幸如白石之遇，將不知其感恩知己之言，如何連篇累牘，窮形盡態也。嗚呼，白石之所恥，某亦恥之。

四九　酬應之風

酬應之風，至今日而極盛。新學名詞，謂之運動。文字雖非所習，而風琴歌譜，固所風尚。舊有慶弔無論矣，更益之以歡迎、歡送、紀念、開會，種種繁文，均莫不譜之歌詞，以媚賓客。昔北齊有士大夫語顏之推曰：我有一兒，年已十七，頗曉書疏，教其鮮卑語，及彈琵琶，稍欲通此，以伏事公卿，無不寵愛，亦要事也。顏氏低頭，至不欲聞。是即今日之好教科也。哀莫大於心死，不具死心而生今世，猶欲於詞章之末，抗論氣節，予亦自知其辭費矣。

五〇　下筆矜貴

白石之詞，於〔慶宫春〕，其自序曰：過旬塗藁乃定。於〔長亭怨慢〕，其自序曰：初率意爲長短句，而後協以律。是可知其或先成詞而塗藁鄭重，或先得句而協律精審，皆非率意爲之。昔人云：得句將成功。喻其難也。唯知難，則下筆自然矜貴。今也不然，以文字爲無足重輕之物，故肯以之爲無謂周旋之用。不自知其難，遂亦不見人之苦心，安得有佳構，安得有賞音也。然亦可喻今之將略，不恤天下膏血頭顱，以爭一己之權利，僥倖用之，遑計得失。誠如曹孟德與孫吳書云：將與將軍會獵於吳。是固以士卒爲鷹犬，人民爲飛走耳。何功之可言成，亦何成之足爲貴。斯文道喪，未有甚於今日者也。

五一　選家權衡

有宋詞家極盛，而選詞善本極少，唯弁陽老人《絕妙好詞》尚饜人意。餘如《花間》、《草堂》、《樂府雅詞》、《陽春白雪》[一]、《絕妙詞筆》[二]之類，大都純疵互見。蓋以當時人操當時選政，徒嫟於親愛，而選政於是濫矣。即弁陽所選，其第五、六、七卷，多其並時之人，故選入者亦復不能盡當。此其書之所以復不逮前也。夷謂選家與史家權衡相同，皆有華袞鈇鉞之操縱，不能具《春秋》之心，不必誣人，亦不必自誣。

五二　有清詞家

嘗有人評有清詞家，謂如竹垞、迦陵爲才人之詞，《衍波》諸家爲詩人之詞，惟《飲水》、《憶雲》、《水雲樓》三家，乃真詞人之詞。其論尚屬允當。然《飲水》小令，可稱神化，而慢曲單緩不協，什之七八。其令可傳，其慢不可傳也。《憶雲》工整稍近夢窗，亦似肉多於骨。予所瓣香無間言者，《水雲樓》而已。

[一] 陽春白雪，原作『春陽白雪』。
[二] 絕妙詞筆，或當作『絕妙詞選』。

五三　一氣呵成者爲上

填詞須通首詞氣匀配。或前虛後實，前實後虛，或前遠後近，前近後遠。實字過多，則嫌堆砌，否亦隔閡。虛字過多，則嫌薄弱，否亦弛懈。故必均匀支配。太促，則用排盪之筆以疏其氣；太散，則用研練之筆以緊其機。務以一氣呵成者爲上，次亦必求通體疏達，饒有餘味。若僅以字面工麗，從事妝點，是非我所敢取也。

五四　自絶於時

衆生耽軟暖。耽軟暖則慕榮利，慕[一]榮利則習揣摹。不能揣摹者，即爲自絶於時。其不至放棄終身者，尠矣。若兩漢之訓詁，六代之駢儷，唐之詩，宋之詞，元之曲，明之制藝，皆隨時爲風氣。著述如此，即其他之讖緯、清譚、理學門戶，亦各揣摹之一道也。有清盛時，各種學派，皆有提倡，皆有揣摹。至於衰世，爭尚西學，而昔所揣摹，都成糠秕。國變十年，其揣摹者，上下交征，廉恥道喪而已。生民以還，無斯變相，吾誠不知所言。然倚聲一道，尚未至成〈廣陵散〉者，亦有一時之風氣也。能揣摹者，未嘗無人，特與予之所言有[二]道而馳。予固自絶於時者，軟暖非不耽，而揣摹生[三]不

[一] 慕，原作『摹』。
[二] 有，疑應作『背』或『並』。
[三] 生，疑上脱一『平』字。

習，寧獨倖[一]聲然邪。時絕我乎，我絕時乎。

上海《國聞週報》一九二六年三月二一日第三卷第一〇期

[一] 倖，疑應作『倚』。

蘦蘭堂室詞話

況周頤

《蘦蘭堂室詞話》一七則，載上海《中社雜誌》一九二六年七月一日第二期，署『臨桂況周頤夔笙』。今據此迻錄。原無序號、小標題，今酌加。

纗蘭堂室詞話目錄

纗蘭堂室詞話

一　填詞守律

填詞必須守律，此『律』字，作法律之律解，非律吕之律。

二　守四聲

白石詞有旁譜者，最十七闋。吾人填此十七調，可無庸守四聲，有旁譜可據依也。其它無譜之調，無可據依，唯恪守四聲，庶幾無誤，舍此計無復之。此四聲所以非守不可也。

三　唐詞《雲謠集》

漚尹得唐詞《雲謠集》，作『玄謠者』，誤也。雲作云，雲本字。云、玄形近貽誤。曩余所見，詞僅三首，即誤題玄謠者。此本得十八首，漚尹刻入《叢書》，無庸具述。摘其佳句。〔天仙子〕云：『滿樓明月夜三更，無人語。泪如雨。正是思君腸斷處。』〔洞仙歌〕云：『擣衣嘹喨。嬾寄迴文先往。戰袍待穩絮，重更熏香。殷勤憑驛使追訪。』〔破陣子〕云：『爲覓封侯酬壯志，携劍彎弓沙磧邊，抛人如斷絃。』〔浣沙溪〕云：『早春花向臉邊芳。』又〔破陣子〕云：『正是越溪花捧豔』，『捧』

字雋。

四　《夢窗詞》佳處

某君單心樸學，作詞不多，論詞却極内家。嘗言，《夢窗詞》曾經細讀，不止一次，不知其佳處安在。夢窗如此難知，豈易言學。此君是真能知夢窗者。不知其佳處安在，雖不知，不遠矣，佳處在其中矣。

五　夢窗詞境清妙

吴夢窗云：『竹窗聽雨，坐久隱几就睡，既覺，見水仙娟娟於燈影中。』〔夜游宫〕詞題此詞境絶清妙。宋詞句云，『睡起兩眸清炯炯』，此『娟娟』從『炯炯』中來。

六　張文潛〔風流子〕

張文潛〔風流子〕，『芳草有情，夕陽無語，雁横南浦，人倚西樓』，景語亦復尋常，唯用在過拍，即此頓住，便覺老當渾成。换頭『玉容知安否』，融景入情，力量甚大。此等句有力量，非深於詞不能知也。『香箋』至『沈浮』，微嫌近滑。幸『愁』韻四句，深婉入情，爲之補救。而『芳心』、『翠眉』，又稍稍刷色。下云：『情到不堪言處，分付東流』，蓋至是不能不用質語爲結束矣。雖古人用心，未必如我所云，要不失爲知人之言也。『香箋共錦字，兩地悠悠』，吾人填詞，斷不肯如此率意，勢必縮兩句爲一句，下句更添一意，由情中、景中生出皆可，情景兼到，又盡善矣。雖然，突過前人不易，或反不逮前人，視平昔之功力，臨時之杼軸，何如耳。

七　《薑齋詞》沉著穠至

王船山先生《薑齋詞》，沉著穠至，入南渡名賢之室。〔謁金門〕云，『落日黃花衰草地，有英雄殘淚』，〔清平樂〕〈詠雨〉云，『誰信碧雲深處，夕陽仍在天涯』，〔碧芙蓉〕云，『青天如夢，倩取百囀嗁鶯喚』，〔減字木蘭花〕云，『月嚮桃花香處暖』，〔浣溪沙〕云，『極目江山無止竟，傷心日月太從容。霜楓依舊半林紅』。

八　《湘中草》清麗芊眠

夏節愍完淳殉國難，年十七，有集七卷。第八卷皆附錄其詞芬芳悱惻。湯卿謀聞國變，悲憤發疾卒，年二十五，有《湘中草》六卷，其詞清麗芊眠。何明季之多仙才，而又人傑也。設令卿謀所遭，與節愍同，甯肯爲當仁之讓耶。卿謀詞多言情之作，語語從性靈流出。性靈者，情之本根也。〔鷓鴣天〕云，『碧紗深掩喁喁處，塞北江南春夢中』，〔滿庭芳〕〈月夜裹展成次韻〉云，『能來否，天街清絶，烏鵲正南飛』，〔桂枝香〕〈讀史〉云，『滿目新亭，啞啞笑言而已。更無一點山河淚。望蒼生，竟何人是』，〔沁園春〕〈次展成韻〉云，『歎蕙蘭生受，淒涼風月；龍蛇空老，寂寞雲雷』，又云，『寒日西流，大江東去，爲問山川何處佳』，〔摸魚兒〕〈石湖晚眺〉云，『持杯欲共春風語。回首柳緜無數。愁雲誤。但芳草多情，未斷登臨路』。

九 《憶雲詞》詞境稍進

錢塘項蓮生鴻祚元名廷紀《憶雲詞》，〈冬夜聞南鄰笙歌達曙〉〔玉漏遲〕句云：『嫌漏短。漏長却在，者邊庭院。』余十六七歲時，極喜誦之。越十年，便能知此等句絶無佳處，而詞境稍稍進矣。

一〇 發乎情止乎禮義

半唐〈詠一片荷葉〉〔綠意〕句云：『微波盼斷從舒捲，早展盡、秋心層疊。』蕙風云：『歸來綵筆題芳恨，也一任翠簾天遠。』半塘云：『是謂發乎情，止乎禮義。』

一一 蕙風詞二病

蕙風詞有二病：少年不能不秀，晚年不能不豔。

一二 半唐〔南鄉子〕

半唐詞〔南鄉子〕[一]云：『缺月半朧明。凍雨晴時淚未晴。倦倚香篝溫別語，愁聽。鸚鵡催人説二更。　此恨拌今生。紅豆無根種不成。畫裏屏山多少路，青青。一片煙蕪是去程。』此

[一] 南鄉子，原作『唐多令』，據詞文改。

詞饒有煙水迷離之致，駸駸入宋賢之室。

一三 言情寫景

漚尹最近之作，〈乙丑除夕閏生宅守歲〉〔高陽臺〕云：『藥裹關心，梅枝熨眼，年光催換天涯。彩勝迷離，忘情紅入燈花。常時風雨聯牀夢，付淺吟、深坐消他。更休提，束帶鳴鷄，列炬飛鴉。驚心七十明朝是，甚兩頭老屋，舊約猶賒。醉倚屠蘇，誰知肝肺杈椏。干戈滿目悲生事，問阿連、底處吾家。卻因依，北斗闌干，凝望京華。』他韻絶佳。倚聲家言情寫景，不能分爲兩事，融景入情，即情即景，他韻二句，卻是緣情生情，引而愈深。昔人所云，事外遠致，殆無逾此。非深於情深於詞，不知也。

一四 江建霞《紅蕉詞》

元和江建霞標倜儻多才藝，曩寓都門，素心晨夕，過從甚密。乙未已還，音問斷絶，何止建霞而已。陳蒙盦持示其遺箸《紅蕉詞》一卷。錄其精整近渾成者。〔菩薩蠻〕云：『玉鏤飛鳳銀屏小。畫羅帳卷春雲曉。繚亂海棠絲。還移明鏡遲。　無言成獨坐。底事慵梳裹。簾外鷓鴣嘑。泥金褪舞衣。』又：『天涯只合多飛絮。化萍還向天涯去。妾命不如他。終年彎兩蛾。　大堤音信絶。夢裏剛離別。雙燕入簾來。故園花正開。』又：『藕絲切斷玲瓏玉。蕉心捲破葳蕤綠。水閣已秋風。屏山幾曲紅。　湘簾三面静。團扇相思影。晚檻月微涼。開籢吹鬢香。』又：『銀荷暈小釭花紫。黃昏已近爐煙膩。滿地是梨花。春風狂太差。　雙鬟金鳳小。卸卻殘妝早。翠被不勝寒。熏籠夢合歡。』〔醜奴兒令〕云：『脂奩粉盝宣窰製，鬭茗鷄缸。鬭酒犀觴。紅玉磁爐海外香。新收小卷湘蘭畫，水繪裝潢。東澗收藏。押尾前朝薛潤孃。』此等詞偶一爲之，不失其爲雅。

一五　陳蘭甫《憶江南館詞》

番禺陳蘭甫澧精孯宮律，手批《白石道人詞》，斜行作草，徧滿餘紙。曩年于文和式枚見貽，半唐借去未還，遂不可蹤跡矣。半唐未還之書，以明陳大聲《草堂餘意》及是書，最爲可惜所箸《憶江南館詞》，僅二十八闋。〔鳳皇臺上憶吹簫〕〈越王臺春望〉云：『芳樹嗁鴂，野花團蜨，嫩晴剛引吟笻。訪故王臺榭，依約樵蹤。零落當年，黃屋都分付，蜑雨蠻風。添惆悵，望佗城一片，海氣冥濛。青山向人似笑，笑淘盡潮聲。誰是英雄。只幾堆新壘，鳥散雲空。休説樓船下瀨，傷心見，斷鏃苔封。還依舊，攀枝亂開，萬點春紅。』自注：萬紅友《詞律》，載此調李易安詞，『休休。者回去也』，謂第二『休』字用韵，非也。易安此詞，已有『欲説還休』句，不當重『休』字。余此闋，依易安詞填之，而『山』字不用韵，以正萬氏之誤。〔八聲甘州〕序云：『辛丑，張韶臺和余〈盧溝咏柳〉之作，自是唱酬遂多，今歲同至揚州，余往金陵，韶臺先歸，空江獨吟，追憶前事，慨然成詠。』『記盧溝煙柳和新詞，淒斷小銀箏。正風前畫角，夢中紅袖，一樣關情。此日天涯依舊，書劍共飄零。卻恐愁邊鬢，添了星星。憔悴江南倦客，更句留十日，酒夢纔醒。賸清絃獨撫，深夜伴孤檠。只如今、怕吟楊柳，甚年年、慣作別離聲。歸來好、南園煙水，料理鷗盟。』

一六　呢呢喁喁

譚仲修評詞有云：『不作呢呢喁喁，是謂雅詞。』呢呢喁喁，何嘗不可雅，最雅之呢呢喁喁，先生未之聞耳。

一七　論詞絶句

武進趙叔雍尊嶽近擬彙刻昔人論詞絶句，就商於余。舉舊所臧弆貽之。祥符周稺圭之琦《心日齋詞録》，凡十六家，各系一詩。臨桂朱小岑依真《九芝草堂詩存》，論詞絶句二十八首。金匱孫平叔爾準《泰雲堂詩集》，論詞絶句二十二首。南海譚玉生瑩《樂志堂論詞絶句》一百首。真州王西御僧保論詞絶句三十六首，最二百藹二首。長沙楊蓬海恩壽有專論清詞絶句三十二首。歸安[一]姚勁秋洪淦自金陵寄貽，屬轉致叔雍付之剞氏，迻録如左：

飄蕭白髮老江關，淚落檀槽斷續聞。流水落花無限恨，選聲應唱〔念家山〕。吳梅村

麥秀漸漸冷夕暉，白頭詞客欲沾衣。傷心豈爲飛紅雨，門巷重來萬事非。龔芝麓。元注：『重來門巷，盡日飛紅雨』，〔驀山溪〕詞也，王漁洋亟賞之。

李鏡陳屏著色多，仙衣縹緲疊雲羅。何當月滿花濃夜，檀板金尊唱《衍波》。王漁洋

阿誰捧硯手纖纖，迷迭香溫翠袖添。百尺樓頭湖海氣，陳髯豪邁比蘇髯。陳其年

〔一〕　歸安，原作『婦安』。

晚入承明兩鬢絲，姓名早達九重知。花天酒地留題徧，畫壁先歌《百末詞》。尤展成

一編珍重壓歸裝，海客低頭拜菊莊。料得重洋荒島外，風濤相應識宮商。徐電發

風氣能開浙派先，獨從南宋悟真詮。自題詞集夸心得，差喜新聲近玉田。朱竹垞

一時聲價信無虛，秀水詞人説李朱。南渡風流未消歇，荷池桂子唱西湖。李武曾

新詞拍手偏兒童，太守聲名滿浙中。紅豆一雙新種得，有人把酒祝東風。吳園次

秦淮楊柳雨瀟瀟，舊夢迷離記板橋。一管春風好詞筆，閒調金粉寫南朝。余澹心

傷心天漢遠浮槎，絶塞風沙兩鬢華。被酒夜闌愁不睡，一庭霜月聽秋笳。吳漢槎

交情鄭重抵河梁，雪窖冰天淚兩行。季子荷戈寧古塔，何堪重聽〔賀新涼〕。顧梁汾

塞北臙脂著色新，鶯鶯燕燕儘嬉春。豔情慣寫癡兒女，一覺《紅樓夢》里人。納蘭容若。《飲水詞》多緣情〔一〕門靡之作。俗傳《紅樓夢》説部，所謂寶玉，即侍衛也。説雖無徵，詞筆近似。

元人爨弄獨登壇，風骨重追兩宋難。穠豔漸多深厚少，春光洩盡百花殘。孔季重、洪昉思、李笠翁、袁令昭，四君均曲高於詞。

湖上填詞白罰新，六橋楊柳綰芳春。若從西浙論宗派，朱十從今有替人。厲太鴻

玲瓏山館可憐宵，快倚新聲酒未消。正是烟花好時節，二分明月一枝蕭。馬秋玉

持律嚴于灞上軍，任他圖譜説紛紛。詞家別有麒麟閣，第一功名合許君。萬紅友。《香膽詞》雖近澀，《詞律》一編，足爲詞人圭臬。

〔一〕緣情，原作『緣清』。

六一先生石帚翁，遠從炎宋溯鄉風。填詞創立西江派，七百年來兩鉅公。蔣茗生、樂蓮裳。《銅絃詞》瓣香北宋，《斷水詞》〔一〕專學堯章。

機、雲同入洛陽來，璧月〔二〕流輝寫麗才。七寶莊嚴誰拆下，更無人解造樓臺。楊蓉裳、荔裳

立馬黄河弔汴宫，清商惻惻〔滿江紅〕。樊樓燈火金明柳，都入才人淚眼中。張度西。《秋篷詞》雅近蘇辛，〈大梁弔古〉〔滿江紅〕，尤爲悲壯。

文章中禁擅才名，更聽琵琶鐵撥聲。先後塡詞吳祭酒，錢塘鼓吹値昇平。吳穀人。『白髮塡詞吳祭酒』，王漁洋〈題梅村詞集〉句。

淪落梧桐爨下材，延津雙劍鬱風雷。朱門風月旗亭酒，傳唱江南兩秀才。郭頻伽、蔡芷衫

蔣趙相推第一流，詩名清福自千秋。隨園缺陷從今補，更有江南捧月樓。袁蘭村

零縑碎錦總相宜，妙手拈花偶得之。無縫天衣更誰識，唐堂詩集夢歐詞。陳夢歐

鼎鼎才名白也傳，詩中無敵酒中仙。灞陵柳色秦樓月，更聽紅簫譜夢年。黄仲則。《兩當詩》近青蓮。『秦樓月，年年柳色，灞陵傷別』，青蓮〈憶秦娥〉詞也。

後堂絲竹冷官宜，鐸語詼諧妙解頤。一任五花傳爨弄，不將綺曲累清詞。沈蕢漁

瘴鄉東去擁征騑，雛鳳都隨老鳳飛。狚婦狑男傳唱徧，一門佳句織弓衣。汪劍潭、竹素、竹海

魚龍角觝海天秋，健筆淋漓掃柳周。肯向喁喁小窗下，也隨兒女訴閒愁。周穉圭

〔一〕斷水詞，原作『斷水水詞』，據《清名家詞》卷四六刪。

〔二〕璧月，原作『壁月』。

雙聲寫韵入琴徽，惆悵中年事漸非。落葉聲中傳斷句，夕陽一樹待鴉歸。項蓮生

戒律精嚴説上乘，萬先戈後此傳燈。更饒韻本流傳徧，不數當年沈去矜。戈順卿。輯《詞林正韻》，最精。

上海《中社雜誌》一九二六年七月一日第二期

一葦軒詞話

劉德成

《一葦軒詞話》七則，載瀋陽《東北大學週刊》一九二六年一〇月一〇日第一期，署『劉德成』。今據此迻録。原無序號、小標題，今酌加。

一葦軒詞話目錄

一葦軒詞話

一　協律未可忽視

詞立意固重，而協律亦未可忽視。張惠言爲清代詞家常州派之首領，而論詞以立意爲本，協律爲末。於是乾隆以後之詞調，衹可讀而不可歌矣。

二　太白詞疑後人僞託

太白爲千古詩仙，其詞則不多見。今世所傳者，僅有〔菩薩蠻〕、〔憶秦娥〕、〔清平調〕、〔桂殿秋〕、〔連理枝〕數詞而已；然真僞尚屬疑問也。考唐大中初，女蠻國入貢，其人危髻金冠，瓔珞被體，人謂之『菩薩蠻』。當時娼優，遂製〔菩薩蠻〕曲，蓋出於唐之末季。今太白集有其詞，疑後人僞託也。他若〔憶秦娥〕等詞，恐亦非真。溯詞曲創於隋，至唐作者漸多。然當時詞曲，多出於音樂家，或精於音樂之文人。非若後人不解音樂，僅以詩筆填詞也。余意太白，雖豪爽風流，或不解音樂，故無詞集盛行於世。不然，玄宗善製曲，最重太白，何未聞與太白有詞曲佳話之流傳乎。蓋後人作詞，恐人微言輕，不足以膾炙人口，故藉太白盛名以傳，理或然矣。

三　小山詞品

北宋詞家，多精曉音律，能製腔填詞。然多視爲消遣品，或應酬品。若終其身不以詞媚權貴者，厥爲晏小山。小山視詞如神聖，不肯作世俗應酬之作。其詞品之佳，千古無兩。

四　詞不可用白話

詩以言志，用白話似矣。詞則以意爲經，以言爲飭，其旨隱，其詞微，用文言尚難盡其含蓄之妙，況白話乎。黄山谷詩才尚可，詞則粗俗淺露，爲宋代詞家之最下者。所創白話詞，尤卑鄙不堪。蔣竹山之〔沁園春〕，石次仲之〔惜多嬌〕，私淑山谷，竟體白話，更自鄶以下矣。

五　填詞不妨稍涉輕佻

填詞不妨稍涉輕佻，詩則力避之。故吾謂詩中所棄之句，或爲詞中最美滿之句。

六　詞人風格

蘇東坡之詞豪放，周美成之詞沈鬱，晁無咎之詞伉爽，辛稼軒之詞激壯，黄山谷則近於粗鄙矣。

七　詞家之有温韋

詞家之有温韋，猶詩家之有李杜也。李杜各有所長，不能强分上下。飛卿根柢〈離騷〉，十九寓言，不愧千古詞家正宗。端己深情曲致，清雅宜人，然終不免有意填詞。故溫韋並稱，似非平允。

瀋陽《東北大學週刊》一九二六年一〇月一〇日第一期

電影本事詞

高天棲

《電影本事詞》七則，載上海《電影畫報》一九二六年一〇月二五日第一期起，訖一一月一三日第七期。署『高天棲』、『天棲』。今據此迻錄。原有小標題，今仍之；原無序號，今酌加。

電影本事詞目錄

電影本事詞

一 〔鷓鴣天〕〈她的痛苦〉

多少青年誤自由。怪她痛苦自尋求。應知情海風濤險。環境驅人入下流。　情未斷，猛回頭。好風吹散一天愁。但看破鏡重圓日，偕隱江村樂事悠。

上海《電影畫報》一九二六年一〇月二五日第一期

二 〔醉花陰〕〈四月裏底薔薇處處開〉

四月薔薇開處處。忙煞游蜂侶。惹草又沾花，激起風潮，内外拈酸醋。　如環妙計施雲雨。把衆人蒙住。黄雀捕螳螂。彈者來時，只叫連天苦。

上海《電影畫報》一九二六年一〇月二九日第二期

三　〔菩薩蠻〕〈雄媳婦〉

窮魔緊緊相追逼。甘心低首爲雄媳。三月抱小孩[一]。問君該未該。　降尊司賤役。乳母偏憐惜。看破醜家庭。毅然拂袖行。

上海《電影畫報》一九二六年一一月一日第三期

四　〔高陽臺〕〈新人的家族〉

音變情絃，文占脫輻，都緣誤會而生。交際名花，無端一見心傾。深宵搜得移情證，白羅巾、上繡芳名。最堪傷，一語相違，遽毀鴛盟。　引狼入室誠非計，看野心逐逐，假意惺惺。劫去嬌兒，慈親心碎魂驚。珠還合浦羣兇獲，佩偵探、强幹精明。釋前嫌，伉儷重諧，悲喜交并。

上海《電影畫報》一九二六年一一月四日第四期

五　〔河滿子〕〈兒女恨〉

我佩華翁慧眼，風塵賞識奇英。有女伶仃同病。感好逑賦後長征，姊妹行同梟獍。　老親忍氣吞聲。幸遇多情猶子，欣逢得意門生。富貴雖然吾自有，敢忘當日高情。但看榮歸故里，恩恩怨怨分明。

上海《電影畫報》一九二六年一一月七日第五期

[一] 小孩，原作『孩』，據律及劇情補『小』字。

六 〔水調歌頭〕〈玉潔冰清〉

欲把蔦羅締，籠絡好青年。青年心志高傲，不願附腥羶。醉後乘車遭險，恰值漁家姊妹，報德意殷拳。小艇烟波裏，鎮日共流連。黯然別，魂欲斷，恨難填。飄零避地海上，彼美獨垂憐。明義規親之過，割愛成人之美，父吝女偏賢。一卷低徊誦，愁對夕陽天。

上海《電影畫報》一九二六年一一月一〇日第六期

七 〔臨江仙〕〈和平之神〉

內亂頻仍兵禍烈，可憐民不聊生。兩番遣使冀和平。戰魔偏作梗，設計鎖雙星。俠友賢妹同仗義，於焉大白真情。戰氛消散動歡聲。璧人情史上，弈弈發光榮。

上海《電影畫報》一九二六年一一月一三日第七期

况蕙風詞話

况蕙風

《况蕙風詞話》一七則，載上海《聯益之友》一九二七年一月一日第三五期、二月一日第三七期、二月一六日第三八期，題『詞話』，署『况蕙風遺作』。又載《詞學季刊》一九三四年四月第一卷第一期，題『詞學講義』，署『臨桂况周頤蕙風遺著』；又載《立言畫刊》一九四二年第一八三、一八四期，刊頭題『學詞津逮』，次題『况蕙風先生詞學講義』，正文題『詞學講義』，署『臨桂况周頤蕙風遺著』，兩期文前各有金受申引言一則，正文中有金受申按語。《詞學季刊》、《立言畫刊》所載，與《聯益之友》第三五期、三七期內容相同，無《聯益之友》第三八期內容。今據《聯益之友》迻錄，改題《况蕙風詞話》，校補以《詞學季刊》、《立言畫刊》。原無序號、小標題，今酌加。

况蕙風詞話目錄

况蕙風詞話

金受申引言（上）

談了幾次詞，有幾位讀者來函，詢問作詞方法，這不啻問道於盲，連我自己都不算會作，那有能力教人。最近得到近代大詞家况蕙風先生（名周頤，臨桂人）遺著《詞學講義》，誠初學入門津逮，不避公開鈔襲之嫌，遂錄原作，但總比區區不才寫些不成熟見解强的多。

一　爲己之學

詞於各體文字中，號稱末技。但學而至於成，亦至不易。必須有天分，有學力，有性情，有襟抱，始可與言詞。天分稍次，學而能之者也，及其能之，一也。古今詞學名輩，非必皆絕頂聰明也。其大要曰雅、曰厚、曰重拙大。厚與雅，相因而成者也，薄則俗矣。輕者重之反，巧者拙之反，纖者大之反，當知所戒矣。性情與襟抱，非外鑠我，我固有之。則夫詞者，君子爲己之學也。

二　詩餘有餘於詩

詞之興也，託始葩經楚騷，而浸淫於古樂府。昔賢言之，勿庸贅述。唐人朝成一詩，夕付管絃，旗亭畫壁，是其故事。其詩七言五言皆有，往往聲希拍促，則加入和聲，務極悠揚流美之致。凡和聲，皆以實字填之，詩遂變爲詞矣。後世以詩餘名詞，此『餘』字，作『贏餘』之『餘』解。詞之情文節奏，並皆有餘於詩，非以詞爲詩之賸義也。

受申按：况公此解，千古名言，觀於曲爲詞餘，可知。

明虞山王東溆（應奎）《柳南續筆》：『桐城方爾止（文）嘗登鳳凰臺，吟太白詩云：「鳳凰臺上，一個鳳凰游，而今鳳去耶，臺空耶，江水自流。」曼聲長吟，且詠且拍，人皆隨而笑之。』按，唐人和聲之遺，殆即類此，未可以爲笑也。[一]

三　詞史

詞學權輿於開天盛時，寖盛於晚唐五季，盛於宋，極盛於南宋。至元、大德之世，未墜南渡風格。鳳林書院《草堂詩餘》元無名氏選，皆南宋遺民之作。寄託遥深，音節激楚，厲太鴻鶚以清湘瑶瑟比之。秦惇夫恩復云：『標放言之致，則愴怏而難褱；寄獨往之思，又鬱伊而易感。比方《中興以來絕妙詞選》，無不及，殊有過之。洎元中葉，曲學代興，詞體稍稍敝矣。明詞專家少，粗淺蕪率之失多，誠不足當宋元之續。時則有若劉文成基，夏文愍言，風雅絕續之交，庶幾庸中佼佼[二]。爰及末季，

[一] 本節文字《聯益之友》無，據《詞學季刊》、《立言畫刊》補。《詞學季刊》、《立言畫刊》均低一格排於相應條目之後。

[二] 佼佼，原作『校校』，據《詞學季刊》本改。

若陳忠裕子龍，夏節愍完淳，彭茗齋孫貽，王薑齋夫之，詞不必增重其人，亦不必以人增重。含婀娜於剛健，有風騷之遺音。昔人謂詞絕於明，詎持平之論耶。

四　清初纖靡

清初曾道扶王孫，聶晉人先輯《百名家詞》，多沈著濃厚之作，近於正始元音矣。康熙中，有所謂《倚聲集》者，集中所錄，小慧側艶之詞，十居八九。王阮亭、鄒程村同操選政。程村實主之，引阮亭爲重云爾。而爲當代鉅公，遂足轉移風氣。詞格纖靡，實始於斯。自時厥後，有若浙西六家，是其流弊所極。輕薄爲文，每況愈下。於斯時也，以謂詞學中絕，可也。

受申按：況公此論，實探詞學流變之源，惟於清初詞學，謂之中絕極衰，不才尚有商榷。

五　浙派之先河〔一〕

金風亭長《江湖載酒》一集，雖距宋賢堂奧稍遠，而氣體尚近沈著。就清初時代論詞，不得不推爲上駟。其《歷朝詞綜》一書，以輕清婉麗爲主旨，遂開浙派之先河，凡所撰錄古昔名人之作，往往非其至者。操觚之士，奉爲圭臬，初程不無岐誤，抑亦風氣使然矣。

受申按：金風亭長爲朱竹垞先生，乃清初浙派領袖。晚清詞人受常州派薰染，不免門户之見，學者以此覘一時論詞風氣則可，如即據以排擊浙派，應先自問所作之詞，果能如何。

〔一〕　本條原與上連排，據《詞學季刊》分。

六　清詞不宜看

清朝人詞斷自康熙中葉不必看，尤不宜看。看之未必獲益。一中其病，便不可醫也。且亦無暇看。吾人應讀之書，浩如煙海，即應讀之詞，亦悉數難終。能有幾許餘力閒暑，看此浮花浪蘂，媚行烟視，螸梨禍棗之作耶。

受申按〔一〕：況公此論，原有背景，未可以爲確論。以上爲述詞學衍變，而非詳史。

七　填詞口訣

填詞口訣，曰自然從追琢中出，所謂得來容易却艱辛也。曰事外遠致，曰煙水迷離之致。此等佳處，神而明之，存乎其人，難以言語形容者也。李太白〈惜餘春〉、〈愁陽春〉二賦，余極喜誦之。以云烟水迷離之致，庶乎近焉。

八　詞曲截然兩事

詞與曲，截然兩事。曲不可通於詞，猶詞不可通於詩也。其意境所造，各不相侔各有分際。即如詞，貴重、拙、大，以語王實甫、湯義仍輩，甯非慎乎。乃至詞涉曲筆，其爲傷格，不待言矣。二者連綴言之，若曰詞曲學者，謬也。並世製曲專家，有兼長詞學者，其爲詞也，一字一聲，不與曲混。斯人天

〔一〕受申按，原無，據上下文例補。下同。

姿學力，逴越輩流，可遇不可求也。

王文簡《花草蒙拾》：『或問詩詞詞曲分界。曰：「無可奈何花落去，似曾相識燕歸來」，定非《香奩》[一]詩；「良辰美景奈何天，賞心樂事誰家院」，定非《草堂》詞。』

上海《聯益之友》一九二七年一月一日第三五期

九　意内言外

詞，《說文》：『意内而言外也。』意内者何，言中有寄託也。所貴乎寄託者，觸發於弗克自已，流露於不自知。吾爲詞而所寄託者出焉，非因寄託而爲是詞也。有意爲是寄託，若爲吾詞增重，則是鶩乎其外，近於門面語矣。蘇文忠『瓊樓玉宇』之句，千古絕唱也。設令似此意境，見於其它詞中，只是字句變易，别無傷心之懷抱，婉至激發之性真，貫注於其閒，不亦無謂之至耶。寄託猶是也。而其達意之筆，有隨時逐境之不同，以謂出於弗克自已，則亦可耳。

受申按：以上是蕙風先生《詞學講義》的一半，下一半下期補足，讀者可以得一篇完整的詞學先輩名作，也是很可喜的事。詞至清代，由王阮亭、曹升六、朱竹垞提倡詞學以來，繼以臯文、翰風兄弟，晚清半塘、彊村振前古未發之餘緒，紹兩宋之宗風，實爲詞壇盛事。清代詞人，不下數百家，皆能自成家數，其間又有特出詞人，如納蘭容若的《飲水詞》，爲能返歸五代、北宋之僅有一人。近世詞人，能卓然成家者，皆隱世不求聞達，昨承茗生邵兄贈倬翁的《雲淙琴趣》第三卷，使我如獲至

[一] 香奩，原作『香頤』，據《詞學季刊》本改。

寶；又於師妹趙希敏女士案頭，拜讀夏枝巢先生的〈和飛卿〉〔菩薩蠻〕，法相莊嚴，雍容華貴，幾人《花間》之室，亦爲可傳之作。前晤徐燕孫兄於南海芳華樓，談輯印邵次公先生所作詞之事。我以爲邵公爲今文經學《齊詩》名家，填詞高妙，我曾因拜讀先生的〔徵招〕，心儀已久。後在北大研究院（研究所時代）晤先生，即以和〔徵招〕爲贄，頗蒙指迷，至今心感。徐兄此意實獲我心，頗望有力者之助成。徐兄所植茶花，紅錦燦爛，近填長調賦之，俟修潤後，呈政諸公。

金受申引言（下）

上期迻錄之况蕙風先生（周頤）遺著《詞學講義》，以見先賢致力學術用心之勤專。近年詞事大衰，作家不出，一般欲學填詞的同好，復不肯降心嚴格以求，吾誠爲此道前途憂。漢樂府到了六朝，已不能歌，唐樂府 - 詩，到了宋代，也不能再歌，元北曲到了明傳奇興起後，不只不能再歌，且不能再仿作，獨有詞的命運特長，萌芽於晚唐，開花於五代，極盛於兩宋，歷元、明、清、近代而不衰，只把宋代歌詞之法失去。（白石道人詞旁的樂譜，吳梅先生曾説：不僅不能辨識，就是能辨識，没有板眼拍節，也是不能唱的。又説：白石僅於自創調上有譜，亦是聲曲與歌詞上的重要問題。受申按：謝元淮《碎金詞譜》，雖全打工尺，是否爲宋代歌法，也未必敢定，所以説歌法失傳。）依律填詞，尚還可以，所以填詞一道，尚未失傳。近年自提倡新體詩以後，許多人以爲作新詩容易，作舊詩詞難，於是來作新詩（實在新詩也有相當難處，《新青年》、《語絲》中，此項論文頗多），而舊詩詞便被畏難的先生們，排斥起來。胡適只説：『文當廢駢，詩當廢律』，並没説詩詞一體廢除，何况胡適所説還不定能否確立呢。我認爲詞是一種極可抒情的、極合説話規則的、有規律好言語，以後當一一説明，今先接述上期未完本文。

一〇　詞必諧宮調

詞必諧宮調，始可付歌喉。凡言某宮某調，如黃鐘宮〔齊天樂〕，中吕宮〔揚州慢〕之類，當其尚未有詞，皆是虚位。填詞以實調[二]，則用字必配聲。一法，就喉、牙、舌、齒、脣，分宮、商、角、徵、羽。《韵書》云：欲知宮，舌居中。欲知商，開口張。欲知[三]角，舌根縮。欲知徵，舌拒齒。欲知羽，口吻聚。大抵合口爲宮，開口爲商，捲舌爲角，齊齒爲徵，撮口爲羽。一法，以平聲濁者爲宮，清者爲商，入聲爲角，上聲爲徵，去聲爲羽。而皆未爲盡善者。與宮、商、角、徵、羽相配之字，又各自有宮、商、角、徵、羽，各自有清、濁、高、下。泥一則不通，欠叶則便拗，所以爲難也。填詞之人，如宋賢屯田、白石輩，自能嘌唱，精研管色，吹律度聲，以聲協律。字之清濁高下，自審稍有未合，則抑揚重輕其聲以就之。屢就而仍未合，則循聲改字以諧之。逐字各有清濁高下，逐律皆可起宮。字句承接之間，逐處安排妥帖，審一定和，道在是矣。若只能填詞，不能吹唱，則何戡、米嘉榮輩，可作邃密之商量，不至於合律不止。唯是詞雖可唱，俗耳未必悦之。以其一字，僅配一聲，不能再加和聲。觀白石旁譜可知。極悠揚之能事，亦祇能如琴曲中有詞之泛音而已。

琴曲〔陽關三疊〕泛音：『月下潮生紅蓼汀，柳梢風急度流螢。長亭短亭，話別丁寧。梧

[二] 調，原作『詞』，據《詞學季刊》本改。

[三] 知，原作『如』，據《詞學季刊》本改。

桐夜雨，恨不同聽。』詞極婉麗。而旁謚一字配一聲，無所爲遲其聲以媚之。非甚知音，難與言賞會矣。

一一　恪守四聲

白石詞有旁譜者，爲十七闋。吾人填此十七調，可無庸守四聲，有旁譜可據依也。其它無譜之調，無可依據，唯恪守四聲，庶幾無誤。舍此計無復之。此四聲所以非守不可也。

一二　詞學初步

詞學初步，必需之書：

《校刊詞律》二十卷，清宜興萬樹紅友訂正，秀水杜文瀾筱舫校刊。

附《詞律拾遺》[一]六卷，德清徐本立誠庵纂。

《詞律補遺》，杜文瀾編，共二函十二本。

如此書未易購求似曾見石印本，即暫時購用萬氏《詞律》原本，亦可。

受申按：《詞律》及《拾遺》、《補遺》，掃葉山房有合刊石印本，甚精。分粉紙、洋紙二種。

[一] 拾遺，原作『給遺』，據《詞學季刊》改。

《詞林正均》三卷，清吳縣戈載順卿輯，臨桂王氏〔二〕四印齋刻〔三〕本有石印本。

坊間別本詞韻，部居分合多誤，斷不可用。

《草堂詩餘》四卷，宋人選宋詞。明嘉靖庚寅，上海顧從敬汝所刻本最佳，未經明人增羼。

《蓼園詞選》，蓼園先生，姓黃氏，名佚，臨桂人。選詞依《草堂》，去其涉俳涉俚之作，加以箋評，極便初學。武進趙氏惜陰堂石印本。《宋詞三百首》，歸安朱祖謀古微選。

一三　詞學進步

詞學進步，漸近成就，應備各書：

《宋六十名家詞》，明常熟毛氏汲古閣刻本。滬上石印本，譌舛太甚。不如廣東覆刻本較佳。

受申按：《宋六十名家詞》，商務印書館有《國學基本叢書》本，係影印，甚佳，近不易得。

《詞學叢書》，道光間江都秦氏享帚精舍刻本。

《樂府雅詞》三卷，《拾遺》二卷，宋曾慥編。

《陽春白雪》八卷，《外集》一卷，宋趙聞禮編。

《詞源》二卷，宋張炎撰。

《日湖漁唱》一卷，補遺二卷，宋陳允平撰。

〔二〕氏，原作『民』，據《詞學季刊》改。

〔三〕刻，原作『歸』，據《詞學季刊》改。

《元草堂詩餘》三卷，鳳林書院本。

《詞林韵釋》一卷，菉斐軒本。

受申按：《詞學叢書》木刻本甚劣，石印本多題爲《詞學全書》。

《花菴詞選》二十卷，宋黄昇撰。

《絕妙好詞》七卷，宋周密編。

《御選歷代詩餘》一百二十卷，殿本有覆本。

《四印齋所刻詞》，臨桂王氏輯本。

《宋元三十一家詞》，同上。

《彊村叢書》，歸安朱氏輯本。

此外各種詞話，如《皺水軒詞筌》、《花草蒙拾》、《詞苑叢談》、《金粟詞話》之類，亦宜隨時購閱。庶幾增益見聞，略知詞林雅故。《叢談》引它家書，不著其名，是其一失。

又，《宋金元詞集見存卷目》一册，雙照樓校寫本，丁未八月，滬上鴻文書局代印。此書傳本罕見。

詞學津逮，至要之書。丁未距今僅二十年，亟訪求之，容或尚可得也。

右《詞學講義》，爲蕙風先生未刊稿。先生舊刻《香海棠館詞話》，後又續有增訂，寫定爲《蕙風詞話》五卷，由武進趙氏惜陰堂刊行。朱彊村先生最爲推重，謂『自有詞話以來，無此有功詞學之作』。此稿言尤簡要，足爲後學梯航。叔雍兄出以示予，亟爲刊載，公諸並世之愛好倚聲者。二十二年二月一日，龍沐勛附記。

受申按：况公所舉《宋金元詞集見存卷目》，筆者藏有一册，内容搜羅頗備，惟僅列某書葉數，不可云詳，且未及彊村所輯，尚待修訂。筆者擬加以箋正，所得已有成數，成書則尚待異日。關於論詞各點，以後容逐期寫來。如詞之用字、用韻，及句中四聲，均有研究之必要。吾人生於前賢已爲詳細論列之今日，若不從事研求，則蓽路襤褸往哲之心，有負多矣。况公此稿作於乙丑、丙寅間，未有單行本，其舊刻《香海棠館詞話》，後寫定爲《蕙風詞話》，由武進趙氏惜陰堂刊行。朱彊村先生謂『自有詞話以來，無此有功詞學之作』，實爲至言。况公評西林太清《東海漁歌》，尤足示人追尋宋人法乳之迹，眞近代詞學的大功臣。

上海《聯益之友》一九二七年二月一日第三七期

一四　吴門詞人

吴門風土清嘉〔一〕，水溫山赭，夙鍾神秀，代挺詞流。范文正名德冠時，而有〔蘇幕遮〕『碧雲天，紅葉地』云云、〔御街行〕『紛紛墜葉飄香砌』云云諸作。論者謂：公之正氣塞天地，而情語入妙至此，是亦賢者不可測耶。南渡高、孝之閒，范文穆退居石湖之上，自號石湖居士，有詞一卷，陳三聘和之。詞數百首，爲時所稱。又吴應之感，天聖中殿中丞，有姬曰紅梅，因以名其閣，作〔折紅梅〕詞云：『喜輕澌初泮，微和漸入、芳郊時節。春消息。夜來陡覺，紅梅數枝爭發。玉溪仙館，不是箇、尋常標格。化工別與、一種風情，似匀點胭脂，染成香雪。　重吟細閱。比繁杏夭桃，品流真別。只愁

〔一〕風土清嘉，原作『風士清嘉』。按，《文選》卷二八陸機〈吴趨行〉：『山澤多藏育，土風清且嘉。』

共、彩雲易散，冷落謝池風月。憑誰向說。三弄處、龍吟休咽。大家留取，時倚闌干，聞有花堪折。勸君須折。』所居在小市橋西南，今吳殿直巷。元厚之絳熙甯中參知政事，有〈映山紅慢〉〈牡丹〉詞『穀雨風前』云云，見《全芳備祖》，所居在烏鵲橋北帶城橋，今衮繡坊。顧淡雲，別號夢粱詞人，爲歲寒社詩友，有《夢粱集》。有詞，見陶氏樑《詞綜補遺》[一]，所居在今靈芝坊。吳雲公，有《香天雪海集》，靖康國難後，披髮佯狂，更號中興野人，所居在城東臨頓里。胡仔[二]《漁隱叢話》云：有稱中興野人，和東坡詞，題吳江橋上。軍駕巡師江表，過而覩之，詔物色其人，不復見矣。詞云：『炎精中否，嘆人才委靡，都無英物。戎馬長驅三犯闕，誰作長城堅壁。萬里奔騰，兩宮幽隔，此恨何時雪。草廬三顧，豈無高卧賢傑。天意眷我中興，吾皇神武，踵曾孫周發。海嶽封疆俱效順，會狂虜須灰滅。翠羽南巡，叩閽無路，徒有衝冠髮。孤忠耿耿，劍芒冷浸秋月。』李似之彌遜，自號筠溪翁，大觀三年進士，官至户部侍郎，以忤和議告歸。有《筠溪詞》。刻入《宋元三十一家詞》。元陳子微深，自號清全，天曆間，屢薦不出，有《甯極齋樂府》，刻入《彊邨叢書》。

一五　吳中寓賢詞

吳中寓賢，章莊簡楶有〈水龍吟〉〈楊花〉詞『燕忙鶯嬾芳殘』云云，嚮來膾炙人口。蘇文忠和之。李忠定綱，追和之。莊簡寓址，在今桃花塢。越人賀方回鑄所居企鴻軒，在今昇平橋巷。一說徙醋坊橋。

[一] 詞綜補遺，原作『詞縱補遺』。

[二] 胡仔，原作『胡』。

又別墅在盤門外横塘，嘗扁舟往來，其〔青玉案〕詞云：『凌波〔一〕不過横塘路。但目送、芳塵去。錦瑟華年誰與度。月臺花榭，瑣窗珠户。惟有春知處。　碧雲冉冉蘅皋暮。彩筆新題斷腸句。試問閑愁都幾許。一川烟草，滿城風絮。梅子黄時雨。』其爲前輩推重如此。有《東山寓聲樂府》，入《四印齋所刻詞》。

一六　微波簾影

章莊簡子詠華，侍姬曰碧桃，工詩詞，有《微波集》。兀朮陷城時，隨詠華殉難。有婢春雪，檢二人之骨，歸葬西崦山。又《燼餘録》云：『簾影詞人，某氏女，詞曲爲諸社冠，才命相尅，所如非偶，鬱悒侘傺以終。所居在今百口橋。微波、簾影遺詞，不知尚可訪求否。吉光片羽，爲寶幾何矣。

附《餐櫻廡漫筆》一則：

吴夢窗曾寓蘇州，不徒〔鷓鴣天〕詞『楊柳閶門』之句『吴鴻好爲傳歸信，楊柳閶門屋數閒』，夢窗〈化度寺作〉，堪爲左證也。其《四稿》中，〔探芳信〕小序：『丙申歲，吴燈市盛常年。余借宅幽坊，一時名勝遇合，置杯酒，接殷勤之懽，甚盛事也。』云云。又〔六醜〕〈壬寅歲吴門元夕風雨〉，又〈甲辰歲盤門外寓居過重午〉，丙申距壬寅六年，距甲辰九年。此九年中，或先寓閶門，後寓盤門。惜坊巷之名，不可得而詳耳。又〔應天長〕〈吴門元夕〉句云：『向暮巷空人絶，殘燈耿塵壁』，極似老屋數閒景色。〔浣溪沙〕〈觀吴人歲旦游承天〉句云：『街頭多認

〔一〕凌波，原作『淩波』，據《全宋詞》改。

舊年人。』〔點絳脣〕前段云：『明月茫茫，夜來應照南橋路。夢游熟處。一枕啼秋雨。』曰『多認』、曰『游熟』，與〔探芳信〕序云『吴燈市盛常年』，皆足爲久寓蘇州之證。又〔齊天樂〕〔賦齊雲樓〕，〔木蘭花慢〕〔陪倉幕游虎邱〕，又〔重游虎邱〕，〔探芳新〕〔吴中元日承天寺游人〕等闋，皆寓蘇時所作。夢窗所云『南橋』，即指皋橋。今蕙風所居，適在皋橋稍北張廣橋下塘潤德里，俯仰興懷，荃香未沫，素雲黄鶴，跂予望之[一]矣。

一七　邱宻詞

《宋平江城坊攷》引《吴郡志》〔官宇門〕附市樓下：『花月樓，飲馬橋東北。淳熙十二年，郡守邱宻[二]建，雄盛甲於諸樓[三]。按：邱宻[四]，字宗卿，江陰軍人，隆興元年進士，官至資政殿學士，同知樞密院事，謚文定[五]，有《文定公詞》一卷，刻入《宋元三十一家詞》。

上海《聯益之友》一九二七年二月一六日第三八期

〔一〕跂予望之，原作『跛予望之』。按，《詩》〈河廣〉：『誰謂宋遠，跂予望之。』

〔二〕宻，原作『密』，據《吴郡志》卷六改。

〔三〕諸樓，原『樓』下有『守』字，據《吴郡志》卷六删。

〔四〕宻，原作『密密』，據《吴郡志》卷六改。

〔五〕文定，原作『文字』，據下文改。

醉月樓詞話

伴鷗等

《醉月樓詞話》二則，載北平《民彝》一九二七年三月二四日第一卷第一期，署『伴鷗』；按，此二則與《一葦軒詞話》略同，疑爲本刊編者隨手摘鈔。又六月二〇日第一卷第四期，有『宋之詞家多矣』一則，署名『病鷗』；今據此迻錄，附錄於後。原無序號、小標題，今酌加。

醉月樓詞話目錄

醉月樓詞話

一　詞家之有溫韋

詞家之有溫韋，猶詩家之有李杜也。李杜各有所長，不能强分上下。飛卿根柢〈離騷〉，十九寓言，不愧千古詞家正宗。端己深情曲致，清雅宜人，然終不免有意填詞。故溫韋並稱，似非平允。

二　北宋詞家

蘇東坡之詞豪放，周美成之詞沈鬱，晁無咎之詞伉爽，辛稼軒之詞激壯，而黄山谷則近於粗鄙矣。北宋詞家以東坡、少游、山谷、美成爲最著名，實則坡等皆以詩筆填詞，未必眞解音律。眞解音律之詞家，乃寇準、韓琦、司馬光、范仲淹諸名臣也。惜後人多不知耳。

北平《民彝》一九二七年三月二四日第一卷第一期

三　晏小山自立規模

宋之詞家多矣，晏小山[一]尤罕其匹。《漫志》謂小山如金陵王謝子弟，秀氣天然。晁補之謂小山不蹈襲人語，風度閒雅。毛子晉欲以晏氏父子配李氏父子。評贊紛紛，各中肯要，然皆非眞知小山者也。小山詞自立規模，常欲軒輊人而不受世之輕重，未嘗以詞迎合權貴。觀其初見忤於王安石，復見忤於蔡京，其詞品之高，可以見矣。世人多謂小山一佳公子耳，荒於酒色，塡詞不出贈姬冶游之作。不知小山古之傷心人也，目擊當時執政者之奸邪，寧乞身退居京城，誓不踐諸貴之門，懷借美人香草，以攄其憤世嫉俗之心，實較頌揚顯貴，純潔多多也。況小山詞全從肺腑中發出，見其詞如見其人，視彼無病呻吟者，相去豈可以道里計哉。余嘗謂其詞鈔，除自寫性情，不肯作一斷進士語外，未嘗强作世俗應酬之詞。所塡〔滿江紅〕，雖係壽詞之一種，然僅見之《歷代詩餘》，各本所無，恐非小山之手筆也。嗚呼，詞雖小道，品節攸關。若拋却人格，僅以詞論，則舒信道陷東坡於罪者，其〔菩薩蠻〕詞極為王阮亭所稱賞，嚴分宜《鈐山堂詩》[二]，冠絶一時，間作小詞，亦嫵媚可人，獨能奉爲詞家正宗乎。願世之學詞者，以小山爲法。

北平《民彝》一九二七年六月二〇日第一卷第四期

[一] 晏小山，原作『宴小山』。下一『晏』，亦作『宴』。

[二] 鈐山堂詩，原作『鈴山堂詩』。

癯菴詞話

吴癯菴

《癯菴詞話》九則，載上海《聯益之友》一九二七年五月一六日第四四期起，訖九月一一日第五三期，題『詞話』，署『吴縣吴癯菴』。今改題《癯菴詞話》。按，該詞話後收入吴梅《詞學通論》，作爲其『緒論』部分。原有小標題，今仍之；無序號，今酌加。

瞿菴詞話目錄

癯菴詞話

一　總論

詞之爲學，意内言外，發始於唐，滋衍於五代，而造極於兩宋。調有定格，字有定音，實爲樂府之道，故曰詩餘。惟齊梁以來，樂府之音節已亡，而一時君臣，尤喜别翻新調。如梁武帝之〔江南弄〕，陳後主之〔玉樹後庭花〕，沈約之〔六憶詩〕，已爲此事之濫觴。唐人以詩爲樂，七言律絶，皆付樂章，至玄、肅之間，詞體始定。李白〔憶秦娥〕，張志和〔漁歌子〕，其最著也。或謂詞破五七言絶句爲之，如〔菩薩蠻〕是；又謂詞之〔瑞鷓鴣〕即七律體，〔玉樓春〕即七古體，〔楊柳枝〕即七絶體，欲實詩餘之名，殊非塙論。蓋開元全盛之時，即詞學權輿之日。旗亭畫壁，本屬歌詩，陵闕西風，亦承樂府，强分後先，終歸肊斷。自是以後，香山、夢得、仲初、幼公之倫，兢相藻飾，〔調笑〕、〔轉應〕之曲，『江南』『春去』之詞，上擬清商，亦無多讓。及飛卿出而詞格始成。《握蘭》、《金荃》，遠接〈騷〉、〈辨〉，變南朝之宫體，揚北部之新聲。於是皇甫松、鄭夢復、司空圖、韓偓、張曙之徒，一時雲起，『楊柳』『大堤』之句，『芙蓉』『曲渚』之篇，自出機杼，彬彬稱盛矣。

二　辨體

作詞之難，在上不似詩，下不類曲，不淄不磷，立於二者之間，要須辨其氣韻。大抵空疏者作詞，易近於曲；博雅者填詞，不離乎詩。淺者深之，高者下之，處於才不才之間，斯詞之三昧得矣。惟詞曲各牌，有與詩無異者，如〔生查子〕，何殊於五絕；〔小秦王〕、〔八拍蠻〕、〔阿那曲〕，何殊於七絕。此等詞頗難看筆，又須多讀古人舊作，得其氣味，去詩中習見辭語，便可避去。至於南北曲，與詞格不甚相遠，而欲求別於曲，亦較詩爲難。但曲之長處，在雅俗互陳，又熟諳元人方言，不必以藻績爲能也。詞則曲中俗字，如你、我、這廂、那廂之類，固不可用；即襯貼字，如强則是、却原來等，亦當舍去。而最難之處，在上三下四對句，如史邦卿〈春雨〉詞云，『驚粉重、蝶宿西[一]園；喜泥潤、燕歸南浦』，又『臨斷岸、新綠生時，是落紅、帶愁流處』，此詞中妙語也。湯臨川〈還魂〉云，『他還有念老夫詩句男兒，俺則有學母氏畫眉嬌女』，又『没亂裏春情難遣，驀忽地懷人幽怨』，亦曲中佳處，然不可入詞。由是類推，可以隅反，不僅在詞藻之雅俗而已。宋詞中儘有鄙俚者，亟宜力避。

上海《聯益之友》一九二七年五月一六日第四四期

三　分調

小令、中調、長調之目，始自《草堂詩餘》。後人因之，顧亦約略云爾。《詞綜》所云，以臆見分

[一] 西，原作『也』，據《全宋詞》改。

之，後遂相沿，殊屬牽强者也。錢唐毛氏云，五十八字以内爲小令，五十九字至九十字爲中調，九十一字以外爲長調，古人定例也。此亦就《草堂詩餘》所分而拘執之。所謂定例，有何所据。若以少一字爲短，多一字爲長，必無是理。如〔七娘子〕有五十八字者，有六十字者，將爲小令乎，抑中調乎；如〔雪獅兒〕有八十九字者，有九十二字者，將爲中調乎，抑長調乎。此皆妄爲所折，無當於詞學也。況《草堂》舊刻，止分春景、夏景、秋景、冬景，節序、天文、地理、人物，人事、飲饌，器月，花禽十一[一]類，並無『小令、中調、長調』之名。至嘉靖間，上海顧從敬刻《類編草堂詩餘》四卷，始有小令、中調、長調之目，是爲別本之始。何良俊〈序〉，稱從敬家藏宋刻，較世所行本，多七十餘調，明係依託。自此本行，而舊本遂微，於是小令、中調、長調之分，至牢不可破矣。

上海《聯益之友》一九二七年五月一六日第四四期、六月一日第四五期

四　改調犯調

詞中調同名異，如木蘭花與〔玉樓春〕，唐人已有之。至宋，則多取詞中辭語名篇，强標新目，如〔賀新郎〕爲〔乳燕飛〕、〔念奴嬌〕爲〔酹江月〕、〔水龍吟〕爲〔小樓連苑〕之類，淆惑糅雜，不可爲訓。此由文人好奇，爭相巧飾，而於詞之美惡無與焉。又有調異名同者，如〔長相思〕、〔浣溪沙〕、〔浪淘沙〕，皆有長調，此或屯田及清真所改易者，故二家集中皆有之；此等詞牌，作時須依四聲，不可自改聲韻。緣舍此以外，別無他詞可證也。又如〔江月晃重山〕、〔江城梅花引〕

[一] 一，疑當作『二』。

等，蓋割裂牌名爲之，此法南曲中最多；凡作此等曲，皆一時名手游戲及之，或取聲律之美，或取節拍之和，如〔巫山十二峯〕、〔九迴腸〕之目，歌時最爲耐聽故也，詞則萬不可造新名，僅可墨守成格。何也，曲之板式，今尚完備，苟能遍歌舊曲，不難自集新聲；詞則拍節既亡，字譜零落，强分高下，等諸面牆，間釋工尺，亦同嚮壁〔一〕，集曲之法，首嚴腔格，亡佚若斯，萬難整理，此其一也。六宫十一調，所隸諸曲，管色既明，部署亦審，各宫互犯，塙有成法；詞則載記宫調，頗有出入，管色高低，莫能懸揣，而欲彙集美名，别創新格，即非惑世，亦類欺人，此其二也。至於明清作者，輒憙自度腔，幾欲上追白石、夢窗，實是不知妄作。又如許寶善、謝元淮〔二〕輩，取古今名詞，一一被諸管絃，以南北曲之音拍，强誣古人，更不可爲典要。學者慎勿惑之。

上海《聯益之友》一九二七年六月一日第四五期

五　寄託

沈伯時《樂府指迷》云：『音律欲其協，不協則成長短之詩；下字欲其雅，不雅則近乎纏令之體；用字不可太露，露則直突而無深長之味；發意不可太高，高則狂怪而失柔婉之意。』此四語爲詞學指南，各宜深思也。夫協律之道，今不可知，但據古人成作，而勿越其規範，則譜法雖逸，而字格尚存，揆諸按譜之方，亦云弗畔。若夫纏令之體，本於樂府相和之歌，沿至元初，其法幾絶，惟董詞所

〔一〕嚮壁，原作『響壁』，據《詞學通論》改。
〔二〕謝元淮，『元』字原脱。

載，猶存此名。清代《大成譜》，備録董詞，亦未爲别立新聲。今世作者，無煩細核。至用字發意，要諸藴藉，露則意不稱辭，高則辭不達意，二者交譏，非作家之極軌也。故作詞當以清真爲歸，斯用字發意，皆有法度矣。琢辭詠物之作，最要在寄託。所謂寄託者，非僅借事言志，實託物寫忱，以抒其忠愛绸繆之旨。《三百篇》之比興，〈離騷〉之香草美人，皆此意也。沈伯時云：『詠物須時時提調，覺不分曉，須用一件事印證，方可。如清真〈詠梨花〉〔水龍吟〕，第三、第四句，須用「樊川」「靈關」事，又「深閉門」及「一枝帶雨」事；覺後段太寬，又用「玉容」事，方表得梨花。若全篇只說花之白，則是凡白花皆可用，如何見得是梨花。』（見《樂府指迷》[一]）案，伯時此說，僅[二]就運典言之，尚非賦物之極則，且其弊必至探索隱僻，滿紙讕語，豈詞家之正法哉。惟作寄託，則辭無泛設，而作者之意，自見諸言外，朝市身世之榮枯，且於是乎覘之焉。如碧山〈詠蟬〉〔齊天樂〕，『宫魂』『餘恨』，點出命意；『乍咽涼柯，還移暗葉』，慨播遷之苦；『西窗』三句，傷敵騎暫退，燕安如故；『鏡暗粧殘，爲誰嬌鬢尚如許』二語，言國土殘破，而修容飾貌，側媚依然，衰世臣主，全無心肝，千古一轍也；『銅仙』二句，言宗器重寶，均被遷敚，澤不下逮也；『病翼』二句，更痛哭流涕，大聲疾呼，言海島棲遲，斷不能久也；『餘音』三句，遺臣孤憤，哀怨難論也；『漫想』二句，責諸臣苟[三]且偷安，視若全盛也。如此立意，詞境方高。顧通首皆賦蟬，初未逸出題目範圍，使

[一] 樂府指迷，原作『樂府之迷』。
[二] 僅，原作『慬』。
[三] 苟，原作『若』。

直陳時政，又非詞家口吻。其他賦白蓮之〔水龍吟〕，賦綠陰之〔瑣窗寒〕，皆有所託，非泛泛詠物也。會得此意，則『綠蕪臺城』之路、『斜陽煙柳』之思，設事措辭，自然超卓矣。（碧山此詞，張皋文、周止庵輩，皆有論議，余本端木子疇説詮釋之，較爲墑切。）

上海《聯益之友》一九二七年六月一日第四五期、六月一六日第四六期

六　守律

沈伯時云：『前輩好詞甚多，往往不協律腔，所以無人唱，如秦樓楚館之詞，多是教坊樂工及市[一]井做賺人所作，只緣音律不差，故多唱之，求其下語用字，全不可讀。甚至詠月卻説雨，詠春卻説涼。（《樂府指迷》）余案：此論出於宋末，已有不協腔律之詞，何况去伯時數百年，詞學衰熄如今日乎。紫霞論詞，頗嚴協律，然如夢窗〔西子妝〕一調，玉田已有舊譜另落之嘆，玉田與夢窗同時，且不能按譜，則詞之能歌與否，在宋末已非完備，而欲如紫霞不點勘草窗，當今之世，安得有此哲匠。近二十年中，如漚尹、夔笙輩，輒取宋人舊[二]作，按定四聲，通體不改易一音。如〔長亭怨〕依白石四聲，〔瑞龍吟〕依清真四聲，〔鶯啼序〕依夢窗四聲。蓋協律之法無存，製譜之道難索，萬不得已，寧守定宋詞舊式，不致偭越規矩。顧其法益密，而其境益苦矣。（余按：按[三]定四聲之法，

[一] 市，原作『鬧』，據《詞話叢編》本改。
[二] 舊，原作『奮』。
[三] 按，原作『接』，據上文改。

實始於蔣鹿潭。其《水雲樓詞》，如〔霓裳中序第一〕，謹守白石定格，已開朱、況之先矣。）余謂，小詞如〔點絳脣〕、〔卜算子〕類，凡在六十字下者，四聲儘可不拘。一則古人成作，彼此不符，二則南曲引子，多用小令，上去出入，亦可按歌，固無須斤斤於此。若夫長調，則宋時諸家，往往遵守，吾人操管，自當塙從。雖難付管絲，而典型具在，亦告朔餼羊之意。由此言之，明人之自度腔，實不知妄作，吾更不屑辨焉。

上海《聯益之友》一九二七年六月一六日第四六期、七月一日第四七期

七　用韻

楊守齋《作詞五要》，第四云：要隨律押韻，如越調〔水龍吟〕，商調〔二郎神〕，皆合用平入聲韻。古詞俱押去聲，所以轉摺怪異，成不祥之音。昧律者反稱賞之，真可解頤而啟齒也。守齋名瓚，周草窗《蘋洲漁笛譜》中所稱紫霞翁者即是。嘗與草窗論五凡工尺萬[一]理之妙，未按管色，早知其誤，草窗作西湖詞，皆就而訂正之。玉田亦稱其持律甚嚴，一字不苟作。觀其所論可見矣。戈順卿又從其言推廣之，於學詞者頗多獲益。其言曰：『詞之用韻，平仄兩途。而有可以押平韻，又可以押仄韻者，正自不少。其所謂仄，乃入聲也。如越調又有〔霜天曉角〕、〔慶春宮〕，商調又有〔憶秦娥〕，其餘則雙調之〔慶佳節〕，高平調之〔江城子〕，中呂宮之〔柳梢青〕，仙呂宮之〔望梅花〕、〔聲聲慢〕，大石調之〔看花回〕、〔兩同心〕，小石調之〔南歌子〕。用仄韻者，皆宜入聲。

〔一〕萬，《詞學通論》作『義』。

〔滿江紅〕有入南呂宫者，有入仙吕宫者。入南呂宫者，即白石所改平韵之體，而要其本用入聲，故可改也。外此又有用仄韵而必須入聲者，則如越調之〔丹鳳吟〕、〔大酺〕，越調犯正宫之〔蘭陵王〕，商調之〔鳳凰閣〕、〔三部樂〕、〔霓裳中序第一〕、〔應天長慢〕、〔西湖月〕、〔解連環〕，黄鐘宫之〔侍香金童〕、〔曲江秋〕，黄鐘商之〔琵琶仙〕，雙調之〔雨霖鈴〕[一]，仙吕宫之〔好事近〕、〔蕙蘭芳引〕、〔六么令〕、〔暗香〕、〔疏影〕，仙吕犯商調之〔淒涼犯〕，正平調之〔淡黄柳〕，無射宫之〔惜紅衣〕，中吕宫之〔尾犯〕，中吕商之〔白苧〕，夾鐘羽之〔玉京秋〕，林鐘商之〔一寸金〕，南吕商之〔浪淘沙慢〕，此皆宜用入聲韻者，勿概之曰仄而用上去也；其用上去之調，自是通協；而亦有差别，如黄鐘商之〔秋宵吟〕，林鐘商之〔清商怨〕，無射商之〔魚游春水〕，宜單押上聲；仙吕調之〔玉樓春〕、中吕調之〔菊花新〕，雙調之〔翠樓吟〕，宜單押去聲。復有一調中必須押上、必須押去之處，有起韻、結韻，宜皆押上、宜皆押去之處，不能一一臚列。』（《詞林正韻》〈發凡〉）順卿此論，可云發前人所未發，應與紫霞翁之言相發明。作者細加攷覈，隨律押韻，更隨調擇韻，則無轉摺怪異之病矣。

上海《聯益之友》一九二七年七月一日第四七期、九月一一日第五三期

八　製題

擇題最難。作者當先作詞，然後作題。除詠物、贈送、登覽外，必須一一細討，而以妍雅出之。

[一]　雨霖鈴，原作『雨零鈴』。

又不可用四六語（間用偶語亦不妨），要字字秀冶，別具神韻方妙。至如有感、即事、慢[一]興、早春、初夏、新秋、初冬等類，皆選家改易舊題，別標一二字爲識，非原本如是也。（《草堂詩餘》諸題，皆坊[二]人改易，切不可從。）學者作題，應從石帚、草窗。石帚題，如〔鷓鴣天〕『予與張平甫自南昌同游』云云，〔浣溪紗〕『予女須家沔之山陽』云云，〔霓裳中序第一〕『丙午歲留長沙』云云，〔慶宮春〕『紹熙辛亥除夕予別石湖』云云，〔齊天樂〕[三]『丙辰歲與張功甫會飲張達可之堂』云云，〔一萼紅〕『丙午人日予客長沙別駕之觀政堂』云云，〔念奴嬌〕『予客武陵湖北憲治在焉』云云；草窗題，如〔渡江雲〕『丁卯歲未除三日』云云，〔采綠吟〕『甲子夏霞翁會吟社諸友』云云，〔曲游春〕『禁煙湖上薄遊』云云，〔長亭怨〕『歲丙午丁未先君子監州太末』云云，〔瑞鶴仙〕『寄閒結吟臺』云云，〔齊天樂〕『丁卯七月既望』云云，〔乳燕飛〕『辛未首夏以畫舫載客』云云；敘事寫景，俱極生動，而語語研鍊，如讀《水經注》，如讀柳州游記，方是妙題，且又得詞中之意，撫時感事，如與古人晤對，（清真、夢窗，詞題至簡，平生事實，無從討索，亦詞家憾事），而平生行誼，即可由此考見焉。若通本皆『書感』、『漫興』，成何題目。

〔一〕慢，疑當作『漫』。

〔二〕坊，原作『妨』。

〔三〕齊天樂，原作『齊天齋』。

九　結論

夫詞之爲道，律與韻爲最要。律則有萬樹《詞律》，韻則有戈載《詞林正韻》。二書雖有未盡合宜處，但大體皆可遵守。詞律之律，非音律之律，詞韻之韻，非詩韻亦非曲韻，此則所當注意者也。蓋音律論同律之變動，詞律論四聲之調和。詩韻大概依平水韻，曲韻大都宗高安、崑白二家。詞韻則有通假，詩韻所不能限，且有獨用入韻處，又曲韻所不能盡。惟此二書，足爲模楷。至於詞之美惡，則在工夫之淺深。大抵學蘇、辛宜縝密，學周、秦、姜、吳宜疏淡，勿徒襲其面目也。

上海《聯益之友》一九二七年九月一一日第五三期

讀紅館詞話

次檀

《讀紅館詞話》六則，載上海《秋棠月刊》一九二七年六月二九日第一期、七月二九日第二期，署『次檀』。今據此迻錄。原無序號、小標題，今酌加。

讀紅館詞話目錄

讀紅館詞話

一　能鍊有氣

詞能鍊，則句整；能有氣，則句圓。然過則不及，多鍊則傷物，多氣則無物。傷物之病，夢窗是也；無物之病，白石是也。昔人先我言之矣。

二　清代超絕前代

清代詞人，超絕前代。若我所知者論之，朱竹垞[一]涉獵[二]百家，猶留意周秦，可學。厲樊榭以白石、玉田爲家數，拾冷艷之字，運幽雋之思，得其片爪，便可超凡，可學。彭駿孫渾合一片，組織有法，其《金粟詞話》，可與劉公勇《詞繹》並趨，可學。若伽陵之惟宜感慨，納蘭之祇工小令，略取之，可矣。

上海《秋棠月刊》一九二七年六月二九日第一期

[一] 垞，原作『坨』。

[二] 涉獵，原作『涉臘』。

三　妙味

句意兩得，情景交鍊。眡其中心，奇光煥發。妙味盎然。

四　暴氣

作詞，着不得一絲暴氣。然蘇辛有時未嘗不暴。其天分足，而出之腕力者也。

五　詞中妙境

『此去劍門道上，鳥啼花落，無非助朕悲悼。』唐元宗語。『陌上花開，好緩緩歸矣。』錢武肅王語。二語哀感頑艷，詞中妙境。

六　意象幽閑

春夜，檢白石詞。有當我心者。若：『数峯清苦。商略黄昏雨』，〔點絳唇〕。『曲曲屏山，夜涼獨自甚情緒』，〔齊天樂〕。『滿汀芳草不成歸，日暮移舟向甚處』，杏花天影。『恨入四絃人欲老，夢尋千驛意難通。當時何似莫悤悤』，〔浣溪紗〕。『因嗟念、似去國情懷，暮帆烟草』，〔秋宵吟〕。『虛閣龍寒，小簾通月，暮色偏憐高處』，〔法曲獻仙音〕。諸句所謂意象幽閑，不類人境。

上海《秋棠月刊》一九二七年七月二九日第二期

秋蘋詞話

蘋子

《秋蘋詞話》五則，載上海《紫羅蘭》一九二七年一〇月二五日第二卷第二〇號，署『蘋子』。原無序號、小標題，今酌加。

秋蘋詞話目錄

秋蘋詞話

一　近代詞人

近代詞人，如納蘭容若、項蓮生、饒石頑、鄭叔問、朱古微、成德驎、馮蒿庵諸賢，皆卓然自立，各盡其妙，所謂『海內六箇半』詞人也。

二　嗜有不同

《飲水》哀豔，《憶雲》悽婉，《湘淥》雋逸，《冷紅》幽涼。余最喜誦之《漱泉》、《蒿庵》二詞，非余性所近。《彊邨》則力逼《夢牕》，小子更不敢贊一詞矣。此亦如昌歜羊棗之嗜，各有不同，未易詰其所以然者。

三　饒石頑

饒石頑先生詞多散失。曩見其〈寄蓉初姬人〉〔羅敷媚〕一闋云：『南來詞客多秋氣，枕外鄉魂。燈外騷魂。簾卷西風酒一尊。　知郎此際相思苦，巾上啼痕。紙上愁痕。細雨青鐙獨掩門。』

四　清道人

清道人亦工詞。其〔浣溪沙〕、〔長相思〕諸闋，讀之尤令人魂斷也。〔浣溪沙〕云：『珠漏頻催旅舍清。淡雲微雨滿荒城。相思一夜枕邊生。　脈脈暗肌銷瘦盡，懨懨斜臥數長更。教人愁病不分明。』〔長相思〕云：『愁纏綿。病纏綿。自家將息自家憐。春漏永於年。　朝無眠。夜無眠。誰道家在枕兒邊。看看又曉天。』

五　晚紅老人

辛酉冬，余識晚紅老人於武昌。老人倚聲亦妙絕時人。茲錄其兩闋。〔昭君怨〕云：『江上煙波雲樹。回首鄉關日暮。風雨助離愁。況經秋。　怕對良宵圓月。偏到月圓佳節。佳節客中過。悵如何。』〈別恨〉調寄〔鷓鴣天〕云：『天付多情便付愁。荻花楓葉可憐秋。相思不待臨歧始，那日樽前已起頭。　多少恨，壓輕舟。綠楊深處是妝樓。篷窗夜雨湘江水，併入離人眼底流。』

上海《紫羅蘭》一九二七年一〇月二五日第二卷第二〇號

柳谿詞話

仲堅

《柳谿詞話》五則，原載天津《南金雜誌》一九二七年一二月一〇日第五期，署「仲堅」。原無序號、小標題，今酌加。原文末括注「未完」，待考。

柳谿詞話目錄

柳谿詞話

一　詞之道

武進張皋文論詞曰：『詞者，蓋出於唐之詩人，采樂府之音，以製新律，因繫其詞，故曰詞。傳曰：意內而言外謂之詞。其緣情造端，興於微言以相感動，極命風謠里巷男女哀樂，以道賢人君子幽約怨悱不能自言之情。』近世江山劉子庚撰述《詞史》，其於源流正變之故，推闡詳明，援據精確。所言詞出於樂府，樂府出於《風》詩三百篇者。五言之起源，郊廟用之，燕饗用之，瞽宗之所掌，髦士之所肄，不以六律，不能正五音。孟晉於詞，必求合乎古樂。臨桂況夔笙曰：詞之爲道，智者之事，酌劑乎陰陽，陶寫乎性情，自有元音，上通雅樂，別黑白而定一尊，亘古今而不敝。是皆於詞學有深造自得之言。蓋我國文章之事，爲類至繁，自有詞後，其變遂極，其出彌巧。詩不能道者，詞可婉約達之；文不能盡者，詞可曲折宣之。其旨隱，其辭微，其感人也深，其託意也遠。明乎古人言樂之法，則可論於詞之道矣。然詞旨至深，詞境至險，自隋唐迄今，千有餘年，其間以倚聲顯於世者，曾不及詩之十之一。造詣之難，蓋可想見。然習詞者，苟能潛心探討，低徊要眇，爲之既久，則深者自淺，險者自夷。且愈深愈險，而其味亦愈永。寖假而不忍自盡，是易爲知者道，難與俗人言也。

二　詞韻

毛奇齡言，詞本無韻，今創爲韻，轉失古意。每見宋人詞，有以方音爲叶者，如黄魯直〔惜餘歡〕，『閣、合』同押；林外〔洞仙歌〕，『鎖、考』同押；曾覿〔釵頭鳳〕，『照、透』同押；劉過〔轆轤金井〕，『溜、倒』同押；吴夢窗〔法曲獻仙音〕『冷、向』同押；陳允平〔水龍吟〕『草、驟』同押。遂疑毛氏所言，或亦不無依據。余初學詞，每於入聲韻，率爾臆押，未及檢閲韻書，以故篇中落腔處，層見迭出。癸亥春間，曾以所爲行卷，謁彊邨翁。翁因言，詞韻向無專書，宋《菉斐軒詞韻》，今已失傳。坊間所見《詞林要均》，題爲『菉斐軒刊本』者，係後人僞託。因無入聲一部，是爲北曲韻書，非詞韻，明也。其他韻書，詳略不同，寬嚴互異，並難依據。宜以戈氏《詞林正韻》四印齋刊本爲定本。方今坊間詞韻，名目繁多，習者不慎，易中其病。余故特揭彊翁之言，以爲初學津逮焉。

三　協律

草窗賦〔木蘭花慢〕《西湖十景》詞成，楊守齋見之曰，語麗矣，如律未協何。因與訂正，閲數月而後定。草窗自謂，詞不難作，而難於改；語不難工，而難於協。玉田《詞源》，謂美成負一代詞名，所作詞渾厚和雅，善於融化詩句，而於音譜，且間有未諧。是知詞之工不難，而詞之工而協，爲尤難矣。玉田時以協律教人，其集中詞，如〔齊天樂〕之去上音，往往不協，草窗、西麓諸大家，亦偶坐是病。元明以後，倚聲家僅循平仄，而於四聲之説，皆淡漠置之。萬氏《詞律》，僅守上去二音，

在，自未可畏難苟安，自放律外，蹈伯時所謂『不協則成長短詩』之譏。

氏〕，其四聲與樂章多合；稼軒之賦〔蘭陵王〕，與美成音節，亦無大謬。今雖音律失傳，而詞格具

後，夢窗之和清真、白石，莫不繩尺森然。今世不守律者，往往自託豪放不羈。不知東坡賦〔戚

頗亦有不代者。至方千里之和清真，則四聲無一字異者，夫豈漫然爲之，自有不能不如是者。在其

耆卿集中，同調詞如〔迷神引〕等，其四聲間亦有異，然僅入代平、平代入或上代入、入代上之類。

而於四聲，亦多疏漏。夫兩宋名賢，以知律著者，自以北宋之耆卿、美成，南宋之白石、夢窗等爲最。

四　況、朱守律至嚴

況、朱二公，晚年守律至嚴。況公尤甚。其集中〔戚氏〕〈賦櫻花〉，及〈贈梅蘭芳〉二作，四聲一依柳詞，亦云難矣。況公《蕙風詞話》嘗云：『守律誠至苦，然亦有至樂之一境。常有一詞作成，自己亦既愜心，似乎不必再改，惟據律細勘。僅有某某數字於四聲未合，即姑置而過存之，亦孰爲責備而求全[二]者，乃精益求精，不肯放鬆一字。循聲以求，忽然得至雋之字，或因一字改句，因此句改彼句，忽然得絕警之句，此時曼聲微吟，拍案而起，其樂何如。雖剝珉出璞，撰薏得珠，不逮也。彼窮於一字者，皆苟完苟美之一念誤之耳。』前輩致力之艱苦如是，後學詎可忽視耶。因錄況公是言，以告後之學者。

〔二〕求全，原作『全求』，據《詞話叢編》乙。

五 蕙翁詞

余友淳安邵次公，曾向余言，蕙翁往昔所作，及應酬熟調，有極流暢婉美，盡情達意者。《餐櫻詞》〔燭影搖紅〕、〔高陽台〕等篇是（甲寅作）。餘則頗有窘澀之病，蓋爲四聲所束也。

天津《南金雜誌》一九二七年一二月一〇日第五期

憶紅館詞話

鶩湖

《憶紅館詞話》三則，載天津《婦女月刊》一九二八年四月一〇日第二卷第一號，署『鶩湖』。原無序號、小標題，今酌加。

憶紅館詞話目錄

憶紅館詞話

一　詩人雅趣

元詞曲家關漢卿，嘗見一從嫁媵婢甚美，百計欲得之，事將成，爲妻所阻。乃作〔十令〕，以貽妻云：『鬢鴉臉霞，屈殺了將陪嫁。規模全似大人家，不在紅娘下。巧笑迎人，文談回話，真如〔解語花〕。若咱得他，倒了蒲桃架。』夫人見之，答以詩云：『聞君偷看美人圖，不似關王大丈夫。金屋若將阿嬌貯，爲君唱徹〔一〕醋葫蘆。』關見之，知不可動，太息而罷。趙子昂亦嘗欲置妾，然素懼內，乃先以小詞，調探之夫人，其詞云：『我爲學士，你作夫人。豈不聞陶學士，有桃葉桃根。蘇學士，有朝雲暮雲。我便多娶幾個吳姬越女，有何過分。你年紀已過四旬，只管占住玉堂春。』夫人即答之云：『你儂我儂，忒煞情多。情多處，熱似火。把一塊泥，捻一個你，塑一個我。將咱兩個，一齊打破。用水調和，再捻一個你，再捻一個我。我泥〔二〕中有你，你泥中有我。與你生同一個衾，死同一

〔一〕徹，原作『傲』。
〔二〕泥，原作『淚』，據《古今詞話》詞話下卷改。下一『泥』字同。

個榔。』以上二事，描寫女子之奇妒處如畫，然彼此以詩詞相酬答商量，不愧詩人雅趣。較之陳季常河東獅吼悍妒，似覺有雅俗之判別矣。

二　徐甜齋〔水仙子〕

徐甜齋有〔水仙子〕詞二闋，字豔語香，娓娓可誦，其〈詠佳人釘鞋〉云：『金蓮脫瓣載云輕。紅葉浮香帶雨行。漬春淚，印在蒼苔徑。三寸中，數點星。　玉玲瓏，環珮交鳴。淺越女紅裙，濕沁湘妃羅襪冷。點寒波，小小蜻蜓。』又〈詠紅指甲〉云：『落花飛上筍芽尖。宮葉猶將冰箭黏。抵牙關，越顯得櫻唇艷。怕陽春，不捲簾。　捧菱花，紅印妝奩。雪藕絲霞，十縷鏤棗，班血半點。掐劉郎，春在纖纖。』

三　關漢卿〔一半兒〕

又，關漢卿有〈題情〉〔一半兒〕歌二首，亦詞意纏綿，一往情深之作。其詞云：『雲鬟霧鬢勝堆鴉，淺露金蓮簌綠紗，不比等閒牆外花。罵你個俏冤家，一半兒難當，一半兒耍。』其二云：『碧紗窗外悄無人，跪在牀前忙要親，罵了個負心回轉身。雖是我話兒嗔，一半兒推辭，一半兒肯。』

天津《婦女月刊》一九二八年四月一〇日第二卷第一號

讀詞星語

蕭滌非

《讀詞星語》三〇則，小序一則，載北平國立清華大學《清華週刊》一九二九年一〇月二五日第三二卷第二期第四六七號，署『蕭滌非』。原有小標題，無序號，今酌加。

讀詞星語目錄

讀詞星語

吾友臨川蕭君，治文學，尤好詞。此篇之作，蓋在去年。計所論列，於五代有李後主、韋莊、馮延巳、李珣、鹿虔扆〔二〕，於宋有晏殊、晏幾道、柳永、張先、歐陽修、蘇東坡、秦觀、黄山谷、孫洙、趙令畤〔三〕、陳去非、周美成、李清照、辛棄疾、趙彦端、吴文英、蔣捷、馬莊父、康伯可、張炎，於近代則有王國維。塡詞名家，略備於此。蕭君此作大旨，要在指出以上各家代表作品之來源出處。君讀書至淵且博，故能窮原竟委，發前人所未發；，教授楊振聲先生曾稱此篇『多獨到處，具見功力』，其搜輯之精勤，從可知矣。詞爲吾國文學中永遠不朽之一體，吾人得蕭君此文，其有助於讀名家作品者，正自匪尠也。爰請諸蕭君，載入本刊，以餉閲者。

十八年十月旭光識於本社。

〔二〕扆，原爲空格。

〔三〕趙令畤，原作『趙令疇』。

一　小引

賀黄公曰：『詞家多翻詩意入詞，雖名家不免。』余年來致力於詞，居恒欲取一二專集爲之注釋，而時間精力，兩病未能。然以涉獵所及，要亦不無所得，其於詞中佳句之出處，頗有爲前人所未發，亦間有與舊説相補正者。零星斷錦，原無關乎宏旨，而對此雞肋者，又不忍遽棄捐，爰爲錄出，略以作家時代之先後爲次，聊以供同好者之談助與賞鑑耳，爾後當不復費日力於此矣。

詩詞之分也，顯而微，彰而隱，前人亦少作具體之説明。李東陽云：『詩太拙則近於文，太巧則近於詞。宋之拙者，皆文也；元之巧者，皆詞也。』李東琪云：『詩莊詞媚，其體元别。』必欲嚴詩詞之分際，則『巧拙莊媚』四字，差可以概舉之。是以詩詞二者，俱各有其本色語。一相混雜，必無是處。故儘有巧語，在詩則寂然無聞，入詞則流膾人口者，小山之『落花人獨立，微雨燕雙飛』，其明例也。詞家之翻詩語，蓋卽取其近於詞者，並非漫無決擇。且其點染變化之間，語氣之輕重，造句之巧拙，亦各有别。要皆『自然而然』，故仍不失爲佳句。此點則有望於讀者之注意也。《野客叢書》謂：『好處前人皆已道過，後人但翻而用之。』此固不盡然，但亦事實所不免。不經人道語，原沒有許多也。

二　李後主

後主〔浪淘沙〕詞『别時容易見時難』，《能改齋漫錄》以爲本《顏氏家訓》：『别易會難，古人所重。江南餞送，下泣言離。此間風俗，不屑此事。歧路言别，歡笑分首。』實覺支離，不足爲訓。余按，魏文帝〈燕歌行〉云：『別日何易會日難，山川悠遠路漫漫。』後主蓋用此語耳。又宋武帝〈丁督護歌〉『別易會難得』，戴叔倫〈織女詞〉『難得相逢容易別』，意亦正與詞同。

後主〈憶江南〉詞『還似舊時遊上苑，車如流水馬如龍』，蓋用唐蘇頲〈公主宅夜宴〉詩成語也。詩云：『車如流水馬如龍，仙史高臺十二重。天上初移衡漢匹，可憐歌舞夜相從。』然皆本《後漢書》〈馬后紀〉『車如流水，馬如游龍』二語。

《後山詩話》載，王安石謂，張先『雲破月來花弄影』，不如李冠『朦朧淡月雲來去』。按此爲〈蝶戀花〉詞，《尊前集》則以爲後主作。樂府〈朝雲曲〉云：『巫山高高上無極，雲來雲去長不息。』此其語所自本也。

又〈相見歡〉詞『自是人生長恨，水長東』，《人間詞話》謂此語氣象特大，爲《金荃》、《浣花》所未有。然其句調，亦有所祖。李涉詩：『半是半非君莫問，好山長在水長東。』周濟〈四家詞選叙〉謂：『詞韻各具聲響，不可草草亂用。』又云：『東眞韻寬平。』然後主此詞用東韻，而並非寬平。是知音韻亦有時而可爲詞之一助耳。塡詞者固不可以詞害意，亦不應以韻害詞。無所固執，可也。

後主多以俗語白話入詞。如『酒惡時拈花蕊嗅』，『酒惡』，乃當時俗語。又如〈相見歡〉詞：『剪不斷。理還亂。是離愁。別是一般滋味、在心頭。』則純爲白話矣。《湘山野錄》載，吳越王錢鏐〈還臨安與父老飲酒詞〉云：『爾輩見儂良歡喜，別是一般滋味子。永在我儂心子裏。』此其所本也歟。特後主用以言離愁，故更覺意味深長，眞切動人耳。

三　韋莊

前人於其心愛語，往往詩詞並見。如晏同叔之『無可奈何花落去，似曾相識燕歸來』，其最著者也。他如蘇東坡『明日黃花蝶也愁』之句，亦然。余按，此實端己有以開其先例，其〈浣溪沙〉詞云：『暗想玉容何所似，一枝春雪凍梅花。』又〈春陌〉詩云：『滿街芳草卓香車，仙子門前白日斜。腸斷東風各廻首，一枝春雪凍梅花。』然此等語，要皆以入詞爲宜，因置之詩中，則嫌纖巧，反覺有傷原句之美也。

四　馮延己

正中〈長命女〉詞，『春自宴〔一〕。綠酒一杯歌一遍。再拜陳三願。一願郎君千歲，二願妾身長健。三願如同梁上燕。歲歲長相見。』其詞調頗爲別致。余按，白居易〈贈夢得〉詩云：『前日君家飲，昨日王家宴。今日過我廬，三日三會面。當歌聊自放，對酒交相勸。爲我盡一杯，與君發三願。一願世清平，二願身强健。三願臨老頭，數與君相見。』馮詞得非祖此乎。

正中〈南鄉子〉詞『細雨濕流光』，《人間詞話》謂，五字能攝春草之魂。《蜀中詩話》以此語爲本孫光憲詞『一庭疏雨濕春愁』。余按，二人同出一時，決非相爲剽竊，《詩話》蓋誤以馮詞爲後主作耳。王維詩『清風細雲濕梅花』，又『草色全經細雨濕』，馮詞豈無所承。特有冰水青藍

〔一〕春自宴，《全唐五代詞》作『春日宴』。

之妙。

馮〔謁金門〕詞『鬬鴨欄干獨倚』，胡適《詞選》作鬬鴨一截，意亦可通，惟觀詞中語氣，似不如此。且恐非作者本旨也。度其意，殆以闌干不可以『鬬鴨』名，故爲别出枝解。實則不然。《説郛》：南唐馮延己詞有『鬬鴨欄干獨倚』之句，人疑鴨未嘗鬬，余按，《三國志》〈孫權傳〉註引〈江表傳〉：魏文帝遣使求鬬鴨，羣臣奏宜無與。權曰，彼居諒陰中，所求若此，豈可與言禮哉。具以與之。〈陸遜傳〉達昌侯盧作『鬬鴨闌』。……則古蓋有之。又余按，宋錢易《南部新書》，亦有關於此事之記載，今並錄之：陸龜蒙居震澤之南積莊，產有鬬鴨一闌，頗極馴養。一日，有驛使過，挾彈斃其尤者。於是龜蒙諧而駭之曰：『此鴨能人語。』復歸家，少頃，手一表本云：『見待附蘇州上進，使者斃之，何也。』使人恐，盡與囊中金，以糊其口。龜蒙始焚其章，接以酒食。使者俟其稍悦，方請其人語之由。曰：『能自呼其名耳。』使者憤且怒，抽袖上馬。復召之，還其金，曰：『吾戲之耳。』（亦見《中吳紀聞》及《唐代叢書》中）自三國以迄晚唐，可知鬬鴨之風，流行甚久。而『鬬鴨闌』，遂亦成爲文人習用之名詞。有是名，初不必卽有是事也。韓翃〈送客還江東〉詩云：『池畔花深鬬鴨闌，橋邊雨洗藏鴉柳』，非馮詞之先例歟。

五　李珣

陸游《老學庵筆記》：白樂天詩：『微月初三夜，新蟬第一聲。』晏元獻云『綠樹新蟬第一聲』，王荆公云『去年今日青松路，憶似聞蟬第一聲』，三用而愈工，信詩之無窮也。余按，寇萊公詩云『臨風忽起悲秋思，獨聽新蟬第一聲』，亦是用白詩。又李珣〔浣溪沙〕詞，『斷魂何處一蟬新』，則稍加變化矣。

六　鹿虔扆

鹿〈臨江仙〉詞，『曲折盡變，有無限感慨淋漓處』，其後半闋〔二〕云，『煙月不知人事改，夜來還照深宮』，則係用前人語意。李玖〈四丈夫同賦〉詩：『春月不知人事改，閑垂光景照深宮。』又雍陶〈經杜甫舊宅〉詩：『山月不知人事變，夜來江上與誰期。』《草堂詩餘》註缺，余故表而出之。

七　晏殊

同叔〈玉樓春〉詞，『無情不似多情苦。一寸還成千萬縷。天涯地角有窮時，惟有相思無盡處』，《草堂》註引東坡詞『多情却被無情惱』，及白居易詩『春來何處不同遊，地角天涯遍始休』，皆不類。余按，韋莊詩云，『才喜相逢又相送，有情爭得似無情』，又張仲素〈燕子樓〉詩（一作關盼盼詩），『樓上殘燈伴曉霜，獨眠人起合歡牀。相思一夜情多少，地角天涯不是長』，晏正用此語也。

『昨夜西風凋碧樹。獨上高樓，望盡天涯路。』同叔〈蝶戀花〉詞也。《人間詞話》極稱之，蓋喜其氣魄之大。杜詩云，『霜凋碧樹待錦樹』，此其首語所自來。又〈踏莎行〉詞『高臺樹色陰

〔二〕闋，原作『闃』。

陰見』，亦本義山詩『後堂芳樹陰陰見』。

八　晏幾道

小山〈臨江仙〉詞，最爲特出，其『落花人獨立，微雨燕雙飛』之句，尤爲卓絶千古，膾炙人口，然實則用五代翁宏〈宮詞〉語也。《五代詩話》輯《雅言系述》云：翁宏，字大舉，桂嶺人，隱居韶賢間，不仕，能詩，〈宮詞〉云：『又是春殘也，如何出翠幃。落花人獨立，微雨燕雙飛。寓目魂將斷，經年夢亦非。那堪向秋夕，蕭颯暮蟾輝。』〈秋風〉云：『又是秋殘也，無聊意若何。客程江外遠，歸思夜深多。峴首飛黃葉，湘濱走白波。仍聞漢都護，今歲合休戈。』翁詩只此二首，亦見《函海·全五代詩》卷六十二，蓋又間接本於《五代詩話》者。《雅言系述》一書，余曾詢朱希祖、朱自清二先生，皆云未見。佚否不可知。而對於碩果，彌覺可貴矣。吁，同一語也，翁爲原作，而闃其無聞；晏乃襲用，而飛聲千古。豈非巧拙之道不同，而用之有得不得耶。

叔原〈虞美人〉詞：『採蓮時節定來無。醉後滿身花影、倩人扶。』陸龜蒙〈春日酒醒〉詩云：『覺後不知新月上，滿身花影倩人扶。』用此語也。

叔原〈浣溪沙〉詞，『户外綠楊春繫馬，牀前紅燭夜呼盧』，蓋用韓翃詩『門外碧潭春洗馬，樓前紅燭夜迎人』。陸游《老學庵筆記》[一]謂，『晏詞氣格，乃過本句，不謂之剽竊，可也。』《能改齋漫錄》謂，用樂府〈水調歌〉。然叔原之詞甚工，所謂樂府〈水調歌〉者，卽是韓詩。張宗橚《詞

[一] 老學庵筆記，原作『老學筆記』。

林紀事》乃謂，晏詞只易得韓詩二字。不知其何所本而云然。余按，《全唐詩》及《唐人萬首絶句》所載，皆無二致。又李龔《剪綃集》所集韓此詩，亦作『門外碧潭春洗馬』，然則張氏雖有異本，殆不足爲信矣。近人胡雲翼《宋詞研究》亦謂，晏詞只易得二字，蓋又誤因《詞林紀事》而未之細考也。

九　柳永

耆卿〈雨霖鈴〉[一]詞『楊柳岸，曉風殘月』之句，最爲古今稱誦。前人有謂本飛卿〈更漏子〉詞『簾外曉鶯殘月』者。余按，唐韓琮詩，『幾處花枝招離恨，曉風殘月正潸然』，耆卿雖未必本此，然要是前人已道語也。張惠言以比興論詞，其《詞選》於耆卿獨不録，實不免偏見。且其中亦多有與其本旨不相吻合者，如王雱之〈眼兒媚〉，其著者也。沈去矜曰：『詞不在大小淺深，貴於移情，曉風殘月，大江東去，體製雖殊，讀之皆身歷其境，惝恍迷離，不能自主，文之至也。』可謂知言。

耆卿〈八聲甘州〉詞，『是處紅衰緑減，苒苒物華休』，李義山〈贈荷花〉詩，『此花此葉長相映，翠減紅衰愁殺人』，用此語也。又此詞『想佳人、粧樓長望，誤幾回、天際識歸舟』，則全用謝朓[二]詩『天際識歸舟，雲中辨江樹』。

[一]　雨霖鈴，原作『雨零鈴』。

[二]　謝朓，原作『謝眺』。

一〇 張先

子野〔一叢花令〕詞：『懷高望遠幾時窮。無物似情濃。離魂正引千絲亂，更南陌、香絮濛濛。嘶騎漸遥，征塵不斷，何處認郎蹤。　雙鴛池沼水溶溶。南北小橈通。梯横畫閣黄昏後，又還是、斜月朦朧。沉思細恨，不如桃杏，猶解嫁東風。』《過庭録》謂，此詞一時盛傳，歐陽永叔尤愛之，恨未識其人。子野家南地，以故至都，謁永叔，閽者以通，永叔倒屣迎之曰，『此乃桃杏嫁東風郎中也』，古今以爲美談。後之用者，亦不一而足。如東坡〔南歌子〕詞，『莫翻紅袖過簾櫳。怕被楊花勾引、嫁東風』。又沈自炳〔玉樓春〕詞『年年同嫁與東風，只有小園紅杏樹』，皆是也。余按，此語並非由子野創作，唐人詩中，數見不鮮。其最早者，如李賀〈南園子〉詩：『花枝草蔓眼中開，小白長紅越女腮。可憐日暮嫣香落，嫁與東風不用媒。』又韓偓〈寄恨〉詩云：『秦釵枉斷長條玉，蜀紙虚留小字紅。死恨物情難會處，蓮花不肯嫁東風。』又五代庾傳素〈木蘭花〉詩亦有云：『若教爲女嫁東風，除却黄鶯難匹配。』然此等語，在詩中則微嫌纖巧軟媚，自以入詞爲本色。此子野所以能獨享盛名也。

蕙風謂詞中最要境界爲『静』，子野詞好押『影』字，曾有『三影』之目。其〔木蘭花〕詞云，『無數楊花過無影』，朱彝尊以爲在所傳『三影』之上，蓋亦以其境界之靜故也。余按，顧况詩『落花遶樹疑無影，回零從風暗有情』，子野得非祖此乎。

子野〔天仙子〕詞『雲破月来花弄影』，《人間詞話》謂，着一『弄』字而境界全出。宋吳幵[一]《優古堂詩話》，以爲本樂府劉氏瑶[二]〈暗别離〉『朱弦暗斷無人見，風動花枝月中影』。余按，元稹〈襄陽爲盧竇紀事〉詩亦有云，『風弄花枝月照階』，於詞語爲尤近，然子野之言自工。

子野〔慶金枝〕詞，『抱雲勾雪近燈看，算何處不堪憐』，蓋用〔子夜歌〕『婉伸郎膝上，何處不可憐』。前人多謂張詞韻高於柳，若此語，正耆卿所不屑用也。

一一　歐陽修

『欄干十二獨憑春。晴碧遠連雲。千里萬里，二月三月，行色苦愁人。　謝家池上，江淹浦畔，吟魄與離魂。那堪疏雨滴黄昏。更特地憶王孫。』歐公〔少年遊〕詞也。《能改齋漫録》以此詞及梅堯臣〔蘇幕遮〕、林逋〔點絳唇〕爲古今詠草三絶。《人間詞話》云，『此詞前半闋，語語都在眼前，便是不隔。』余按，顧況〈春草謠〉云：『春草不解行，隨人上東城。正月二月色綿綿，千里萬里傷人情。』則歐詞固亦有所本矣。

永叔〔浣溪沙〕詞，有『緑楊樓外出鞦韆』之句，晁補之云，『只一「出」字，便後人所不能道』，《人間詞話》以爲本馮延己〔上行杯〕詞『柳外鞦韆出畫牆』，但歐語尤工。余按，王維〈寒食城東即事〉詩云，『鞦韆競出垂楊裏』，是馮詞亦有所本也。劉熙載《詞曲槩》謂，歐陽永

〔一〕 吳幵，原作『吳幷』。

〔二〕 劉氏瑶，原作『劉氏謡』，據《樂府詩集》卷七二改。

叔得馮之深，《人間詞話》亦謂歐學馮延己[一]，余謂，此在詞句方面，亦頗足資證明。如馮〔羅敷豔歌〕詞『雙燕歸來畫閣中』，歐〔采桑子〕則云『雙燕歸來細雨中』，又馮〔蝶戀花〕『日日花前常病酒。不辭鏡裏朱顏瘦』，歐〔浪淘沙〕則云『縱使花前常病酒，也是風流』。此等處，殆非偶然。

永叔〔踏莎行〕詞，『離愁漸遠漸無窮，迢迢不斷如春水』，蓋本寇萊公詩：『杳杳煙波隔千里，白蘋香散東風起。日落汀洲一望時，愁情不斷如春水。』唐李頻亦有詩云，『春情不斷若連環』，皆妙。又此詞末云，『平蕪盡處是春山，行人更在春山外』，釋天隱謂與石曼卿詩『水盡天不盡，人在天盡處』相似，王漁洋謂石詩平板，不如歐之深曲，實則以七言較五言爲搖曳耳。長袖善舞，未可以優劣論也。

歐公〔蝶戀花〕詞，『淚眼問花花不語。亂紅飛過鞦韆去』，前人謂本嚴惲詩『盡日問花花不語[二]，爲誰零落爲誰開』。余按，飛卿詞亦有云『百舌問花花不語』，然皆不如歐語之眞摯也。鄭谷詩云，『情多最恨花無語，愁破方知酒有權』，此語最能道出歐公心事。

馮正中〔玉樓春〕詞：『芳菲次第長相續。自是情多無處足。尊前百計得春歸，莫爲傷春眉黛促。』王靜安謂，永叔一生，似專學此種詞。然永叔詞中儘有極悲涼者，如〔玉樓春〕一闋云：『妖冶風情天與指，清瘦肌膚冰雪妬。百年心事一宵同，愁聽雞聲窗外度。信阻青禽雲雨暮。

[一] 馮延己，原作『馮延』，據上文改。
[二] 語，原作『誰』，據《全唐詩》卷五四六改。

海月空驚人兩處。强將離恨倚江樓，江水不爲流恨去。』末語情尤悽厲。杜牧詩云，『徒想夜泉流客恨，夜泉流恨恨無窮』，歐公得非祖此乎。《草堂詩餘》註缺。沈東江云：『徐師川「柳外重重疊疊山，遮不斷，愁來路」，歐陽永叔「强將離恨倚江樓，江水不爲流恨去」，古人語不相襲，又能各見所長。』是尚不知有杜詩也。

一二　蘇東坡

東坡〔臨江仙〕詞：『多病休文都瘦損，不堪金帶横垂腰。望湖樓上暗香飄。和風春弄笛（彊村本『笛』作『袖』，似勝。坡〔行香子〕詞『飛步巉巖，和風弄袖』，杜牧詩『紫陌微微弄袖風』），明月夜聞蕭。酒醒夢回清漏永，殷牀無限更潮。佳人不見董嬌嬈。徘徊花上月，空度可憐宵。』末語余深愛之，初不知爲前人成語也。《韻語陽秋》載，葉少蕴云，李益詩『開門風動竹，疑是故人來』，沈亞之詩『徘徊花上月，虛度可憐宵』，皆佳句也。乃知東坡用唐人詩句。惟余查《全唐詩》、沈亞之集，及其所作諸傳奇小説，均不載。《升庵詩話》曾載此詩全首，蓋一五絶也，然又未題作者。是知古人佳什，其遺佚爲不少矣。《詩話》云：唐詩作者，往往托於傳奇小說，以傳於後，而其詩，大有妙絶今古，一字千金者。如：『雨滴空堦曉，無心換夕香。井梧花落盡，一半在銀床。』又：『命笑無人笑，含嬌何處嬌。徘徊花上月，虛度可憐宵。』度東坡亦自酷愛此語也。子野〔燕春臺〕詞，『猶有花上月，清影徘徊』，亦正本此。

東坡〈和章質夫〉〔水龍吟〕咏楊花詞，《人間詞話》謂其『和韻而似原唱，爲咏物詞之最工者』。然詞中語意，亦自有所來。《艇齋詩話》云：『此詞「思量却是，無情有思」，用老杜「落絮遊絲亦有情」也。「夢還風萬里，尋郎去處，又還被、鶯呼起」，卽唐人詩「打起黃鶯兒，莫教枝上啼。啼時驚妾夢，不得到遼西」。「細看來，不是楊花點點，是離人淚」，卽唐人詩「時人有酒送張八，唯我無酒送張八。君看陌上梅花紅，盡是離人眼中血」。皆奪胎換骨。』所釋均是，未解尤有見地。惟余按，唐裴説〈咏柳〉詩云，『思量却是無情樹，不解迎人只送人』，則是『思量』句，東坡分明用此也。又此詞首云『似花還似非花』，亦本梁元帝〈咏柳〉詩『楊柳非花樹，依樓自覺春』。《草堂》註缺皆[一]。

東坡嘗面笑少游『銷魂。當此際』，爲學柳七句法。蓋以柳〔內家嬌〕詞曾有『帝里風光當此際』之語也。然其〔蝶戀花〕『衣帶漸寬無別意。新書報我添憔悴』，獨非學柳詞『衣帶漸寬終不悔。爲伊消得人憔悴』句法乎。使當時少游以此反詰者，不知東坡何以自解。以余意度之，坡殆以少游此詞纏綿綺旎，風格於柳獨近，故特標此一語以爲言耳。亦卽『山抹微雲秦學士，露花倒影柳屯田』意也。若第以句法論，則劉禹錫〈聞蟬〉詩『年年當此際，那免鬢凋零』，視柳詞不已早乎。

王昌齡〈西宮秋怨〉詩云：『芙蓉不及美人妝，水殿風來珠翠香。』東坡〔洞仙歌〕詞『水殿風來暗香滿』，用其語也。徐陵詩『竹密山齋冷，荷開水殿香』，李白詩『風動荷花水殿香』，此則其詞意所本。

東坡好爲集句及隱括前人詩文入詞。如〔稍遍〕之於〈歸去來辭〉，〔定風波〕之於杜牧

[一] 缺皆，疑當作『皆缺』。

〈九日齊安登高〉詩，其著者也。然皆不過微改其詞耳。若其〔水調歌頭〕〈遺章質夫家善琵琶者〉之於韓愈〈聽琴〉詩，則櫽括而近於創作矣。余最愛其首段云：『呢呢兒女語，燈火夜微明。恩怨爾汝來去，彈指淚和聲。忽變軒昂勇士。一鼓塡然作氣。千里不留行。』其描寫琵琶，可謂入神。吾人循其聲而意自見，正不必求甚解。蓋其中全以字聲之陰陽爲之錯綜。而又益之以詞句之長短，故極幽咽抑揚之致。視原詩，信後來居上矣。其『千里不留行』句，用《莊子》〈說劍〉『臣之劍，十步一人，千里不留行』。李白〈俠客行〉云，『十步殺一人，千里不留行』，亦正本此。又其後半闋云，『起坐不能平』，亦係全用後主〔烏夜啼〕詞語。是皆櫽括而出於原詩之外者也。

羅隱〈隴頭水〉詩：『借問隴頭水，終年恨何事。全疑嗚咽聲，中有征人淚。』東坡〔減字木蘭花〕[一]詞『玉觴無味，中有佳人千點淚』，蓋脱胎於此。

東坡〔水調歌頭〕〈中秋〉詞『不知天上宫闕，今夕是何年』，《草堂詩餘》註引韓愈詩『今夕是何朝』。余按，戴叔倫詩『已悟化城非樂土，不知今夕是何年』，意坡用此。又〔念奴嬌〕詞『驚潮拍岸，捲起千堆雪』，註引李白詩『潮白雪山來』。余按，孟郊詩『古鏁刀攢萬片霜，寒江浪起千堆雪』，是詞自别有所本也。

重字在詩中易避，而在詞則難。因詩第分平仄，而詞則兼辨四聲。故詞中間有重字，倚聲者亦在所不忌也。世多謂東坡〔念奴嬌〕詞用三江、三人、二國等重字，於詞不宜。指以爲詬病，陋矣。以東坡爲未諳音律耶。然耆卿、美成，可謂知音，而耆卿〔八聲甘州〕『對蕭蕭暮雨灑江天』詞，重

[一] 減字木蘭花，原作『減字木蘭花慢』，據《全宋詞》删。

字乃有七處之多。美成〔宴清都〕『凄涼病損文園，……更久長不見文君』，不用相如，而用文園。〔玲瓏四犯〕『但認取芳心一點。又片時、一陣風雨惡，吹分散』，連用兩『一』字。其〔浣溪沙〕：『樓上晴天碧四垂。樓前芳草接天涯。勸君莫上最高梯[一]。新笋已成堂下竹，落花都工燕巢泥。忍聽林表杜鵑啼。』則竟連用二『樓』、二『天』、三『上』諸重字，皆未聞有舉而非之者，何獨於坡而爲已甚乎。《后山詩話》載，游次山〔卜算子〕詞：『風雨送人來，風雨留人住。草草杯盤話別離，風雨催人去。淚眼不曾晴，眉黛愁還聚。明日相思莫上樓，樓上多風雨。』《逸老堂詩話》云：『一詞疊用四風雨，讀去不厭其繁，句意清快可喜。』卽此一例，已足見詞之不忌重文，顧用之如何耳。

東坡論文，謂『如行雲流水，初無定質，但常行於所當行，常止於不可不止』。吾人於其詞，亦正可作如是觀。余頗愛其〔少年遊〕一闋云：『去年相送，餘杭門外，飛雪似楊花。今年春盡，楊花似雪，猶不見還家。對酒捲簾邀明月，風霑[二]透窗紗。却似嫦娥憐雙燕，分明照、畫梁斜。』音調極其自然，前半闋尤纍纍如貫珠。余按，何遜〈與范雲聯句〉云：『洛陽城東西，卻作經年別。昔去雪如花，今來花似雪。』東坡[三]得非翻用此語。

[一]『勸君』句，原作『勸若莫工最高梯』，據《全宋詞》改。
[二]風霑，《全宋詞》作『風露』。
[三]東坡，原作『東玻』。

一三　秦觀

少游〔虞美人〕詞：『行行信馬横塘畔。煙水秋平岸。緑荷多少夕陽中。知爲阿誰，凝恨背西風。紅妝艇子來何處。蕩槳偷相顧。鴛鴦驚起不無愁。柳外一雙，飛去却回頭。』盖全用杜牧之詩。詩云：『兩竿落日溪橋上，半縷輕煙柳影中。多少緑荷相倚恨，一時回首背西風。』（〈齊安郡中偶題〉）又〈題水口草市〉詩：『倚溪侵嶺多高樹，誇酒書旗有小樓。驚起鴛鴦豈無恨，一雙飛去卻回頭。』雖是襲用，然亦可見其變化處。

少游〔千秋歲〕詞末語云，『落紅萬點愁如海』。《艇齋詩話》謂，當時人多能歌此詞。山谷欲和之，而終難於『海』字。《后山詩話》云，王平甫之子嘗云，今語例襲陳言，但能轉移耳。世稱此詞『愁如海』爲新奇，不知李後主〔虞美人〕詞已云，『問君還有幾多愁。恰似一江春水、向東流』，但以『江』爲『海』耳。余按，唐詩中，以海喻愁情者，已多有之。《后山詩話》所載，實非確論。如李羣玉詩『請量東海水，看取淺深愁』，又如白樂天詩：『借問江湖與海水，何似君心與妾心。相恨不如潮有信，相思始覺海非深。』皆是也。且江海之間，一動一静，其意自別，未可混爲一談。若少游〔江城子〕云〔一〕，『便作春江都是淚，流不盡、許多愁』，則可謂本後主語耳。

『萋萋芳草憶王孫。柳外樓高空斷絶魂。杜宇聲聲不忍聞。欲黄昏。雨打梨花深閉門。』此詞向以爲觀作，《花庵詞選》及《歷代詩餘》皆以爲李重元詞。李詞凡春夏秋冬四闋，此其春景

〔一〕云，原作『五』。

一闋也。觀此，當爲李作無疑。其末語最爲名句，然少游〔鷓鴣天〕[一]詞固亦有之，卽『甫能炙得燈兒了，雨打梨花深閉門』是也。《古今詩話》云，『此詞形容愁怨之意最工，末語有言外之意』。《草堂詩餘》註引〈長恨歌〉『梨花一枝春帶雨』，此大可絶倒也。余按，吳聿《觀林詩話》云，『荆公酷愛唐樂府「雨打梨花深[二]閉門」之句。』是知此語，實非少游創作。然現存唐樂府不載，大概已遺佚矣。吳聿宋人，其言當可信。少游殆亦愛而用之耳。

《人間詞話》：少游詞境悽惋，至『可堪孤舘閉青春寒，杜鵑聲裏斜陽暮』，則變而爲悽厲矣。《漁隱叢話》載，山谷謂，此詞高絶，惟『斜陽暮』三字，有語病，改爲『簾櫳暮』，後《郴州志》遂作『斜陽度』。而米元章書此詞，則竟改爲『斜陽曙』矣。此皆無理取鬧，前人辯之已詳。實則此三字，絶不重複，此在今日稍有文法學者，皆能知之，若潘正叔〈迎大駕〉詩『朝日順長途，「夕暮」無所集』，阮嗣宗〈詠懷〉『朝爲媚少年，「夕暮」成老醜』，及樂府『出儂吳倡門，春水「碧綠」一色』，則眞重複矣。此固不足爲訓，然亦舊體詩詞中難免之現象也。《草堂》註引義山詩『望帝春心託杜鵑』，及杜詩『子規枝上月三更』，皆不得要領。余按，寇萊公詩『無奈鄉心倍寥落，殘陽中有鷓鴣聲』。詞中境界，與此正相吻合。又此詞末云，『郴江[三]幸自遶郴山，爲誰流下瀟湘去』，東坡極賞之。釋天隱謂，二語由戴叔倫詩『沅湘日夜東流去，不爲愁人住少時』變化而來。

〔一〕鷓鴣天，原作『鵲鴣天』。
〔二〕深，原作『滐』，據《觀林詩話》改。
〔三〕郴江，原作『柳江』，據《全宋詞》改。

余按，唐詩中，類此者正多。如元稹詩『若到莊前竹園下，殷勤爲遶故山流』，又『殷勤輞川水，何事出山流』，而杜牧詩『水殿半傾蟾口澀，爲誰流下蓼花中』，於詞語爲尤近。蓋文人發興造語，往往而合，非必有所因襲也。

周濟《四家詞選敍》[一]云：『詞韻各具聲響，不可草草亂用。』又云：『簫尤韻感慨。』少游〔江城子〕詞『飛絮落花時候、一登樓』，正可爲其一例。《全唐詩》張佖[二]詞云，『飛絮落花，時節[三]近清明。』此其語調所仿。然少游爲不可及矣。

羅隱〈牡丹〉詩『若教解語應傾國，任是無情也動人』，少游〔南鄉子〕〈題畫〉：『盡道有些堪恨處，無情。任是無情也動人。』用其語也。

《艇齋詩話》：『少游詞「高城望斷，燈火已黃昏」，用歐陽詹詩「高城已不見，况復城中人」。』因《詩話》，余乃解得白石詞二句『日暮。望高城不見，惟見亂山無數』。又，少游『凭欄久，疏煙淡日，寂寞下蕪城』之句，余謂，亦係用武元衡詩『誰堪此時景，寂寞下高樓』。

少游〔八六子〕『倚危亭。恨如芳草，萋萋剗盡還生』，蓋用後主〔清平樂〕詞『離恨恰如春草，更行更遠還生』。惟余按，前人詩中，已多有以草喻愁情者，然皆不如二詞之工致也。范雲詩『思君如蔓草，連延不可窮』，杜牧詩『恨如春草多』，秦韜玉『又覺春愁似草生，何人種在情田

[一] 四家詞選敍，原作『四家詩選敍』，據《詞話叢編》本改。

[二] 張佖，《全唐詩》作『張泌』。

[三] 時節，原作『詩節』，據《全唐五代詞》改。

裏』，又李康成『思君如百草，撩亂逐春生』，皆是也。

一四　黄山谷

《詞苑叢談》：山谷過瀘帥，有官妓盼盼，帥嘗寵之，山谷戲作〔浣溪沙〕贈之云：『脚上鞋兒四寸羅。唇邊朱麝一櫻多。見人無語但回波。　料得有心憐宋玉，低徊無柰楚襄何。今生有分向伊麽。』此殆山谷少作，法秀所謂『當墮犁舌獄』者也。李義山詩云，『料得也應憐宋玉，一生唯事楚襄王』，此其後半語所本。按此詞亦見《淮海集》，今觀此本事，似當爲山谷作也。

《誠齋詩話》：五七言絶句，最短而最難工。雖作者亦難得四句全好。如王建〈宮詞〉：『樹頭樹尾覓殘紅，一片西飛一片東。自是芳心貪結子，錯教人恨五更風。』則四句全好。山谷〔定風波〕詞曾翻用此語，頗得自然之趣。詞云：『牆上夭桃簌簌紅。巧隨輕絮入簾櫳。自是芳心貪結子。翻使。惜花人恨五更風。　露萼鮮濃妝臉靚。相映。隔年情事此門中。粉面不知何處在。無柰。武陵水捲春空。』余按，此詞後半闋，則用崔護詩：『去年今日此門中，人面桃花相映紅。人面不知何處去，桃花依舊笑東風。』余謂，此詩亦四句全好。

山谷〔清平樂〕詞云：『春無蹤跡誰知。除非問取黄鸝。百囀[一]無人能解，因風吹過薔薇。』余按，李頻詩，『却羡浮雲與高鳥，因風吹去又吹來』。又鄭谷〈詠燕〉詩云，『千言萬語無人會，又逐流鶯吹短牆』，詞殆由此脱變而來。

〔一〕百囀，原作『百囀風』，據《全宋詞》删。

一五　孫洙

巨源〔河滿子〕〈秋怨〉詞：『悵望浮生急景。悽涼寶瑟餘音。楚客多情偏怨別，碧山遠水登臨。目送連天〔一〕衰草，夜闌幾處疎砧。黄葉無風自落，秋雲不雨長陰。天若有情天亦老，摇摇幽恨難禁。惆悵舊歡如夢，覺來無處追尋。』意調最爲悽涼。後半闋數語，尤哀怨動人。其『黄葉』二句，用唐盧綸〈送萬巨〉詩『霜葉無風自落，秋雲不雨空陰』，只易得二字。《草堂詩餘》註引杜□『浮雲蔽秋曉』，非也。其『天若有情』句，則全用李賀〈金銅仙人辭漢歌〉『衰蘭送客咸陽道，天若有情天亦老』。《草堂》註並失。此詞雖拾前人詩句，然運用自然，了無痕迹，固不失其爲絶妙好詞也。

一六　趙令畤

李東陽《懷麓堂詩話》謂：夢字，唐詩中用者極多。然説夢之妙者，絶少。如『重門不鎖還家夢』，乃覺親切。余按，令畤〔錦堂春〕詞，『重門不鎖相思夢，隨意遶天涯』，正用此語也。《苕溪漁隱叢話》謂，徐師川『門外重重疊疊山，遮不斷、愁來路』，與此詞造語不同，而意絶相類，信然。惟余按，岑參詩『別君只有相思夢，遮莫千山與萬山』，（遮莫，唐俗語，猶言儘教也）是此意，前人早已道過，第二詞造語特工耳。

〔一〕天，原作『天地』，據《全宋詞》删。

一七　賀方回

方回以〔青玉案〕詞知名，其末云，『試問閑愁知幾許。一川煙草，滿城風絮。梅子黄時雨』，列舉三者，蓋以喻愁之多也，於格調最爲奇特，後人乃獨賞其末句，曾有『賀梅子』之目。此實無道理，『梅子黄時雨』，不過是當前景物，有何佳處。《潘子眞詩話》謂，係本寇萊公詩『杜鵑啼處花成血，梅子黄時雨如霧』，恐亦係偶然相同耳。余按，《宋二十一家集》所載寇公詩，並無此二語，殆已佚耶。

方回〔踏莎行〕[一]詞，『當時不肯嫁東風，無端却被秋風誤』，上句用韓偓詩（見張先條），次句用退之〈落花〉詩『無端又被春風誤，吹落西家不得歸』，雖全出因襲，亦頗見變化工夫。

一八　陳去非

去非〔臨江仙〕詞，有『長溝流月去無聲』之句，造語甚覺新奇。余按，隋煬帝詩『流波將月去，潮水帶星來』，孫逖詩『圓潭瀉流月，晴明含萬象』，又張若虚詩『江水流春去欲盡，江潭落日復西斜』，是其語意，亦自有所本也。《草堂》註引杜詩『月湧大江流』，猶嫌迂闊。

[一] 踏莎行，原作『蹈莎行』。

一九　周美成（另有《片玉詞集注補正》數則，見《清華週刊》三十卷第七期）

蕙風論詞，特標『重拙大』三者。余以爲重大猶可，惟拙爲難。蓋拙語純出白描，別具天趣，不可力學而致也。自北宋而下，已無此種境界。由疏拙而細密，固亦文學演進必然之公例。周保緒乃謂，『南宋下不犯北宋拙率之病，高不至北宋涵渾之詣』，夫豈知言哉。美成集北宋之大成，其詞於結語，尤多以拙語取勝，視北宋諸家爲尤甚，此實其詞之一大特點也。如〔風流子〕『天便教人、霎時厮見何妨』，〔法曲獻仙音〕『待花前月下，見了不教歸去』，〔風流子〕『多少暗愁密意，惟有天知』，〔慶春宫〕『許多煩惱，只爲當時，一餉留情』，〔滿路花〕『除共天公説。不成也，還似伊無個分别』，諸如此類，所在多有。要皆白描淡寫，不事纖巧，語愈拙而意愈濃。故讀之極似無道理，而却極動人，殆《老子》所謂『物極必反』，而『大巧若拙』者耶。後人學美成者多矣，陳允平、楊澤民、方千里之所唱和，且一步一趨，雖四聲亦不易，而終未得其神似者，蓋其愚[一]有不可及也。

美成〔感皇恩〕詞，『怎奈向，言不盡，愁無數』，毛本無『奈』字，考之《詞律》，此句亦似多一字，惟就文意言，則以有『奈』字爲長。美成〔拜星月〕『怎奈向、一縷相思，隔溪山不斷』，又〔大酺〕『怎奈向、蘭成憔悴，衛玠清羸』，是『奈』三字，實係連文也。（又秦少游〔八六子〕『怎奈向、歡娱漸隨流水』，亦可證明）

[一] 愚，疑當作『拙』。

美成〈六醜〉〈薔薇[一]謝後作〉詞，時而説花，時而説人，時而人花並説，極變化渾成之妙。其『釵鈿墮處遺香澤。亂點桃蹊，輕翻柳陌』，則仍是説花，非説人。《片玉詞集注》引杜詩『神女落花鈿』，失其旨矣。唐徐夤[二]〈薔薇〉[三]詩云，『朝露灑時如濯錦，晚風飄處似遺鈿』，詞蓋本此。仝詞『似牽衣待話，別情無極』，陳注缺。余按，儲光羲〈薔薇歌〉云：『高處紅鬚欲就手，低邊綠刺已牽衣。』

美成以善於融化詩句見稱，然亦有化全首者，如〈尉遲盃〉，『無情畫舸，都不管、煙波隔南浦。等行人、醉擁重衾，載將離恨歸去』，全用唐鄭仲賢詩：『亭亭畫舸繫春潭，直到行人酒半酣。不管煙波與風雨，載將離恨過江南。』

此詩作者，頗有疑問。《蔡寬父詩話》謂：『客有見此詩於舍壁者，莫知誰作，或云鄭兵部仲賢也，然集中無有。好事者或填入樂府。』《冷齋夜話》及《宋文鑑》則以爲宋張文潛詩，《詞林紀事》遵之。余按，《升菴詩話》云：『余弟未菴，酒邊誦一絕句云云。「兄以爲何人詩。」余曰：「按《宋文鑑》，則張文潛詩也。」』未菴取《草堂詩餘》周美成〈尉遲盃〉注云唐鄭仲賢詩。余因嘆，唐之詩人，姓名隱而不傳者何限。或文潛亦愛而書之，遂以爲文潛作耳。』是此詩當爲鄭作無疑。蓋注必有所本。且宋人多有竊取唐詩者，雖大家不免。如王荊

[一] 薔薇，原作『薔遊』。
[二] 徐夤，原作『徐彙』，據《全唐詩》卷七〇一改。
[三] 薔薇，原作『薇薔』，據《全唐詩》卷七〇一改。

公詩：『山中十日雨，雨晴門始開。坐看蒼苔色，欲上人衣來。』末二句，全用王維詩。黄山谷『人家圍橘柚，秋色老梧桐』，用太白『人烟寒橘柚，秋色老梧桐』。又山谷詩：『草色青青柳色黄，桃花零亂杏花香。春風不解吹愁去，春日偏能惹恨長。』此唐賈至詩也，特改易五字耳。（賈詩：桃花『歷』亂『李』花香，又，『東』風不『爲』吹愁去，惹『夢』長）

美成讀書甚博，所著有《文集》二十卷，惜爲詞名所掩，以致散佚。吾人今日，亦惟有於詞中能窺其身世思想之一二而已。然詞中所言，大抵不外男女相思離别悲歡之作，綺辭豔語，在所不免，而後人不察，遂羣以風格爲周詞詬病。幾於異口同聲，一孔出氣，此不獨不足以知美成，亦不足與言文學也。劉熙載《詞曲概》云：『美成律最精審，邦卿句最警鍊，然未得爲君子之詞者，周旨蕩而史意貪也。』又云：『周美成詞，或稱其無美不備。余謂，論詞莫先於品，美成詞信富豔精工，只是當不得個「貞」字。是以士大夫不肯學之。學之，則不知終日意縈何處矣。』此謬論也。夫文學所貴，惟在眞實，男女起居，大欲所存，周詞雖多艷語，要不失爲實録，非必思君懷國，而後可爲君子之詞也。『瓊樓玉宇』，固是好詞；『曉風殘月』，又何嘗不是好詞。夫以道學觀念，雜入文學處，已無有是處，况以之言詞耶。至士大夫學之者，不知終日意縈何處[一]，則尤非周詞之過矣。又《人間詞話》云：『歐公、少游，雖作豔語，終有品格，方之美成，便有淑女與倡伎之别。』此亦不免偏見，而未之細察，其失正與劉氏等。歐陽姑無論矣，若少游，則其〔河傳〕，『語軟聲低，道我何曾慣。

[一] 何處，原作『何縈』，據上文改。

雲雨未諧，早被東風吹散。瘦殺人，天不管』，視美成〔拜星月〕之『眷戀雨潤[一]雲溫，苦驚風吹散』，何如。其〔滿庭芳〕『銷魂。當此際，香囊暗解，羅帶輕分』，視美成〔憶舊遊〕之『鳳釵半脱雲鬟，窗影燭光搖』，又何如。所謂淑女與倡伎之别何在。所謂『雖作豔語，終有品格』者，又何在。以品論詞，竊所不取也。

二〇 李清照

易安〔一剪梅〕詞『一種相思，兩處閒愁。此情無計可消除，才下眉頭。却上心頭』，王阮亭謂是從范希文〔御街行〕詞『都來此事，眉間心上，無計相迴避』脱胎。而李語特工。余按，唐羅隱詩云，『春色惱人[二]遮不得，别愁如瘧避還來』，此語正可與詞相參看。易安造語最工，如『寵柳驕花』，『綠肥紅瘦』，皆極新奇。其〔醉花陰〕詞『莫道不銷魂，簾捲西風，人比黄花瘦』之句，尤爲世所稱道。余按，唐胡曾詩云，『窗殘夜月人何處，簾捲春風燕復來[三]』，又少游詞『人與綠楊俱瘦』，此其造語所自仿歟。《草堂詩餘》失註。

〔一〕雨潤，原作『潤雨』，據《全宋詞》乙。

〔二〕惱人，原作『惱某』，據《全唐詩》卷六五五改。

〔三〕燕復來，原作『燕李復來』，據《全唐詩》卷六四七删。

二一　辛棄疾

稼軒〔祝英臺近〕『寶釵分，桃葉渡』一詞，張端義《貴耳集》載有本事，係爲其逐妾而作。沈東江亦謂此曲昵狎溫柔，魂銷意盡，與他詞之激揚奮厲者不同。是此詞只是實説，並無表德也。其末云，『是他春帶愁來，春歸何處。却不解、帶將愁去』，蓋亦回應前半闋『斷腸點點飛紅』數語耳。張惠言《詞選》乃謂，『春帶愁來』，爲刺趙、張（趙鼎、張浚，因二人舉用秦檜），實不免斷章取義，過爲曲解。或惠言欲爲自身説法，故别出新意，以求合其所謂比興之義，恐非辛詞本旨也。《耆舊續聞》云：幼安『是他春帶愁來』之句，人皆以爲佳。不知趙德莊〔鵲橋仙〕詞〔一〕『春愁元自逐春來，却不肯、隨春歸去』。蓋德莊又本李漢老〈楊花〉詞『驀地便和春，帶將歸去』。大抵後輩作詩，無非前人已道底句，特善能轉換耳。余按，李端詩云『綠草將愁去，遠入吴雲暝』，又雍陶〈送春〉詩：『勿言春盡春還至，少壯看花復幾回。今日已從愁裏去，明年更莫共愁來。』是詞實皆翻用詩意也。《草堂詩餘》註缺。

稼軒〔清平樂〕詞云，『屋上松風吹急雨。破紙窗間自語』，造句頗新。按樂府〔道君曲〕云，『中庭有樹自語，梧桐推枝布葉』，又陳后山詩『庭梧盡黃隕，風過自成語』，又『衝風窗自語，涴壁蝸成字』，是亦有所本矣。余最愛杜牧之一絶云，『秋聲無不攪離心，夢澤兼葭楚雨深。自滴階前大梧葉，干卿何事動哀吟。』意亦猶人，而運筆遣辭之間，獨覺細緻。

〔一〕詞，原作『詩』，據《耆舊續聞》卷二改。

二二　趙彥端

趙〔謁金門〕詞云：『休相憶。明夜遠如今日。樓外綠煙村冪冪。花飛如許急。　柳岸晚來船集。波底斜陽紅濕。送盡去雲成獨立。酒醒愁又入。』《貴耳集》云：『德莊，宗室之秀，賦西湖詞，有「波底斜陽紅濕」之句。阜陵問誰詞，答曰彥端所作。上曰，我家裏人也會作此等語。喜甚。』《耆舊續聞》以爲本後主詞（當係馮詞之誤）『細兩濕流光』，與《花間》『一庭疏雨濕春愁』，其境界亦簾相類。惟余按，庾信〈月〉詩云『渡河光不濕』，意德莊翻用此語也。嘗見梁任公先生爲人書一聯云，『送盡赤雲成獨立，緩尋芳草得歸遲』，則似又賞其次句也。『赤』字殆任公以意改。

二三　吳文英

夢窗〔望江南〕詞：『三月暮，花落更情濃。人去秋千閑挂月，馬停楊柳倦嘶風。堤畔畫船空。　厭厭醉，長日小簾櫳。宿燕夜歸銀燭外，啼鶯聲在綠陰中。無處覔残紅。』『人去』一聯，造語極工，然實有所本。宋王得臣《麈史》載，張頌舉進士，不第，舘其家。讀書外口，不及他事。然好吟詩曰，『人散秋千閒挂月，露泠蝴蝶冷眠風』，夢窗不能掠美矣。

二四　蔣捷

蔣〔浪淘沙〕〈重九〉云，『不解吹愁吹帽落，恨煞西風』，語極新巧。余按，李白〈獨酌〉詩云，『東風吹愁來，白髮坐相侵』，又賈至〈思春〉詩，『東風不爲吹愁去，春日偏能惹恨[一]長』，此其造語所自。

二五　馬莊父

馬〈鷓鴣天〉詞：『睡鴨徘徊煙縷長。日高春困不成粧。步欹草色金蓮潤，撚斷花鬚玉笋香。輕洛浦，笑巫陽。錦文輕織寄檀郎。兒家閉户藏春色，戲蝶遊蜂不敢狂。』前人謂，末二語有深意。余按，薛維翰〈春女怨〉詩云：『白玉堂前一樹花，今朝忽見數枝開。女家門户尋常閉，春色緣何得入來。』語蓋本此，惟意境則視詩又更進一層。

二六　康伯可

詞中於前人詩句，有減字用之者。如山谷之『斷送一生惟有，破除萬事無過』，美成之『且莫思身外，長近樽前』是也。亦有增字用之者，如康〈鷓鴣天〉詞，『見來怨眼明秋水，欲去愁眉淡遠峯』，用李義山〈垂柳〉詩『怨目明秋水，愁眉淡遠峯』，此種用法，最易將讀者混過。

[一] 恨，原作『根』，據《全唐詩》卷二三五改。

二七　張炎

樓敬思[一]謂，叔夏詞以翻案側筆取勝。其〔高陽臺〕〈西湖春感〉詞，『東風且伴薔薇[二]住，到薔薇、春已堪憐』，可爲此語一例。胡適之先生於張詞獨愛此二句。『春已堪憐』，余亦恆訝其新。後讀唐詩，乃知叔夏語固亦有自來。蘇頲〈桃花〉詩云，『東望望春春可憐』，又崔顥〈少年行〉，『長安道上春可憐』。

二八　明媛黃氏

中國向以禮教爲治，其於婦女，尤多所桎梏，然在文學上意志之表現，則女子與男子幾處於同等之地位，享有相當之自由。此種情形，在詞中尤爲昭著。其間往往有男子所不肯道（或亦不能道）者，乃出諸嬌羞女子之口。如鄭雲娘〈寄張生〉〔西江月〕，及〔兜兜鞋兒曲〕，其尤者也。蓋情動於中，則歌韻外發，吐納之間，有非禮教所能囿者。又如明媛黃氏〔巫山一段雲〕詞，亦極妖艷，詞云：『巫女朝朝艷，楊妃夜夜嬌。行雲無力困纖腰。媚眼暈紅潮。　阿母梳雲髻，檀郎整翠翹。起來羅襪步蘭苕。一見又魂銷。』此詞與唐蔣蘊〈贈鄭氏妹〉詩，可稱伯仲。皆《三百》中之鄭衛也。因有可與詞相參看處，今並錄之。詩云：『豔陽灼灼河洛神，珠簾繡户青樓春。能彈箜篌弄

[一] 敬思，原作『近恩』。按，樓儼，字敬思。

[二] 薔薇，原作『藩薇』，據《全宋詞》改。

纖指，愁殺門前少年子。笑開一面紅粉妝，東園幾樹桃花死。朝理曲，暮理曲，獨坐窗前一片玉。行也嬌，坐也嬌，見則令人魂魄消。堂前錦褥紅地鑪，綠洗香榼傾屠蘇。解佩時時歇歌管，芙蓉帳裏蘭麝滿。晚起羅衣香不斷，滅燭每嫌秋夜短。』

二九　王國維

靜安先生賦性忠樸，而詞中乃多綺語，不類其爲人。其中有無寓意，則吾人不得而知。今第就詞論詞而已。其〈浣溪沙〉一詩云：『畫舫離筵樂未停。瀟瀟暮雨闔閭城。那堪還向曲中聽。只恨當時形影密，不關今日別離輕。夢回酒醒憶平生。』『只恨當時』一聯，可謂有目共賞。余按，賈島〈寄遠〉詩，『始知相結密，不及相結疎。疎別恨應少，密離恨難祛』，與詞意正暗合，然靜安之言工矣。

三〇　崔華

《詞苑叢談》：王阮亭〈和漱玉詞〉云：『凉夜沉沉花漏凍。攲枕無眠，漸聽荒鷄動。此際閒愁郎不共。月移窗隙春寒重。憶共錦裯無半縫。郎似桐花，妾似桐花鳳。往事迢迢徒入夢。銀箏斷絕連珠弄。』人稱爲『王桐花』。崔華出其門，有『黄葉聲多酒不辭』之句，人號爲『崔黄葉』。汪鈍翁云，『有王桐花爲師，正不可無崔黄葉作弟子』，當時傳爲佳話。崔全詩見《清詩别裁》，題爲〈許野舟中别相送諸子〉，詩云：『溶溶月色漾河湄，曉起頻將玉笛吹。同上郵亭忘别緒，獨行驛岸解相思。白蘋（本作『丹楓』，沈歸愚易）江冷人初去，黄葉聲多酒不辭。此路三千今日始，薊門回首雪霜時。』詩亦甚平凡，『黄葉』句雖佳，然係剽竊歐陽修〈東閣雨中〉詩語，並非崔氏自創。歐詩云，『綠苔人迹少，黄葉雨聲多』，得不本此耶。此固無關乎詞，因後人猶多唧唧稱道之者，緣爲附録於此。亦所以明士衡『傷廉愆義』之意也。

十八，五，二十，蕭滌非初稿

北平《清華週刊》一九二九年一〇月二五日第三二卷第二期第四六七號

詞學大意

壽璽

《詞學大意》六三則，載北平《藝林月刊》一九三〇年二月第二册起，訖一九三二年一〇月第三四期。署『紹興壽璽石工父』。原無序號、小標題，今酌加。

詞學大意目錄

詞學大意

一　意内言外

《說文》：『詞，意内言外也。』明乎我所欲言，必有司我言者，而後可盡我詞，故隸司部。意者，司我言者也，故曰内。意與志不同，故詞與詩不同。詞者源出於詩，而以意爲經、言爲緯。意内言外，庽言十九。古人作詞，蓋即古人言樂之法也。詞也者，進不與詩合，退不與曲合，其取徑也狹，其陳意也高。嚴格於律，諧以陰陽，必有司我言者。節奏勰，斯情文相生。樂府而後，求合於古樂名，詞而已矣。《三百篇》之不能不降而楚詞，楚詞之不能不降而漢魏者，勢也。《三百篇》之不能不降而樂府，樂府之不能不降而爲詞者，亦勢也。《詩》三百篇，孔子皆絃歌之，皆歌辭也。漢代古詩歌謠，皆被之樂府；唐樂府亡，而歌詩興。洎後長短句盛，遂啟兩宋倚聲製詞之漸。

北平《藝林月刊》一九三〇年二月第二册

二　詩詞遞嬗

南宋郭茂倩《樂府詩集》[一]一百卷，上起陶唐，下迄五代，凡郊廟歌詞十二卷，燕射歌詞三卷，鼓吹曲詞五卷，横吹曲詞五卷，相和歌詞十八卷，清商曲詞八卷，舞曲歌詞五卷，雜曲歌詞十八卷，近代曲七卷，新樂府十一卷。每一題必先列古詞，後列擬作，再列入樂所改者，使後人得考知，其孰爲側，孰爲艷，孰爲趨，孰爲增字減字。其聲詞合寫不可訓詁者，在於題下註明，世稱樂府第一善本。採録之富，敷寫之詳，誠所僅見。學者於此，可以考得音樂變遷之次第，與夫詩詞遞嬗之迹。蓋詞事之盛，古今實不相侔。詞以協樂爲主，則古今一也。

北平《藝林月刊》一九三〇年二月第二册、三月第三册

三　詞體之初起

〈九歌〉而後，秦惟五行壽人之樂，漢以簫管侑房中歌，馴有巴渝舞曲，以及短簫鐃歌。魏晉[二]以下，若梁武帝〔江南弄〕、沈約〔六憶〕，傳爲詞體之初起。『衆花雜色滿上林。舒芳曜緑垂輕陰。連手躞蹀舞春心。舞春心。臨歲腴。中人望，獨踟躕。（〔江南弄〕第一）』『游戲五湖采蓮歸。

[一] 樂府詩集，原作『樂府集』。

[二] 魏晉，原作『晉魏』。

發花田葉芳襲衣。爲君艷歌世所希。世所希。[一] 有如玉。江南弄，采蓮曲。（〔采蓮曲〕第三）』『氤氳蘭麝體芳滑。容色玉耀眉如月。珠佩葳蕤戲金闕。戲金闕。游紫庭[二]。舞飛閣，歌長生。（〔游女曲〕第六）』〔江南弄〕七首，此其三也。此三句[三]，皆用平聲韵，惟〔游女曲〕、〔朝云曲〕二首用入聲韵。收四句，皆平聲韵，惟〔采蓮曲〕一音[四]換入聲韵，簡文帝〔采蓮曲〕則平聲。後人小令若〔憶秦娥〕，慢詞若〔滿江紅〕，可用平入聲改叶者，本此。舉例以待隅反。『憶來時。的的上階墀。勤勤敘離別，歉歉道相思。相看常不足，相見乃忘飢。（〔憶來時〕第一）』『憶食時。臨盤動顏色。欲望復羞望，欲食復羞食。含哺如不飢，擎甌似無力。（〔憶食時〕第三）』〔六憶詩〕傳四首，此其二也。通用平聲韵，惟三首用入聲韵。

北平《藝林月刊》一九三〇年三月第三冊、四月第四冊

四　采曲

隋時置清商府，所采之曲甚多。至唐猶存六十三曲，至宋猶存三十三曲，又謂之清樂，即平調、清調、側調。周房中樂之道尚也，本有聲而無詞，晉宋間始依聲而爲之詞。至於胡角者，本以應胡笳

[一] 世所希，原脱，據《樂府詩集》補。
[二] 庭，原作『府』，據《樂府詩集》改。
[三] 此三句，疑有誤。或當作『起三句』。
[四] 音，疑當作『首』。

之聲，始於黄帝時之吹角。漢時張騫於西域求得其法，因之李延年新聲二十八解，以爲武樂。樂書以爲此即中國用胡樂之本。其後存者僅十曲。〔梅花落〕者，即胡笳曲，即所謂邊聲也。『中庭雜樹多，偏爲梅咨嗟。問君何獨然，念其霜中能作花，露中能作實，摇花春風媚春日。念爾零落遂寒風，徒有霜花無霜質。』此鮑照〔梅花落〕樂府。唐時，李白詩所謂『江城五月落梅花』者，即此是也，而改入笛矣。

北平《藝林月刊》一九三〇年四月第四册、五月第五册

五　會聲

古樂府，若〔臨高台〕收句，吾[一]〔有所思〕之『妃呼豨』，其聲詞合寫不可訓詁者，亦若《古今樂録》所録之『羊無夷』、『伊那何』，蓋曲調之會聲也。詞亦有之，助詞是已。『樹頭紅葉飛都盡，景物淒涼。秀出羣芳。又見紅梅淡淡妝。也囉，真個是、可人香。蘭魂蕙魄應羞死，獨占風光。夢斷高唐。月送疏枝過女墻[二]。也囉，真個是、可人香。』此趙長卿〔攤破采桑子〕詞也。也囉，即助詞。兩結，『香』字重押，即歌時之和聲也。金人詞亦往往用之。

北平《藝林月刊》一九三〇年五月第五册

〔一〕吾，疑衍。

〔二〕月送疏枝過女墻，原作『目送疏枝過墻』，據《全宋詞》改。

六　非助詞而不屬于聲

有非助詞而又不屬于聲者。『歌發誰家筵上。嘹亮。別恨正悠悠，蘭缸背帳月當樓。愁麽愁。愁麽愁。』此顧夐〔荷葉杯〕詞也，凡九首，結二句皆用麽字，句法同。蓋設爲問答之詞也。

北平《藝林月刊》一九三〇年五月第五册、六月第六册

七　聲與詞

古樂府在聲不在詞。王灼《碧雞漫志》，分有聲有詞、有聲無詞，二者悉舉其名。唐時已不能得其聲，故所擬古樂府，但借題抒意，不能自製調也。至新樂府，則五七言詩而已。其采詩入樂，必以有排調，有襯字者，始爲詞體。至宋而傳其詞詞之法，不傳其詞詩之法，于是一衍而爲近詞，再衍而爲慢詞。其自製曲，視唐時之變化爲多。北宋時柳永所作，方言市語，錯雜不倫。當時傳播者廣，取其聲耳，非盡取其詞也。周邦彥、姜夔胥工倚聲，胥能製調，然後篇什雖存，知音難索。至元曲出，而詞之宫譜亡矣。吾人所作，不過依據舊詞，攷其句法，依律以求其聲，未必與宫譜合也。

八　以兩宋爲法

詞必以兩宋爲法，萬樹《詞律》所列各體，必取證于宋人。雖里巷之詞，悉錄之以備一格。

北平《藝林月刊》一九三〇年六月第六册

九　加字以便歌

小詞起于隋之宫中，唐人能傳其法，五言六言七言絶句，皆能歌，又能借聲之法，已不傳。更有加字以便歌者。如王維〈渭城曲〉詩：『渭城朝雨浥輕塵，客舍青青柳色新。勸君更盡一杯酒，西出陽關無故人。』宋無名氏〈古陽關〉詞，就王維原詩加字：『渭城朝雨，一霎浥輕塵。更洒遍、客舍青青。弄柔凝碧，千縷柳色新。更洒遍、客舍青青，千縷柳色新。休煩惱。勸君更盡一杯酒，人生會少。自古富貴功名有定分。莫遣[一]容儀瘦損。休煩惱，勸君更進一杯酒，只恐怕、西出陽關，舊遊如夢，眼前無故人。只恐怕、西出陽關，眼前無故人。』

北平《藝林月刊》一九三〇年六月第六册、七月第七册

一〇　溫庭筠

溫庭筠，唐宣宗大中時人，始專爲詞。庭筠字飛卿，并州人，初名岐，後改曰庭雲，又改曰庭筠。貌陋，時號溫鍾馗。才思敏捷，又號溫八叉。以士行有缺，累舉不第。所著有《握蘭》、《金荃》等集。唐人能詞者，多附詩以傳，詞之有集，自庭筠始。其詞最著者，〈菩薩蠻〉，蓋感士不遇之作也。《詞源》嘗謂，詞之難於令曲，如詩之難於絶句。不過十數句，一字一句閒不得，末句尤當留意。有有餘不盡之意，始佳。溫氏得之矣。溫氏所創各體，如〈南歌子〉、〈荷葉杯〉、〈蕃女怨〉、〈遐方

[一] 遣，原作『遺』，據《全宋詞》改。

怨」、「酒泉子」、「玉蝴蝶」、「女冠子」、「河瀆神」、「河傳」等，雖自五七言句法出，而漸與五七言詩句法離。所謂解其聲，故能製其調也。今錄其「河傳」[一]詞：『湖上。閑望。雨瀟瀟。烟浦花橋。路遙。謝娘翠娥愁不消。終朝。夢魂迷晚潮。蕩子天涯歸棹遠。春已晚。鶯語空腸[二]。斷若邪溪。溪水[三]西。柳隄。不聞郎馬嘶。』此詞句法，極長短錯落之至，實宋詞之祖[四]也。

北平《藝林月刊》一九三〇年七月第七册、八月第八册

一一　五代文運

五代文運萎微，他無可稱，獨長短句，濃艷隱秀，後世莫及。《花間》、《尊前》等集，所錄盛矣。其時君唱於上，臣和於下。人主之能詞者，後唐莊宗而外，如前蜀後主王衍、後蜀後主孟昶、南唐中主李景、後主李煜。

北平《藝林月刊》一九三〇年八月第八册

一二　唐五代慢詞

當時亦有慢詞，而作者絕少有。唐中葉以後，迄于五代，若杜牧之「八六子」，尹鶚之「金浮

[一] 河傳，原作『何傳』。
[二] 腸斷，原作『斷腸』，據《全唐五代詞》乙。
[三] 水，原作『上』，據《全宋詞》改。
[四] 祖，原作『租』。

圖〉，李珣之〈中興樂〉，如此而已。

一三　兩宋詞事

兩宋詞事之盛，詞人之多，不可勝舉。宋之詞，猶唐之詩也。言宋詞者，尤西堂曰：唐詩有初盛中晚，宋詞亦有之。唐之詩由六朝樂府而變，宋之詞由五代長短句而變。約而次之，小山、安陸，其詞之初乎；淮海、清真，此詞之盛乎；石帚、夢牕，似得其中；碧山、玉田，風斯晚矣。唐詩以李杜爲宗。而宋詞蘇、陸、辛、劉，有太白之風；秦、黄、周、柳，得少陵之體。此又畫彊而理，騈騎而馳者也。其說不爲無見。

一四　北宋南宋

北宋南宋，論詞者區而析之。張惠言、周濟等，即詞中之常州派者，耑主北宋，以爲北宋之詞與詩合，南宋之詞與詩分；北宋猶爭氣骨，南宋則專精聲律。是南宋詞雖益工，以風尚所論，則有黍離降而詩亡之嘆矣。浙派所論，則謂南宋詞即出于北宋，特時代之有先後耳。北宋國勢較强，朝野士夫，方以潤色鴻業爲樂事，其上者見朝政之弊，則借詞以格君心之非；南宋局守一隅[一]，議和議戰，叫囂不已，知兵力之不足以勝人，則遑忿于口誅筆伐，文網愈嚴，則詞意愈晦，解人不易索，權奸亦未如之何也。故曰北宋之詞大，南宋之詞深。浙派諸人，若朱彝尊、厲鶚以迄譚獻，皆是也。

北平《藝林月刊》一九三〇年九月第九册

[一] 隅，原作『偶』。

一五 李清照論詞

李清照論北宋人詞，極盡嚴刻。其說曰：始有柳屯田永者，變舊聲，作新聲，出《樂章集》，大得聲稱于世，雖協音律，而詞語塵下。又有張子野、宋子京兄弟、沈唐、元絳、晁次膺輩出，雖時時有妙語，而破碎何足名家。至晏元獻、歐陽永叔、蘇子瞻，學際天人，作爲小歌詞，直如酌[一]蠡水于大海，然皆句讀不葺[二]之詩爾。又曰[三]：王介甫、曾子固文章似西漢，若作小歌詞，人必絕倒，不可讀也。又曰：後晏叔原、賀方回、秦少游、黃魯直出，始能知之。而晏苦無鋪敘，賀苦少典重，秦即專主情致，而少故實，比如貧家美女，非不妍麗，終乏富貴態。黃即尚故實，而多疵病，如良玉有瑕，價即減半矣。此說持論過高，幾于睥睨一切。北宋詞人，遭其抨擊，體無完膚。獨于周清真，無一語及之，或者默契于心，引爲同調，蓋有柳欵花嚲之致，不遜于清照之溫婉也。

一六 晏殊

北宋之初，論詞以南唐二主及馮正中爲法。晏殊最先出，所作不減《陽春》樂府。『花落』一聯，尤其得意之作。『一曲新詞酒一盃。去年天氣舊庭台。夕陽西下幾時迴。無可奈何花落

[一] 酌，原作『約』，據《苕溪漁隱叢話》後集卷三三改。
[二] 葺，原作『分』，據《苕溪漁隱叢話》後集卷三三改。
[三] 又曰，原作『文曰』。

去，似曾相識燕歸來。小園香徑獨徘徊。』（〔浣谿沙〕）

北平《藝林月刊》一九三〇年一〇月第一〇册

一七　小晏

殊子幾道，即世稱爲小晏者，能世其學。黄庭堅序小山詞，謂寓以詩人句法，自能搖動人心。合者〈高唐〉、〈洛神〉之流，下者亦不減〈桃葉〉[一]、〈團扇〉。蓋氣骨所存，且去詩未遠焉。『夢後樓台深鎖，酒醒簾幕低垂。去年春恨却來時。落花人獨立，微雨燕雙飛。　記得小蘋初見，兩重心字羅衣。琵琶弦上説相思。當時明月在，曾照彩雲歸。』（〔臨江仙〕）

北平《藝林月刊》一九三〇年一〇月第一〇册、一一月第一一期

一八　歐陽修

歐陽修不專以詞名，而所作有深致。李清照謂其深得疊字之法，蓋指〔蝶戀花〕一詞而言。『庭院深深深幾許。楊柳堆煙，簾幕無重數。金勒雕鞍游冶處。樓高不見章臺路。　雨横風狂三月暮。門掩梨花，無計留春住。淚眼問花花不語。亂紅飛過秋千去。』

[一]　桃葉，原作『桃花』。

一九　柳永

慢詞始柳永，而俚俗語言，連篇疊見。晁補之稱其『霜風』三語，不減唐人，則〔甘州〕一詞佳製也。『對瀟瀟、暮雨灑江天，一番洗清秋。漸霜風淒緊，關河冷落，殘照當樓。是處紅衰柳減[一]，苒苒物華休。惟有長江水，無語東流。　不忍登高臨遠，望故鄉渺邈，歸思難收。嘆年來蹤跡，何事苦淹留。想佳人、妝樓長望，誤幾回、天際視歸舟。爭知我，倚闌干處，正恁凝眸。』

北平《藝林月刊》一九三〇年一一月第一一期

二〇　蘇軾

蘇軾之詞，論者謂開南宋辛棄疾一派。尋流溯源，不能不謂之別格，然謂之不工，則不可。『明月幾時有，把酒問青天。不知天上宫闕，今夕是何年。我欲乘風歸去。又恐瓊樓玉宇。高處不勝寒。起舞弄清影，何似在人間。　轉朱閣，低綺戶，照無眠。不應有恨，何事長向別時圓。人有悲歡離合[二]。月有陰晴圓缺。此事古難全。但願人長久，千里共嬋娟。』（〔水調歌頭〕）

北平《藝林月刊》一九三〇年一一月第一一期、一二月第一二期

[一] 柳減，《全宋詞》作『翠減』。

[二] 悲歡離合，原作『離歡悲合』。

二一　秦觀

秦觀之能合律，盡人知之。蔡伯世謂其情詞相稱，蘇氏獨許其郴州旅舍〈踏莎行〉詞：『霧失樓臺，月迷津渡。桃源望斷無尋處。可堪孤館閉春寒，杜鵑聲裡斜陽暮。驛寄梅花，魚傳尺素。砌成此恨無重數。郴江幸自繞郴山，爲誰流下瀟湘去。』

二二　周邦彦

周邦彦詞渾厚和雅，善于融化字句。周濟稱其思力獨絕千古，如顏平原書，雖未臻兩晉，而唐初之法，至此大備。後有作者，未能出其範圍。又曰：讀清真詞多，覺他人所作，都不十分經意。又曰：鈎勒之妙，無如清真。他人一鈎勒便薄，清真愈鈎勒愈渾厚。『正單衣試酒，恨客裡光陰虛擲。願春暫留，春歸如過翼，一去無迹。爲問花何在，夜來風雨，葬楚宫傾國。釵鈿墜處遺香澤。亂點桃蹊，輕翻柳陌，多情最〔一〕誰追惜。但蜂媒蝶使，時叩窗槅。東園岑寂。漸蒙龍暗碧。靜繞珍叢底，成嘆息。長條故惹行客。似牽衣待話，別情無極。殘英小、强簪巾幘。終不似、一朵釵頭顫裊，向人欹側。漂流處、莫趁潮汐。恐斷紅、尚有相思字，何由見得。』（〈六醜〉）〈薔薇謝後作〉：『風老鶯雛，雨肥梅子，午陰佳樹清圓。地卑山近，衣潤費爐煙。人靜烏鳶自樂，小橋外、新綠濺濺。凭欄久，黄蘆苦竹，擬泛九江船。年年。如社燕，漂流瀚海，來寄修椽。且莫思身外，常近尊前。

〔一〕最，《全宋詞》作『爲』。

憔悴江南倦客，不堪聽、急管繁絃。歌筵畔，先安枕簟，容我醉時眠。』（〔滿庭芳〕〈夏日溧水〉）

北平《藝林月刊》一九三〇年一二月第一二期

二三　黃庭堅

黃庭堅與秦觀齊名，所謂『秦七黃九』也。其詞實不逮淮海遠甚，但以豪放勝耳。『斷虹霽雨，淨秋空山染，修眉新綠。桂影扶疎誰便道，今夕清輝不足。萬里清天，姮娥何處，駕此一輪玉。寒光零亂，爲誰偏照醽醁。　年少從我追游，晚城幽逕，遶張園森木。醉倒金荷家萬里，難得尊前相屬。老子平生，江南江北，愛聽臨風曲。孫郎微笑，坐來聲歎霜竹。』（〔念奴嬌〕）山谷亦能作纏綿語，婀娜中有二三分峭健，陳后山亟稱之。『鴛鴦翡翠，小小思珍偶。眉黛斂秋波，儘湖南山明水秀。娉娉婷婷，恰近十三餘，春未透。花枝瘦。正是愁時候。　尋芳載酒。肯落誰人後。只恐晚歸來，綠成陰、青梅如豆。心期得處，每自不由人，長亭柳。君知否。千里猶回首。』（〔驀山溪〕〈贈衡陽妓陳湘中〉）山谷尤喜爲淫豔之詞，論者每以猥褻爲病。總之，其語氣塵下處，蓋不減屯田三變也。又有一種，以拆字法入詞者，如『女邊着子[一]，『門裡挑心』，直墜惡道矣。至有人以集古詩，或括古詞爲山谷病，此不獨山谷然也。兩宋詞人，皆好爲此。蓋一時風尚所趨，等於游戲爲之而已。

北平《藝林月刊》一九三一年一月第一三期、二月第一四期

〔一〕子，原作『字』，據《全宋詞》改。

二四　晁補之

晁補之與山谷同時，其《琴趣外篇》，曲縟奇卓，不減耆卿高處，而恰無塵下語。或者謂其似秦少游，則偶然矣。『謫官江城無處買[一]，殘僧野寺相依。松間藥臼竹間衣。水窮行到處，雲起坐看時。一個幽禽原[二]底事，苦來醉耳[三]邊啼。日斜西院愈聲悲。青山無限好，猶道不如歸。』（〔臨江仙〕〈信州作〉）

北平《藝林月刊》一九三一年二月第一四期

二五　陳師道

陳師道亦與山谷同時，自謂詞不減秦七黃九，但其詩實勝於詞。『哀箏一弄湘江曲。聲聲寫盡湘波綠。纖指十三絃。細將幽恨傳。　當筵秋水漫。玉柱斜飛雁。彈到斷腸時。春山眉黛低。』（〔菩薩蠻〕〈箏〉）此種詞雖有深刻之思、警策之句，殊尠要眇低徊之致。直詩中之絕句耳。此蓋后山詞中傑作，若慢詞，更無可觀。嘗有『藏藏摸摸。好事爭如莫』語，尚復成何詞句。后山有怪癖，行文書惡聞人聲。稚子抱寄人家，並貓犬亦逐去。得句歸臥，呻吟如病人，以十二月二十九

〔一〕『謫官』句，《全宋詞》作『謫宦江城無屋買』。
〔二〕原，《全宋詞》作『緣』。
〔三〕耳，原作『目』，據《全宋詞》改。

日，窮餓竟死，可哀也。

北平《藝林月刊》一九三一年二月第一四期、三月第一五期

二六　賀鑄

賀鑄，即賀鬼頭是也，亦曰賀梅子，以〔青玉案〕收句『梅子黃時雨』得名。『凌波不過橫塘路。但目送、芳塵去。錦瑟年華誰與度。月台花榭，綺窗朱戶。惟有春知處。　碧雲冉冉衡皋暮。采筆空題斷腸句。試問[一]閑愁都幾許。一川煙草，滿城風絮。梅子黃時雨。』（〔青玉案〕）又曰，『解唱江南斷腸句，只今惟有賀方回』，亦即指此詞換頭第二句也。方回不僅工於小詞，其慢詞之工，當時亦無能及之者。〔六州歌頭〕，幾於一句一韻，尤令鄉曲小生，見之咋舌。『厭鶯聲到枕，花氣動簾，醉魂愁夢相半。被憎餘薰，帶寬賸眼。幾許傷春春晚。淚竹痕鮮，佩蘭香老，湘天濃輭。記小江、風月佳時，屢約非烟游伴。　須信鸞絃易斷。奈雲和再鼓，曲終人遠。認羅襪無蹤，舊處弄波清淺。青翰棹，艤白蘋洲畔。儘目臨高飛觀，不解寄、一字相思，幸有歸來雙燕。』（〔望湘人〕〈春思〉）『少[二]年俠氣，交結五都雄。肝膽洞。毛髮聳。立談中。生死[三]同，一諾千金重。推翹勇。矜豪縱。車蓋擁。聯飛鞚。斗城東。轟飲酒爐，春色浮寒甕。吸海垂虹。閑呼鷹嗾犬，白

[一] 問，原脫，據《全宋詞》補。
[二] 少，原作『小』，據《全宋詞》改。
[三] 生死，《全宋詞》作『死生』。

羽摘雕弓。狡穴俄空。樂悤悤。似黄粱夢。辭丹鳳。明月共。漾孤蓬。官冗從。懷倥傯。落塵籠。簿書叢。鶡弁如雲衆。供麤用。忽奇功。笳鼓動。漁陽弄。思悲翁。不請長纓，繫取天驕種。劍吼西風。恨登山臨水，手寄七絃桐。目送歸鴻。』（〔六州歌頭〕）論者謂，東山詩文皆高，不獨工於長短句。周保緒謂，方回鎔景入情，故穠麗。張文潛謂，方回樂府，妙絕一時，盛麗如游金張之堂，妖冶如攬嬙施之袪，幽潔如屈宋，悲壯如蘇李。非過譽也。

北平《藝林月刊》一九三一年三月第一五期、四月第一六期

二七　毛滂

同時毛滂《東堂詞》，小令頗工。『淚濕闌干花著露。愁到眉峯碧聚。此恨平分取。更無言，空相覷。雨斷殘烟無意緒。寂寞朝朝暮暮。今夜山深處。斷魂分付潮回去。』（〔惜分飛〕）

二八　李清照

李清照論詞嚴刻，已如前所述。清照之詞，能運用最通俗、最粗淺之語，納入句中。論者謂，練詞精妙則易，平淡入調者難。清照皆以尋常語入音律，如〔聲聲慢〕[一]詞，前面連用『尋尋覓覓。冷冷清清，凄凄慘慘戚戚』十四疊字，後面又用『梧桐更兼細雨，到黄昏、點點滴滴』。運詞之巧，描寫之真，有不可思議者。『尋尋覓覓。冷冷清清，凄凄慘慘戚戚。乍暖還寒時候，最難將息。三杯兩盞淡酒，怎敵他、晚來風

[一] 聲聲慢，原作『聲聲漫』。

急。雁過也，正傷心，卻是舊時相識。　滿地黃花堆積。憔悴損，如今有誰堪摘。守著窗兒，獨自怎生得黑。梧桐更兼細雨，到黃昏、點點滴滴。這次第，怎一箇、愁字了得。』（〔聲聲慢〕）此詞精到處，有他人所萬不能者。但通篇三用『怎』字，暨『守著窗兒』等句，已開元曲之漸，詞中不應有此纖佻句也。清照生當北宋之末，承端己、正中之遺緒，耳濡目染，又不外小山、淮海之間。慢詞實遜小令，又何可諱言耶。『髻子傷春懶更梳。晚風庭院落梅初。淡雲來往月疎疎。　玉鴨熏爐閑瑞腦，朱櫻斗帳掩流蘇。通犀還解辟寒無。』（〔浣谿沙〕）『薄霧濃雲愁永晝。瑞腦消金獸。佳節又重陽，玉枕紗櫥，半夜涼初透。東籬把酒黃昏後。有暗香盈袖。莫道不銷魂，簾捲西風，人比黃花瘦。』（〔醉花陰〕〈九日〉）『簾捲』兩句，人故稱之，蓋易安居士生平之傑搆，當與『寵柳嬌花』、『綠肥紅瘦』並傳不朽。〔醉花陰〕詞，作于德甫守建康之日，時已泥馬渡江，直把杭州作汴州矣。

北平《藝林月刊》一九三一年四月第一六期

二九　詞事最盛時代

南宋詞人，多於北宋，當爲詞事最盛時代。高宗能詞，而又提倡羣工，不遺餘力。見張掄詞，即命以知閤門事；見康與之〔一〕詞，即官以郎中；見俞國寶詞，即予以釋褐。上有好者，下必有甚焉者矣。宗室能詞，趙鼎其最著也；勳戚能詞，宰相能詞。若將帥能詞，辛棄疾尤能自成一家。

北平《藝林月刊》一九三一年五月第一七期

〔一〕康與之，原作『康與』。

三〇　辛棄疾

辛棄疾與易安居士爲同鄉，少有恢復中原之志，曾上疏言百年治安大策。請創設飛虎營，爲東南半壁屏障。軍成，爲江上諸軍之冠，屢擒殺叛將大盜。所作詞曲，多在兵間。『更能消、幾番風雨。匆匆春又歸去。惜春長怕花開早，何況落紅無數。春且住。見說道、天涯芳草無歸路。愁春不語。算只有殷勤，畫檐蛛網，盡日惹飛絮。　長門事，准擬佳期又悮。蛾眉曾有人妬。千金縱買相如賦。脉脉此情誰訴。君莫舞。君不見、玉環飛燕皆塵土。閑愁最苦。休去倚危闌，斜陽正在，煙柳斷腸處。』（〔摸魚子〕）周保緒曰：稼軒斂雄心，抗高調，變溫婉，成悲涼。王阮亭曰：石勒云，大丈夫磊磊落落，終不學曹孟德、司馬仲達狐媚。讀稼軒詞，當作如是觀。毛子晉曰：詞家爭鬥穠纖，而稼軒率多撫時之作，磊落英姿，絕不作妮子態。以上所本〔二〕，對於稼軒之詞，可謂譽之惟恐不至。平心而論，稼軒能於剪紅刻翠之外，異軍突起，屹然別立一宗，不可謂非宋詞中一大作家。正如東坡之詞，謂之不工不可，然終不能不以詞中別派視之也。余就詞論詞，不敢苟同，於稼軒詞，決不有所指摘，特是稼軒才大，斯能出其縱橫傲岸之豪氣，一一被之於詞，信手拈來，恰到好處。吾輩升斗之才，必欲效其能豪縱，則亦等諸嫛婗舉鼎而已。

北平《藝林月刊》一九三一年五月第一七期、六月第一八期

〔二〕本，疑當作『云』。

三一　南宋諸家

南宋諸家，若姜夔、吳文英、史達祖、王沂孫、周密、張炎，即戈載選詞，合之北宋周邦彥，都爲七家者也。後來浙派學堯章、叔夏，而陽湖派極詆之。周保緒知夢窗矣，輓近高談北宋，力崇《樂章》，并《片玉》亦有微詞，大是怪事。

北平《藝林月刊》一九三一年六月第一八期

三二　石帚

石帚清空，浙派所主。又醉心唐五代者，每不耐濃重幽澁，其於石帚，輒有相當之感應。所謂主意須超，造語須自然也。宋翔鳳曰：詞家之有姜石帚，猶詩家之有杜少陵。張炎亦曰：石帚詞用事，不爲所使。而石帚自敘，有『初率意爲長短句，然後協以律』之語。石帚通音律，精樂理，常作自度腔。其《白石道人歌曲》四卷，多置律呂於字旁，或且記拍，當時即負盛名，格調未嘗不高，音調自然和諧，其所長也。『簟枕邀涼，琴書換日，睡餘無力。細灑冰泉，并刀破甘碧。牆頭喚酒，誰問訊、城南詩客。岑寂。高樹晚蟬，說西風消息。　虹梁水陌，魚浪吹香，紅衣半狼藉。維舟試望故國。渺天北。可惜柳邊沙外，不共美人遊歷。問什時同賦，三十六陂秋色。』（〔惜紅衣〕）『空城曉角。吹入垂楊陌。馬上單衣寒惻惻。看盡鵝黃嫩綠，都是江南舊相識。　正岑寂。明朝又寒食。强携酒，小喬宅。怕梨花落盡、成秋色。燕燕飛來，問春何在，惟有池塘自碧。』（〔淡黃柳〕）以上二詞，非石帚之膾炙人口者，然此等詞格律，自在〔暗香〕、〔疏影〕之上。世人惟知

〔暗香〕、〔疏影〕，徒震其爲自度曲耳。

北平《藝林月刊》一九三一年六月第一八期、七月第一九期

三三　夢窗

夢窗甲乙丙丁稿，存詞甚富。尹惟曉謂，宋人詞中，北宋只有清真，南宋只有夢窗。紀昀謂，詞家之有吳文英，亦如詩家之有李商隱。此其對於夢窗，亦可謂譽之惟恐不至。張炎則對于夢窗，抨擊不遺餘力。其言曰：夢窗詞爲七寶樓台，炫人眼目，拆碎下來，不成片段。叔夏生于南宋之末，力主清空，過宗石帚。其於夢窗，應有過情之毀。所謂宗派所在，桀犬殆不得不爲無謂之狂吠歟。若周保緒，列夢窗爲四家之一，稱其『奇思壯采，騰天潛淵，返南宋之清泚，爲北宋之濃摯』，此四語字字貼切，非尹氏、紀氏之空言所可比擬。夢窗善于用典，而不爲典所囿，工於用字面，而潛氣內轉，足以貫串之而不爲散漫。惟其能用潛氣，故其思奇；惟其善于用典，工於用字，故其采壯。南宋詞人，本有過纖過滑之通病，夢窗一洗其弊，歸於沉著，此固非張叔夏所能比肩。即同時行輩，若石帚徒以峭拔勝者，擬之古器，殷匜簠欐之屬，終遜此大鼎豐碑之典重矣。『盤絲繫腕，巧篆垂簪，玉隱紺紗睡覺。銀瓶露井，彩箑雲窗，往事少年依約。爲當時、曾寫榴裙，傷心紅綃褪[一]萼。黍夢光陰，漸老汀洲烟蒻。莫唱江南古調，怨抑難招，楚天沈魄[二]。薰風燕乳，暗雨梅黃，午鏡澡蘭簾幕。念秦

[一] 褪，原作『退』，據《全宋詞》改。

[二] 楚天沈魄，原作『梵天沈破』，據《全宋詞》改。

樓、也擬人歸，應剪菖蒲自酌。但悵望、一縷新蟾，隨人天角。』（〔澡蘭香〕〈淮安重午〉）『翠微路窄，醉晚風，憑誰爲[一]整欹冠。霜飽花腴，燭消人瘦，秋光作也都難。病懷强寬。恨雁聲、偏落歌前。記年時、舊宿淒涼，暮烟秋雨野橋寒。　妝靨鬢[二]英爭豔，度清商一曲，暗墜金蟬。芳節多陰，蘭情稀會，晴暉稱拂吟牋。更移畫船。引佩環、邀下嬋娟。算明朝、未了重陽，紫萸應耐看。』（〔霜花腴〕〈重陽[三]前一日汎石湖〉）『暮雲千萬重，寒夢家鄉遠。愁見越谿娘，鏡裡梅花面。　醉移啼枕冰，往往分釵燕。三月灞陵橋[四]，心剪東[五]風亂。』（〔生查子〕〈稽山對雪有感〉）『燈火雨中船。客思緜緜。離亭春草又秋煙。似興輕鷗盟未了，來去年年。　往事一潸然。莫過西園。淩波香斷綠苔錢。燕子不知春事改，時立秋千。』（〔浪淘沙〕）近時王鵬運，謂夢窗以空靈奇幻之筆，運沈博絕麗之才。證諸以上所錄四詞，當然瞭然於心目間矣。

北平《藝林月刊》一九三一年七月第一九期、八月第二〇期

[一] 憑誰爲，原作『爲誰』，據《全宋詞》、《詞譜》改。
[二] 鬢，原作『鬚』，據《全宋詞》改。
[三] 重陽，原作『陽重』，據《全宋詞》乙。
[四] 灞陵橋，原作『壩陵橋』，據《全宋詞》改。
[五] 東，原作『車』，據《全宋詞》改。

淺，不耐沈思，亦未能索解於俄頃也。

三四　精微要眇

詞也者，意内言外，精微要眇，往往片詞懸解，相餉於語言文字之外，鈍根人固難領悟，即浮燥膚淺，不耐沈思，亦未能索解於俄頃也。

三五　夢牕神髓

夢牕詞派，當時惟蔣捷學之差近，有清一代，朱爲私淑弟子，若朱祖謀彊邨，尤得夢牕神髓。殆如李陽冰所謂『斯翁而後，直到小生』是也。

北平《藝林月刊》一九三一年八月第二〇期

三六　梅溪

梅溪依附韓侂胄〔一〕，人不足道，詞尚秀逸。周保緒曰：梅溪甚有心思，而用筆多涉尖巧，非大方家教，所謂鈎勒即薄者。又曰，梅溪詞中，好用偷字，足以定其品格。持論不免過苛。但梅溪詞品，實開浙派纖巧細碎之先聲。張叔夏最稱之，尤於其咏物詞。若〔東風第一枝〕〈詠雪〉，雙雙燕〈咏燕〉之類，推崇備至。姜石帚序其詞，亦謂，『融情景于一家，會句意於兩得』，云云。姜、張與史，本屬同派，其標榜也固宜。至謂梅溪可以『分鑣清真，平睨方回』，則真妄人也。『二月東風吹

〔一〕韓侂胄，原作『韓伉胄』。

客袂。蘇小門前，楊柳如腰細。蝴蝶識人游冶地。舊曾來處花開未。幾夜湖山生夢寐。萍泊尋芳，只怕春寒裡。今歲清明逢上巳。相思先到湔裙水。』（〔蝶戀花〕）此當爲梅溪最佳之詞，風格遒俊，而造語無纖巧痕也。其膾炙人口之雙雙燕，則律韵未協，適足爲不奉規律者所借口耳。南宋韓氏當國時，禁作詩，而於詞，提倡不遺餘力。梅溪會逢其適，其工詞也，蓋得爲投時利器而已。

北平《藝林月刊》一九三一年九月第二一期

三七　碧山

碧山能詩工詞，琢語峭拔，有石帚意度，此叔夏之言也。叔夏與碧山同時，碧山之死也，叔夏譜〔鎖寒窗〕[一]之詞，弔之玉笥山，又有〔洞仙歌〕，題其詞集。周保緒曰，石帚之詞，空前絕後，非特無可比肩，抑且無從入手，而能學之者，則惟中仙。其詞運意高遠，吐韻妍和，其氣清故無沾滯之音，其筆超故有宕往之趣，是真石帚入室弟子也。保緒過崇石帚，宜爲此言。平心論之，能不謂其夸張邪。然而碧山骨清神妍，意能遵體，其格調自在梅溪之上。『晚寒竚立，記鉛輕黛淺，初認冰魂。紺羅襯玉，猶疑茸唾香痕。淨洗妒春顏色，勝小紅、臨水湔裙。烟波遠，應憐舊曲，換葉移根。山中去年人別，怪月悄風輕，閒掩重門。瓊肌瘦損[二]，那堪燕子黃昏。幾片過溪浮玉，似夜歸、深雪前

[一] 鎖寒窗，原作『鎖寒山』。《全宋詞》作『瑣窗寒』。《詞譜》：『瑣寒窗，一名鎖寒窗。』

[二] 損，原作『抱』，據《全宋詞》改。

村。芳夢冷，雙禽誤宿粉雲。』（〔露華〕[一]〈碧桃〉）『小窗銀燭。輕鬟半擁釵橫玉。數聲春調清真曲。拂拂朱簾，殘影亂紅撲。垂楊學畫蛾眉綠。年年芳草迷金谷。如今休把佳期卜。一掬春情，斜月杏花屋。』（〔醉落魄〕）碧山又有〈題草窓詞卷〉句曰：『空留遺恨滿江南，相思一夜蘋花老。』爲人傳誦。

北平《藝林月刊》一九三一年九月第二一期、一〇月二二期

三八　草窗

草窗之於碧山，猶之碧山之於叔夏也。草窗博聞多識，詞話持論頗精確，所輯《絕妙好詞》，採擷精華，無非雅音正軌。其詞獨標清麗，幾於上企夢窗。惜筆致微弱，未能超然遐舉。至其嚼蕊吹花，自能新妙，雖碧山未之或先也。〈西湖十景〉〔木蘭花慢〕十首，自以爲絕工，其小序云：『詞不難於作，而難於改。不難於工，而難於協。』其言是也。然草窗之詞，韻雜律乖者，往往而有。噫，此何說也。『重到西泠，記芳園載酒，畫舸横笛。水曲芙蓉，渚邊鷗鷺，依依似曾相識。年華易失。斷橋幾換垂楊色。漫自惜。愁損庾[二]郎，霜點鬢華白。　殘蛩露草，怨蝶寒花，轉眼西風，又成陳蹟。嘆如今，才消量減，樽前孤負醉吟筆。欲寄遠情秋水隔。舊游空在，凴高望極。斜陽亂山浮紫，暮雲凝碧。』（〔秋霽〕〈乙丑秋晚，同盟載酒爲水月游，商令初肅，霜風戒寒，撫人事之飄零，感歲華

[一]　露華，原作『露蓬』，據《全宋詞》改。

[二]　庾，原作『瘦』，據《全宋詞》改。

之搖落，不能不以之興懷。酒闌日暮，憮然成章〉）『簾鈎寶篆捲宮羅。蜂蝶撲飛梭。一樣東風，燕梁鶯戶，那處春多。　曉妝日日隨春輦，多在牡丹坡。花深深處，柳陰陰處，一片笙歌。』（〔少年遊〕）此等詞並無失律出韻之病，可謂有韶倩之色，緜邈之思矣。〔少年遊〕，擬梅溪者，實與梅溪相伯仲也。梅溪之尖纖，庶幾免矣。

北平《藝林月刊》一九三一年一〇月二二期、一一月二三期、一二月二四期

三九　叔夏

叔夏之詞，有清一代，最所尊奉。宗姜張者，尤不敢苟有異論。周保緒謂其積穀作車，把纜放船，無開闊手段。蓋叔夏之詞，清絕而已。『深遠』二字，終作不到。至其《詞源》一書，雖多膚淺語、門面語，震其名者，往往奉爲圭臬，真耳食已。王靜庵所訂《人間詞話》，有解頤語曰：玉田之詞，余取其詞中之一語評之，曰『玉老田荒』。靜庵非知詞者，然此一語也，君房言語妙天下矣。『接葉巢鶯，平波捲絮，斷橋斜日歸船。能幾番游，看花又是明年。東風且伴薔薇住，到薔薇、春已堪憐。更淒然。萬綠西泠，一抹荒烟。　當年燕子知何處，但苔深韋曲，草暗斜川。見說春愁，如今已到鷗邊。無心再續笙歌夢，掩重門、淺醉閒眠。莫開簾。怕見花飛，怕聽啼鵑。』（高陽台〈西湖春感〉）『波暖綠粼粼，燕飛來，好是蘇堤纔曉。魚沒浪痕圓，流紅去，翻笑東風難掃。荒橋斷浦，柳陰處、撐出扁舟小。回首池塘青欲偏，絕似夢中芳草。　和雲流出空山，甚年年淨洗，花香不了。新綠乍生時，孤村路，猶憶那回曾到。餘情渺渺。茂陵觴詠如今悄。前度劉郎歸去後，溪上碧桃多少。』（〔南浦〕〈春水〉）二詞并皆膾炙人口，『張春水』之稱，即以〔南浦〕一詞得名

者也。論者謂詞至宋末，久變靡靡之音，匪惟北宋風流，渡江已絕，即臨安風韻，亦已蕩然。蓋慨乎其言之，叔夏浮光掠影，夫何能辭其責耶。其他詞家，殆無能越此七家之範圍者。

北平《藝林月刊》一九三一年一二月二四期

四〇　范成大

范成大與姜夔最契，其詞派與姜爲近，錄其〔醉落魄〕一首：『棲鳥飛絕。絳河綠霧星明滅。燒香曳簟眠清樾。花影吹笙，滿地淡黃月。好風碎竹聲如雪。昭華三弄臨風咽。鬢絲撩亂綸巾折。涼滿北窗，休共軟紅說。』

北平《藝林月刊》一九三一年一二月二四期、一九三二年一月第二五期

四一　高觀國

高觀國與史達祖齊名，時稱『高史』。所謂『梅溪竹屋詞』，要是不經人道語也。錄其〔東風第一枝〕〔壬戌立春日，訪梅溪，雨中同賦〕一首。『燒色回青，冰痕綻白，嬌雲先釀酥雨。縱寒不壓葭塵，應時已鞭黛土。東君入夜，怕預惱、詩邊心緒。意轉新、無奈吟魂，醉裡已題春句。香夢醒，幾花暗吐。綠睡起，幾絲偷舞。酒醅清惜重斟，菜甲嫩憐細縷。玉纖綵勝，願歲歲、春風相遇。要等得、明日新晴，第一待尋芳去。』

北平《藝林月刊》一九三二年一月第二五期

四二　蔣捷

蔣捷之詞，於夢牕爲近。周保緒置之辛稼軒附錄之下，殆以其有時似稼軒也。《竹山詞》中，似稼軒者，如：『甚矣君狂矣，想胸中、些兒磊[一]塊，澆不去。據我看來何所似，一似韓家五鬼。又一似、楊家風子。』又如：『鬢邊白髮紛如。又何苦、招賓拿客歟。』此是敗筆，隨手寫來者。其實，《竹山詞》，亦有婉約綺麗一派，而煉字調音，精深諧鬯。毛晉謂其語語纖巧，字字妍倩，有《世說》之靡，有六朝之隃，是知竹山能煉字能調音，獨於夢牕之空際轉身，無此大神力耳。然其思力沈透，亦幾幾乎可以登夢牕之堂而入室矣。『春愁怎畫。正鶯背帶雪，荼蘼花謝。細雨院深，淡月廊斜重簾挂。歸時記約燒燈夜。早拆盡秋千紅架。縱然歸近風光，又是翠陰初夏。　姹婭。嚲青泣白，恨玉珮罷舞，芳塵凝榭。幾擬倩人，付與香蘭秋羅帕。知他墜策斜攏馬。在低[二]處、垂楊樓下。無言暗擁嬌鬟，鳳釵溜也。』（〔絳都春〕）『絲絲楊柳絲絲雨。都在溟濛處。樓兒特小不藏愁。幾度和雲飛去、覓歸舟。　天憐客子想關遠。借與花消遣。海棠紅近綠闌干。纔卷朱簾卻又、晚風寒。』（〔虞美人〕）兩詞足證竹山思力，但其句中，如『怎畫』，如『溜也』，如『借與』，所以不免纖巧之誚也。

北平《藝林月刊》一九三二年一月第二五期、二月第二六期

[一] 磊，原脫，據《全宋詞》補。

[二] 低，《全宋詞》作『底』。

四三　陳允平

陳允平與竹山齊名，和平溫婉，恰無健舉之筆、沈摯之思。周保緒謂，書中有『館體』。《日湖漁唱》，殆詞中之『館閣體』也。其言未免近謔。衡仲之詞，究不得不謂之雅而正。錄其〈垂楊懷古〉一首。『銀屏夢覺，漸淺黃嫩綠，一聲鶯小。細雨輕塵，建章初閉東風悄。依然千樹長安道。翠雲鎖、玉牕深窈。斷橋人空倚斜陽，帶舊愁多少。還是清明過了。任烟縷露條，碧纖春裊。恨隔天涯，幾回惆悵蘇隄曉。飛花滿地誰爲掃。甚薄倖、隨波縹緲。縱啼鵑不喚，春歸人自老。』

北平《藝林月刊》一九三二年二月第二六期

四四　宋人佳詞

姜張，浙派之所從出也。故朱彝尊論詞，以姜氏爲正宗。張惠言，由碧山入手，知蔬笋之味，而未足以饜大烹也。周氏知夢牕矣，過崇碧山，似猶習於陽湖派之緒論，庸可據爲確論哉。余草此篇，木[一]戈載之說，就七家詞多取論列，非謂宋人佳詞，僅在七家，亦非謂七家之詞，可以概括兩宋；又進夢窗而抑石帚、玉田，似左右於周氏之說者。其實不然。詳論七家，取其便初學耳。宋詞浩如烟海，抉擇匪易，輓近淺識者流，且專取柳耆卿、黃山谷之詞涉猥褻者，選爲專集，美其名曰社會化、平民化，日以打倒古典派號於衆，以掩飾其儉腹。邪說縱横，王風蔓草，不亟覓捷徑，以急馳直驅者，詞

[一]　木，疑當作『本』。

學行且絶矣。

北平《藝林月刊》一九三二年二月第二六期、三月第二七期

四五 契丹詞

契丹，文字與漢不同，能詩者亦尠。若詞之見於記載者，僅懿德蕭皇后之〔回心院〕十首，體猶小令，無論列之價值也。

四六 女真詞

女真，立國專尚武功，自與宋通和，宋使被留者，以文化開其國。元好問《中州樂府》，錄三十六人，完顔璹、完顔文卿外，皆漢人也。詞人自南來者，首爲宇文虛中。〔迎春樂〕詞：『把酒祝東風，吹取人歸去。』吳激亦以奉使被留，〔人月圓〕詞，『江州司馬，青衫淚濕，同是天涯』，皆睠睠有故園之思，不啻庾蘭成之〈哀江南〉焉。若蔡松年父子，以綺麗勝。元好問詞深於用筆，精於煉力，風流藴藉，不減周秦，則張叔夏之說也。《遺山樂府》，大令尤勝，『多情却被無情惱，今夜還如昨夜長』，雋永之旨，詎在汴京諸公之下。

北平《藝林月刊》一九三二年三月第二七期

四七 元人之詞

元人之詞，其先爲遼金所遺，其後出於有宋。薩都剌自是此中健者。趙孟頫夫婦父子皆能詞，

似仲穆待制之詞，猶具興亡骨肉之感。若張翥《蛻巖詞》〔一〕，世論推爲元人之最著者，稱其有飛鴻戲海，舞鶴遊天之妙。茲錄其〔多麗〕〈西湖泛舟〉一首。『晚山青。一川雲樹冥冥。正參差、烟凝紫翠，斜陽畫出南屏。館娃歸、吳宮遊鹿；銅仙去、漢苑飛螢。懷古情多，憑高望極，且將尊酒慰飄零。自湖上、愛梅仙遠，鶴夢幾時醒。空留得、六橋疏柳，孤嶼危亭。待蘇堤、歌聲散盡，更須攜妓西泠。藕花深、雨涼翡翠；菰蒲軟、風弄蜻蜓。澄碧生秋，鬧紅駐景，采菱新唱最堪聽。□〔二〕一片、水天無際，漁火兩三星。多情月、爲人留照〔三〕，未過前汀。』宋元人詞，至蛻巖而極盛，周旋曲折，純任自然，無一語可入北曲。其才力差薄，則時限之也。

北平《藝林月刊》一九三二年三月第二七期、四月第二八期

四八　詞敝於元

元世八十八年中，十等之分，儒列第九。詞曲取士之法，取曲而不取詞。元曲之名，與宋詞益盛。詞敝於元，又何怪乎。

〔一〕蛻巖詞，原作『蛻嚴詞』，據《全金元詞》改。
〔二〕□，原無，據《全金元詞》補。
〔三〕留照，原作『多照』，據《全金元詞》改。

四九　明人之詞

明人之詞，尤不逮元。蓋明太祖以布衣得天下，果於殺僇，江湖月落，燕啄皇孫，十族何妨，讀書種子盡矣。仁宗而後，下訖啓、禎，文風不振。程試之式，臺閣之體，經義論策，言不由中，更何暇研討及於詞哉。

五〇　明代無詞

樂府盛而詩衰，詞盛而樂府衰，北曲盛而詞衰，南曲盛而北曲衰。故明人小詞，其工者僅似南曲，間爲北曲，已不足觀。引近慢詞，率意而作；繪圖製譜，自誤誤人；自度各腔，去古彌遠。宋賢三昧，法律蕩然。第曰詞曲不分，其爲禍猶未烈也。直謂之明代無詞，寧得謂之苛論邪。

北平《藝林月刊》一九三二年四月第二八期

五一　《明詞綜》

王昶《明詞綜》外，吳衡照録憲宗以迄吕福生詞，爲《明詞綜補》。佟世南録明人詞，爲《東白堂詞選》。

北平《藝林月刊》一九三二年四月第二八期、五月第二九期

五二　楊慎

言明詞者，必首以楊慎、沈謙。此詞律所斥者，而其他可知矣。升庵所輯《百琲真珠》[一]、《詞林萬選》，不可謂非詞林大觀。又作《詞品》，頗具思力。其詞好用六朝麗字，似近而實遠。録其〈驪山溫泉〉詞。『三郎少年客，風流夢，繡嶺蠱瑤環。漸嬌汗發香，海棠睡煖，笑波生媚，荔子漿寒。況此際，曲江人不見，偃月望無端。羯鼓三聲，打開蜀道，〈霓裳〉一疊，舞破潼關。　馬嵬西去路，愁來無悔處，淚滿河山。空有羅囊遺恨，景皦傳觀。歎玉笛聲沈，樓頭月下；金釵信杳，天上人間。幾度秋聲渭水，落葉長安。』（〈風流子〉）

北平《藝林月刊》一九三二年五月第二九期

五三　沈去矜

沈去矜，列名於西泠十子，填詞稱最。此《柳塘詞話》所云也。其實去矜工曲。又一家能詞。張倩倩，其妻也；李玉照，其繼妻也；沈宜修、沈靜專，其女兄弟也；沈憲英，其女也；葉小紈、葉紈紈、葉小鸞，其女甥也。當時可謂間氣所鍾矣。又謙曾作《詞韻》，於詞不爲無功。詞之造詣，則時代限之也。録其〈清平樂〉〈詠帶〉一首。『香羅曾寄。小鳳蟠雲膩。誰識春來腰更細。賸得許多垂地。　玉鈎移孔難尋。有時撚著沉吟。蹤跡可知無定。兩頭都結同心。』

北平《藝林月刊》一九三二年五月第二九期、六月第三〇期

[一] 百琲真珠，或應作『百琲明珠』。

五四　《清詞綜》

清代詞人之多，視兩宋殆尤過之。王昶《清詞綜》，訖於嘉慶初；王紹成《清詞綜》二編，訖於道光中；黄燮清《清詞綜續編》，訖於同治末；丁紹儀《清詞綜補編》，訖於清亡；所録合三千人，可以觀其全矣。

北平《藝林月刊》一九三二年六月第三〇期

五五　清詞派

清初人詞，多以明人爲法。曹溶曰：詞學失傳，越三百年。蓋慨乎其言之矣。溶嘗搜集遺集，求之兩宋，崇爾雅，斥淫哇。浙西填詞家，爲之一變。朱彝尊等復昌其説以左右之，曹氏實啟浙派之先。時陳其年與朱彝尊齊名。朱失之碎，陳失之粗。然較之明人，自有上下牀之别焉。劉毓盤曰：詞之有浙派，猶文之有桐城派也。浙派至厲鶚而盛，猶桐城派之盛於姚鼐也。乾隆間，其别於桐城派，而爲陽湖派者，惲敬倡之。同時於詞，其别於浙派，而爲常州派者，則張惠言倡之，董士錫和之也。一時翕然無異辭。張氏論詞，以立意爲本，協律爲末。周濟師之，以意内言外[一]爲説。所謂以比興出之，非一覽可盡也。

北平《藝林月刊》一九三二年六月第三〇期

[一] 意内言外，原作『言内言外』。

五六　詞律

先是，明人不明詞律，以意爲之。清初，吴綺《選聲集》，賴以邠《填詞圖譜》，弊與明人同。萬樹病之，乃取歷代人詞，訖於元末，考其字句，别其異同，作《詞律》十二卷。其後淩廷堪《詞潔》，謂兩宋非四聲可盡。〔一〕鄭文焯《詞學徵微》，極言四上競氣之妙，又萬氏所未見及者也。周之琦論詞，不左右常、浙兩派。劉毓盤曰：一字不苟，覺厲氏於律之疏也；一往而深，覺張氏於意之淺也。而無門戶之見者曰：文無古今，其是而已。

北平《藝林月刊》一九三二年六月第三〇期、七月第三一期

五七　吴中詞七子

嘉慶以來，詞學莫盛於吴。朱綬《知止堂詞沈》〔二〕，傅桂清《夢庵詞》，沈彦曾《蘭素詞》，戈載《翠微雅詞》，吴嘉淦《儀宋堂詞》，王嘉禄《嗣雅堂詞》，陳彬華《瑤碧詞》，爲吴中詞七子。戈氏精於律，於白石旁譜多所發明。其《詞林正韻》一書，尤足爲詞人篋衍之需。朱氏於宋人獨尊夢牕，其詞固四明之嗣音也。『濃綠分橋，斷紅流浦，看春平倚危闌。玉舞珠歌，冶情不似前番。濛濛

〔一〕疑有誤。淩廷堪有《燕樂考原》。《詞潔》，爲先著、程洪編選。《詞潔輯評》卷四張炎〔湘月〕『行行且止』條：『至於詞、曲，當論開闔、斂舒、抑揚、高下，一字之音，辨析入微，决非四聲平仄可盡。』

〔二〕知止堂詞沈，綬有《知止堂詞錄》三卷。

香霧垂楊濕，泛空波、艇子蕭閒。恨無聊，三兩愁鴉，唬老荒灣。　塵蕪一片傷春色，問畫驄誰騁，寶勒雕鞍。除却西湖，江南無此溪山。翠衫竚立銀樓角，怨天涯、未有人還。定宵深，夢繞蘋花，絲雨催寒。』右朱仲潔〈高陽臺〉詞，題爲〈廢港沈春層樓度暝爲畫中人傷別〉。『鷺浴新涼，鷗盟舊夢，泫紅搖碧。載酒尋芳，清香沁瑶席。西風未老，還自媚、歌裙遊屐。凝立。斜照晚烟，對一蓑漁笛。　驚鴻瞥影，環佩珊珊，凌波素羅濕。吹簫柳外舊曲。采蓮識。可惜粉痕香露，不是故鄉秋色。問九峯螺黛，知否碧城消息。』右戈順卿〈皇甫墩觀荷〉〈惜紅衣〉詞。兩氏以詞論，朱實勝戈遠甚。朱遒上，戈庸濫；朱祖夢牕，能得其神；戈自謂源出清真，卻不免中行鄉愿之誚。顧戈以律名，字字協律。此鄭叔問之言也。

北平《藝林月刊》一九三二年七月第三一期、八月第三二期

五八　黃燮清、陳元鼎

黃燮清以曲名，而詞名不爲所掩。陳元鼎與之齊名。元鼎字實庵〔二〕，曾與龔定庵自珍訂忘年交。其於浙派，享名在譚獻之先。『放船好。正水泛新萍，烟熏細草。認那時樓閣，垂楊又青了。愔愔小院春如醉，花訊籠清曉。甚東風簸艷吹香，作成愁報。　重省舊池沼。記前度吟秋，俊遊都老。滿地殘紅，苔徑更誰掃。湖山尚有閒鷗鷺，無事還尋到。最消魂，一曲黃鶯樹杪。』右韻珊〈重過長豐山館〉〈探芳訊〉詞。『素書曾託。自雙魚去後，綠波繇邈，倩燕鶯喚醒春魄魂。奈夢繞絲輕，

〔二〕　實庵，原作『寰庵』，據下文改。

涙淹花薄。鏡夕釵晨，總未抵、而今離索。漸懨懨病裏，瘦減秋妝，嬾裏靈藥。　芳尊漫斟下若。悵星期暗數，偏遇張角。念宏郎少小工愁，便豔冶光陰，等閒拋卻。舊跡西園，已莫問翠蕤紅萼。況淒涼數聲杜宇，暮寒院落。』右賓庵〔解連環〕詞〈和片玉韻〉。黃氏《倚晴樓詞》[二]，陳氏《鴛鴦宜福館詞》。陳氏又有《詞苑》、《詞律補》二書，與查繼佐《古今詞譜》，舒夢蘭《白香詞譜》不同。彼疏於律，此則嚴於律也。惜六十字外，未成而死。是在徐本立《詞律拾遺》，杜文瀾《詞律補遺》之先者。

北平《藝林月刊》一九三二年八月第三二期

五九　蔣春霖

蔣春霖，以常州人而從浙派。《水雲樓詞》二卷。譚氏復堂謂，咸、同之際，天挺此才，爲倚聲[三]家老杜。過譽也。然而張、周以後，朱、厲之餘，得此豈易言哉。『青溪流水宵嗚咽。青溪楊柳無枝葉。遠客莫相思。江南春信遲。遲君隄上道。隄下多荒草。布穀雨聲中。野花腸斷紅。』右鹿潭〔菩薩蠻〕詞。『天際歸舟，悔輕與、故園梅花爲約。歸雁啼入空侯，沙洲共漂泊。寒未減、東風又急。問誰管、沈腰愁削。一舸青琴，乘濤載雪，聊共斟酌。　更休怨、傷別傷春，怕垂老、心期漸非昨。彈指十年幽恨，損蕭娘眉萼。今夜冷、篷窗倦倚，爲月明、强起梳掠。恁奈銀甲秋聲，暗回

〔二〕倚晴樓詞，原作『倚晴楼詞』。

〔三〕倚聲，原作『傳聲』。

清角。』右鹿潭〔琵琶仙〕詞，題爲〈五湖之志久矣，羈紲江北，苦不得去。歲乙丑，偕婉君泛舟過黃橋，望見秋水，益念鄉土，譜白石自度曲一章，以空侯按之。婉君曾經喪亂，歌聲甚哀〉。此鹿潭詞之膾炙人口者，以清峭勝耳。

北平《藝林月刊》一九三二年八月第三二期、九月第三三期

六〇　項蓮生

先蔣鹿潭而得名者，杭人項廷紀，字蓮生，有《憶雲詞》，宗派與水雲同，有『二雲』之目。

北平《藝林月刊》一九三二年九月第三三期

六一　譚獻

譚獻，浙人，所學固猶之乎朱、厲也。有《篋中詞》，蓋隨時甄錄所見古今詞人之作，閒以己意，評騭數語。其所著《復堂詞》，即復錄《篋中詞》之後，其言曰：周美成云，『流潦妨車轂』，又云，『衣潤費爐烟』，辛幼安云，『不知筋力衰多少，祇覺新來嬾上樓』。填詞者試於此消息之。『凌亂楊枝千萬縷。今日爲萍，昨日還飛絮。襌榻鬢絲春又去。東風不伴閒花住。　幾點繞簾梅子雨。潤到屏山，畫個江潭樹。門外天涯芳草暮。眉顰深淺渾無語。』右復堂〔蝶戀花〕詞，題爲〈水香盦餞春〉。

北平《藝林月刊》一九三二年九月第三三期、一〇月第三四期

六二　有清詞學

有清一代，詞事盛矣。然而浙派自炫色采，常州獨逞才華，似是而非者，比比也。三百年來，互有消長。龔翔麟刻《浙西詞》，浙派也。張惠言《十二家詞》，常州派也。吳中詞七子，則大爲左右袒焉。乾隆以後，訖於同治，詞變益工，於二雲詞可以徵之。光緒中葉，王鵬運半唐、鄭文焯叔問、朱祖謀彊邨、況周儀夔笙，力闢異説，校刊宋賢詞集至數十種。示學者以塗徑，陳義益高，規制益嚴，而詞旨亦日益顯。《庚子秋詞》、《鶩音集》、《彊邨語業》、《樵風樂府》，傳誦徧海内。不二十年，而漚社、春音社，迭興於海上矣。

六三　《詞學講義》與《詞學大意》

余曩《詞學講義》一編，斷代言之，最錄詞集書目，以備學者研讀之選。論詞之語，頗病簡略。此編别述所述，不堪與之同也。輓近詞事，雲興霞蔚，會當綜輯其人其詞，更著於篇。庚午歲不盡十日，壽鐲並識。

北平《藝林月刊》一九三二年一〇月第三四期

讀詞小紀

張龍炎

《讀詞小紀》二三則，載南京《金聲》一九三一年五月第一卷第一期，署『張龍炎』。原無序號、小標題，今酌加。該文後有〈清真詞校記〉一篇，署『張龍炎』，今錄附於後。

讀詞小紀目錄

讀詞小紀

一　詞名詩餘

詞，一名詩餘，如：《草堂詩餘》、《歷代詩餘》、《詩餘圖譜》……是。悔庵論詩餘曰：『詩何以餘哉：「小樓昨夜」，〈哀江頭〉之餘也；「水殿風來」，〔清平調〕之餘也。』況夔笙曰：『唐人朝成一詩，夕付管絃，往往聲希節促，則加入「和聲」，凡「和聲」皆以實字填之，遂成詞。詞之情文節奏，並皆有餘於詩，故曰「詩餘」。俗以爲詩之賸餘，非也。』

二　曲子詞

詞，一名『曲子詞』，如燉煌石室之《雲謠集雜曲子》……是。晉宰相和凝少年好爲曲子，契丹號爲『曲子相公』。

三　唐初歌詞

《苕溪漁隱》載：唐初歌詞，多是五言詩或七言詩，初無長短句，……〔瑞鷓鴣〕猶可依字而歌，若〔小秦王〕必須雜『虛聲』，乃可歌耳。

四　文學之勝衰

焦里堂《易餘籥錄》論文學之勝衰，各有時代。『一代有一代之所勝，舍其所勝以就其所不勝，皆寄人籬下者耳。』嚴滄浪《詩辨》：『夫豈不工。終非古人之詩也。』嚴氏詆晚唐之詩，爲『聲聞辟支果』。蓋晚唐以下，詩運已頽，故詞爲宋代獨勝之文學也。

五　詞之勝於宋

詞之勝於宋，緣乎詩之大成於唐也。詩，自風雅頌而楚騷而五言，晉宋以降，易樸爲雕，化奇作偶，齊梁文人，精研聲律，隋代五言，多有絕唱，律詩見於唐而詩至此大成。王靜安《人間詞話》謂：『蓋文體通行既久，染指遂多，自成習套。豪傑之士，亦難於其中自出新意。故遁作他體。』顧亭林《日知錄》所謂『詩文之所以代變，有不得不變者』。蓋詩已大成，不得不變生新文學也。杜甫詩〈偶題〉：『文章千古事，得失寸心知。……前輩飛騰入，餘波綺麗爲。』所謂『前輩飛騰入』，正可以譬解新體文學之興。創格者才高調新，遊刃有餘，故能風靡一世。

六　詞之所以起

後人局促轅下，無可見長，及錘句鍊字，卽入『綺麗』之域。文體就衰，乃不得不另闢蹊徑。此詞之所以起於唐詩大成之後也。

七　自度曲

古者先爲詞，後叶音律，得自然工整。《古今詞話》載，唐莊宗得斷碑，有『曾宴桃源深洞。一曲清歌舞鳳』一闋，命樂工入律歌之，名〔宴桃源〕，是自度曲子早者。宋姜堯章知音精律，有自度曲曰『自製曲』，吳文英亦有自製曲九調。

八　詞之譜拍

詞有譜拍俱存者，故沈梅嬌能歌周清真〔意難忘〕、〔臺城路〕二曲。古者自度曲刻錄譜拍，（餘譜盡傳，乃不刻錄），今幷失傳，詞多不能按腔矣。

九　舊譜

玉田〔西子妝慢〕序云：『吳夢窗自製此曲，……久欲述之而未能，……惜舊譜零落不能倚聲而歌也。』今《白石道人歌曲》刻本間有旁譜，然以拍亡，亦不能歌矣。

一〇　鬲指聲

白石敘『五湖舊約，問經年底事』〔湘月〕一闋，曰：『予度此曲，卽〔念奴嬌〕之鬲指聲也，於雙調中吹之。「鬲指」，亦謂之「過腔」。』〔念奴嬌〕與〔湘月〕調，音譜差異在調中第三韻上。句法，〔湘月〕調作『四，三，六』，而〔念奴嬌〕調中作『七，六』，二句也。

一一　**溶改詩句**

詞中溶改詩句，多不遑舉。如秦少游〔滿庭芳〕詞『寒鴉萬點，流水遶孤村』，即隋煬帝詩『寒鴉千萬點，流水遶孤村』。寇萊公詩『梅子黄時雨如霧』，賀方回〔青玉案〕作『一川烟草，滿城飛絮。梅子黄時雨』，傳誦至今。周美成〔西河〕〈金陵懷古〉一闋，『夜深月過女牆來，賞心東望淮水』，直是『淮水東邊舊時月，夜深還過女牆來』二句詩。又，宋子京改《千家詩》『借問酒家何處有，牧童遥指杏花村』二句，爲〔錦纏道〕『問牧童、遙指孤村道，杏花深處，那裏人家有』。益覺生動。

一二　**直用詩**

詞句直用詩者，如晏同叔以七律中二句『無可奈何花落去，似曾相識燕歸來』，作〔浣溪沙〕之過徧，較詩中一聯尤佳。賀方回〔臨江仙〕『巧剪合歡羅勝子』一闋，末句用薛道衡詩『人歸雁落後，思發在花前』，亦不見痕跡。

一三　**詩詞句格**

詩詞句格終不相似，如『夜闌更秉燭，相對如夢寐』，自是詩句；『今宵剩把銀釭照，猶恐相逢是夢中』，自是詞句。

一四　詩與詞

『不上樓來今幾日，滿城多少柳絲黃』，宛陵詩也；『幾日不來樓上望，粉紅香白已爭妍』，易安詞也。

一五　詞之風格

詞中如〔楊柳枝〕、〔生查子〕、〔小秦王〕、〔瑞鷓鴣〕、〔紇那曲〕等，字句排列，偶與詩類，然而『意境』、『聲調』、『運辭』，自見『詞』之風格，絕不溷於截句、律詩也。

一六　入世宜淺

入山宜深，深則盡林壑之美；入世宜淺，淺則保靈性之真。李後主幸而爲宮闈少主，寄情文采，處優養尊，有『花明月暗飛輕霧』、『晚妝初了明肌雪』、『金窗力困起還慵』、『櫻花落盡階前月』、『尋春須是先春早。看花莫待花枝老』，一類妙品，是『入世不深』，天真未泯也。

一七　後主詞登峯造極

李後主又幸而爲亡國之君，身歸臣虜，寄宮人書謂『此中日夕惟以淚洗面耳』，境窮而有『春花秋月何時了』、『多少恨』、『人生愁恨何能免』、『簾外雨潺潺』一類無上上品詞，蓋歐陽修所謂『窮而後工也』。後主遭遇顛沛，然適得失國前後之雙重時會，苟祇獲其半，不足爲大詞人。是天之遇後主者厚矣。古今帝主，惟後主之詞登峯造極，百年榮貴，易萬世詞宗，何嘗不值。東坡嗤其『揮淚對宮娥』爲全無心肝，豈必欲易爲『對廟堂痛哭打滚』，而庶幾保其『三千里地』乎。

一八　姜張詞

盛英問：『君將何以狀姜白石歌曲。』對曰：『「秋林霜月，石上流泉」，何如。』又曰：『何以狀張玉田詞。』曰：『則惟「白雲舒卷，微風天末」乎。』

一九　詞多無題

詞多無題，亦猶詩之無題，强作蛇足，則不免附會失真。

二〇　詞寫縹渺之思

詞寫縹渺之思，各具本意。張惠言《詞選》徒增解注，乃盡變若者爲思君，若者爲憂國，徒勞筆墨，無益文章，否則將盡選詞作修身寶鑑『臣皆視君如腹心』。

二一　情之感人者

詞以縹渺緜邈、哀感頑豔盡之。東坡以爲己詞合關西大漢持銅板高歌乃喜，實則柳耆卿之『曉風殘月』由妙女按紅牙歌之，亦何嘗見有遜色。蓋情之感人者，不能强定是非。

二二　詞間具賦比興

詞間亦具賦、比、興諸類，即以少游〔浣溪沙〕『淡煙流水畫屏幽』一語爲例：則『淡烟流水』，賦也；『畫屏幽』，比也；歐陽修『庭院深深……』，興也；『誰道閑情抛擲久』，賦也。

二三　文學手段

梅堯臣曰：『傳不盡之情見於言外，狀難寫之景如在目前』，文學手段之能及此者，其惟詞乎。

庚午春莫

附：《清真詞》校記

余十九歲時，避地古吳麗娃鄉，長夏讀美成詞，自爲校註者近二月。更分之爲『寫懷』、『紀别』、『節序』、『賦物』四卷，既成，遂置之。己巳春，盛英復加以點編，抄錄成册。每卷冠以小引、目錄，名之曰《清真詞註》，要余爲記，以實其端。

周邦彦，字美成，號清真，浙之錢唐人也，生年卒月，史無碻載。《宋史》〈文苑傳〉及《玉照新志》記其卒於宣和七年。美成享年六十有六。據此，則可知其生於嘉祐五年也。然近人王國維著《清真遺事》，則謂其生於嘉祐二年，是又較《宋史》〈文苑〉所載爲不同矣。

美成踈儁少檢，不爲州里所重（〈文苑傳〉云云）。元豐初，以大學生進〈汴都賦〉，神宗召爲大學正。此時美成年少才華，益肆力於詞。乃其後浮沉州縣三十餘年（《揮麈餘話》），後復出教廬州，知溧水縣，其政敬簡（見强煥〈序〉）。迨崇甯立大晟樂府，又膺命討論古音，八十四調之聲稍傳。乃復增『慢』、『曲』、『引』、『近』，或爲『三犯』、『四犯』之曲（《詞源》）。仕至徽〔一〕閣待制，出知順昌府，徙處州，遂卒（《處州府志》，〈文苑傳〉云云）。然《玉照新志》更載其卒於南京鴻慶宮焉。周公身歷三朝，顯於元豐，宦游南北，歷敘諸詞，而集中〔西平樂〕一調，唏噓感慨，實其生平自述也。

周公精音律，善製曲，詞中常自喻公瑾，實頗符洽。陳藏一《話腴》稱邦彦以樂府獨步，學士貴人、市儈、妓女，皆知其詞爲可愛，每成一曲，名流輒依律賡唱。紹興初，都下盛詠〔蘭陵王慢〕一闋，西樓南瓦皆歌之。張炎詞敘中兩記名伎沈梅嬌、車秀卿能歌美成舊曲，得其音旨（見《山中白雲詞》〔國香〕、〔意難忘〕二調敘中），强煥又謂，式燕嘉賓，歌者以公詞爲首唱。美成既卒，南宋諸詞家尤多望風模擬焉。《四庫提要》稱美成下字用韻，皆有法度，且多融會唐人詩句，玉田謂其取字皆從唐之溫、李詩中來，博極羣書，且爲詞切情附物，風力奇高。周介存《論詞雜著》言美成思力獨絕千古，如顏平原書，雖未臻兩晉，而唐初之法至此大備。南渡之後，美成樂章實一時勝寄。

周公詞集初刊本凡三，毛晉跋其所刻《片玉詞》，謂家藏有《清真集》及《美成長短句》，皆

〔一〕猷，原作『猶』。

不滿百闋，最後得宋刻《片玉集》[一]二卷，調計百八十有奇。攷劉肅之敘陳（元龍）本，謂猶獲崐山之片珍，琢其質而彰其文，因命之曰《片玉集》。是清真詞實自陳刻而易號，北海鄭叔問校本謂陳元龍始名清真詞爲《片玉集》，是知毛晉謂《片玉》爲『宋刻』之非。又《宋史》[二]〈藝文志〉載美成以『清真』名其集，且方千里、楊澤民、陳允平和詞及夢窗〈玉田詞敘〉中并稱『清真』，故當以『清真』名其集也。

附記

周公詞之流行本，有《彊村叢書》本，係以陳元龍本加以校錄，每闋加注宮調。印製頗佳。王（鵬連）氏《四印齋》本與陶氏（蘭泉）本槧印俱佳。惟陶氏本裝訂過精，值乃奇鉅，而誤字不免，爲可惜耳。

毛氏（汲古閣）本載《六十一家詞》中（今上海博古齋有影印本），以明槧乃不易得，而單字歇拍，皆多誤刊，重價易之，殊不值也。

鄭氏（大鶴）校本最精（末附《音律圖考》），新建[三]夏氏刊行之，惟購求不易得。此外商務

[一] 片玉集，原作『玉片集』，據上下文乙。
[二] 宋史，原作『案史』。
[三] 建，原作『達』。

印書館所發行之周姜詞，便於購置，林大椿校本無則[一]箋註，售加俱廉。周詞散見於《陽春白雪》、《花庵詞選》、《草堂詩餘》、《西泠詞萃》、《詞律》，以及近人詞選、《詞絜》等書，不欲窺其全豹者，固無需購備全集也。

南京《金聲》一九三一年五月第一卷第一期

〔一〕無則，疑應作『則無』。

詞話考索

畢壽頤

《詞話考索》若干卷，卷一載無錫私立無錫國學專修學校校友會《無錫國學專修學校校友會集刊》一九三一年六月第一期，署『畢壽頤』，餘待查。今據此迻錄。原有小標題，無序號，今酌加。

詞話考索目録

詞話考索

總目

王弇州詞評
爰園詞話
歷代詞話附歷代詩餘後
柳塘詞話
花草蒙拾
金粟詞話
遠志齋詞衷
七頌堂詞繹
皺水軒詞筌
詞苑叢談
填詞名解
古今詞論
雨村詞話
樂府餘論
詞綜偶評
藝概卷五詞曲〔一〕概

〔一〕 詞曲，原作『曲詞』。

例言

是書搜集古今各家詞話，間有疑義者，加以考證，體裁與何文煥氏《詩話考索》略同。但何氏既刊《歷代詩話》，末附《考索》一卷，故不必備錄原文；是書所集詞話，有三十餘種之多，卷帙浩繁，剞劂匪易，爰略爲變通，參用胡應麟氏《藝林學山》、《丹鉛新錄》例，摘錄原文於前，附載愚案於後，俾閱者展卷瞭然。

宋時無詞話之名，亦鮮論詞專書，但如《苕溪漁隱叢話》、《能改齋漫錄》之類，内均有一二卷專論長短句者，實開後人詞話之先例，一律采入。

昔人評詞者甚多，類皆寫於書眉，本未成帙，但既經後人輯錄，甚有研究價值，如王弇州《詞評》、許蒿廬《詞綜偶評》之類，今皆列入。

萬紅友《詞律》，極多考證之處；杜氏《詞律校勘記》、徐氏《詞律拾遺》，兩書已盡搜剔匡正之能事，然尚有一二漏略者，鄙人另有《詞律補正》，茲不列入。

拙著《花庵詞選箋校》，間有與是書可資互證者，但彼稱『箋校』，不厭繁徵，此名『考索』，務求簡覈，宗旨則一，匪有歧異。

宋人筆記，涉及詞家掌故者甚多，《歷代詩餘》附錄詞話，搜采略備，但遺漏者亦尚不少，鄙人另有《詞話補遺》之輯，是書末附《雜詮》一卷，即爲《詞話補遺》之考證。

是書隨時札錄，略加整理，本無當於著作之林，倘蒙博雅君子指其紕繆，予以勗勸，則壽頤所昕夕禱祝者耳。

詞話考索卷一

一 《碧雞漫志》十一則

蘇在庭、石耆翁入東坡之門矣，短氣跼步，不能進也。

案：蘇詞未見，石詞僅見〔蝶戀花〕一首，載《梅苑》卷八。

賀方回〔六州歌頭〕、〔望湘人〕、〔吳音子〕諸曲。

案：方回詞已多散佚，《東山寓聲樂府》，僅存上卷，晦叔所云〔六州歌頭〕，當是《樂府雅詞》所載『少年俠氣』一首；〔望湘人〕，當是《花菴詞選》所載『厭鶯聲到枕』一首；〔吳音子〕已佚不傳。

歐陽永叔所集歌詞，自作者三之一耳，其間他人數章，羣小因指爲永叔，起曖昧之謗。

案：陳振孫云，歐公詞多有與《花間》、《陽春》相混者，亦有鄙褻之語一二厠其中，當是仇人無名子所爲也。《西清詩話》云：歐詞之淺近者，是劉煇僞作。

賀方回初在錢塘，作〔青玉案〕，魯直喜之，賦絕句云：『解道江南腸斷句，只今惟有賀方回。』

案：《中吳紀聞》：方回本山陰人，徙姑蘇之醋坊橋，有小築在盤門之南十餘里，地名横塘，方回往來其間，嘗作〔青玉案〕詞云：『凌波不過横塘路。但目送、芳塵去。錦瑟年華誰與度。月臺花榭，綺窗朱戶。唯有春知處。　碧雲冉冉衡皋暮。綵筆空題斷腸句。試問閑愁都幾許。一川煙草，滿城風絮。梅子黄時雨。』後山谷有詩云云。則此詞確在姑蘇作，故首句云然。晦叔之說恐誤。

吾友黄載萬歌詞號《樂府廣變風》，學富才贍，意深思遠，直與唐名輩相角逐，又輔以高明之韻，未易求也。載萬所居齋前梅花一株甚盛，因錄唐以來詞人才士之作，凡數百首，爲齋居之玩，名曰《梅苑》。

案：黄載萬詞已佚不傳，《碧雞漫志》卷二載〔更漏子〕斷句，又卷四載〔虞美人〕一首，亦有脱字。其他選本不載隻字。才人湮沒，良可慨歎。猶幸《梅苑》十卷依然無恙，未至同歸澌滅。其序引題名云『岷山耦耕』，黄某當是蜀人耳。

《蘭畹曲會》，孔寧極先生之子方平所集，序引稱無爲莫知非，其自作者稱魯逸仲，皆方平隱名，如子虛、烏有、亡是之類。孔平日自號滍皋漁父，與姪處度齊名，李方叔詩酒侣也。

案：《蘭畹曲會》一書已佚，方平詞僅見〔水龍吟〕一首，載《梅苑》卷一。而魯逸仲詞，《花庵詞選》、《草堂詩餘》均載數首。如晦叔言，則魯逸仲非真有其人，實即方平之隱名耳。處度詞亦僅傳〔水龍吟〕、〔鷓鴣天〕各一首，均見《梅苑》。崇寧間，建大晟樂府，周美成作提舉官，而製撰官又有七，時田爲不伐亦供職大樂，衆謂樂府得人云。

案：田不伐詞流傳不多，《花庵詞選》、《陽春白雪》各選數首，《北湖集》中有贈答之作，特其爵里已不可攷。宋以後諸選本，只稱其爲田不伐，即以《歷代詩餘》附録之詞人姓氏，素稱淹博，亦莫知其何名。今閲《碧雞漫志》，則名爲，字不伐，彰彰無疑。湮没七百餘年，一旦表而出之，快心爲何如耶。

易安居士，京東路提刑李格非文叔之女，建康守趙明誠德甫之妻。趙死，再嫁某氏，訟而離之。

案：俞理初《癸巳類稿》末附〈易安居士事輯〉，辯再嫁之誣；况蕙風《詞話》中亦有辯正，極爲詳確。

賀方回〔石州慢〕，予舊見其藁。『風色收寒，雲影弄晴』，改作『薄雨收寒，斜照弄晴』；又『冰垂玉筯，向午滴瀝簷楹，泥融消盡牆陰雪』，改作『煙横水際，映帶幾點歸鴻，東風消盡龍沙雪』。

案：〔石州慢〕一首，載《陽春白雪》，『水際』作『水漫』，『東風』句作『平沙銷盡龍荒雪』，又與晦叔所見藁本異矣。

周美成初在姑蘇，與營妓岳七楚雲者游甚久，後歸自京師，首訪之，則已從人矣。明日飲於太守蔡巒子高坐中，見其妹，作〔點絳唇〕曲寄之云：『遼鶴西歸，故鄉多少傷心事。短書不寄。魚浪空千里。　憑仗桃根，說與相思意。愁何際。舊時衣袂。猶有東風淚。』

案：《夷堅志》載此詞本事略同，並云，楚雲得詞，感泣累日。

〔水調歌頭〕：『瑤草一何碧，春入武陵溪。溪上桃花無數，花上有黃鸝。』世傳爲魯直於建炎初見石耆翁，言此莫少虛作也。莫此詞本始，耆翁能道其詳。予嘗見莫〔浣溪沙〕曲：『寶釧湘裙上玉梯。雲重應恨翠樓低。愁同芳草兩萋萋。』又云：『歸夢悠颺見未真。繡衾恰有暗香蒸。五更分得楚臺春。』造語頗工。晚年心醉富貴，不復事文筆。

案：〔水調歌頭〕，黃花庵亦以爲魯直作。莫詞流傳絕少，爵里亦不詳。《梅苑》卷七載〔木蘭花〕十首，已佚其一。又卷八載〔獨脚令〕一首，此外未見。

二　《春渚紀聞》一則

司馬才仲初在洛下，晝寢，夢一美姝，牽帷而歌曰：『妾本錢塘江上住。花落花開，不管流年度。燕子啣將春色去。紗窗幾陣黃梅雨。』才仲愛其詞，因詢曲名，云是〔黃金縷〕。且曰，後日相見於錢塘江上。及才仲以東坡先生薦，應制舉中等，遂爲錢塘幕官，其廨舍後，唐蘇小墓在焉。時秦少章爲錢塘尉，爲續其詞後云：『斜插犀梳雲半吐。檀板輕籠，唱徹〔黃金縷〕。夢斷彩雲無覓處。夜涼明月生春渚。』不逾年，而才仲得疾，所乘畫水輿艤泊河塘，柁工遽見才仲攜一麗人，登舟即前聲喏，既而火起，舟尾狼忙，走報家，已慟哭矣。

案：唐人徐凝詩云：『嘉興縣裹逢寒食，落日家家拜埽回。唯有縣前蘇小墓，無人送與紙錢灰。』陸廣微《吴地志》亦云：墓在嘉興縣側。至宋人始言墓在西湖。《咸淳臨安志》引周紫芝詩爲證。今觀《紀聞》所載，似更信而有徵，此亦事之聚訟而莫能决者也。

三　《苕溪漁隱叢話》十四則

《西清詩話》云：南唐後主圍城中作長短句，未就而城破：『櫻桃落盡春歸去，蝶翻金粉雙飛。子規啼月小樓西。曲欄金箔，惆悵卷金泥。　門巷寂寥人去後，望殘煙草低迷。』余嘗見殘藁，點染晦昧，心方危窘，不在書耳。藝祖云，李煜若以作詩工夫治國事，豈爲吾虜也。苕溪漁隱曰：余觀《太祖實録》及《三朝正史》云，開寶七年十月，詔曹彬、潘美等率師伐江南。八年十一月，拔昇州。今後主詞乃詠春景，非十一月城破時作。《西清詩話》云後主作長短句未就而城破，其言非也。然王師圍金陵凡一年，後主於圍城中春間作此詩，則不可知，是時其心豈不危窘，於此言之，乃可也。

案：《耆舊續聞》云，蔡絛《西清詩話》載江南後主〔臨江仙〕，云圍城中書，其尾不全。以余考之，殆不然。余家藏李後主《七佛戒經》及雜書二本，皆作梵葉，中有〔臨江仙〕，塗注數字，未嘗不全。其詞云：『櫻桃落盡春歸去，蝶翻輕粉雙飛。子規啼月小樓西。玉鉤羅幕，惆悵暮煙垂。　別巷寂寥人散後，望殘煙草低迷。爐香閑裊鳳皇兒。空持羅帶，回首恨依依。』後有蘇子由題云：淒涼怨慕，真亡國之音也。觀此，則後主〔臨江仙〕故是全作。胡氏謂詞詠春景，非十一月城破時作，其說甚當。但未見全詞耳。

又案，後主全詞或當時不甚流傳，故劉延仲、康伯可輩，皆以爲闕後三句而補足之。劉補云：『何時重聽玉驄嘶。撲簾飛絮，依約夢回時。』康補云：『閒尋舊曲玉笙悲。關山千里恨，雲漢月重規。』康詞過拍多一字，作『曲屏朱箔晚，惆悵卷金泥』，故歇拍亦多一字。

東坡云：李後主詞云：『三十餘年家國，數千里地山河。幾曾慣見干戈。一旦歸爲臣虜，沈腰潘鬢消磨。最是蒼惶辭廟日，教坊猶奏別離歌。揮淚對宮娥。』後主既爲樊若水所賣，舉國與人，故當慟哭於九廟之外，謝其民而後行，顧乃揮淚宮娥，聽教坊離曲哉。

案：《南唐二主詞》，此詞調名〔破陣子〕，前闋云：『四十年來家國，三千里地山河。鳳闕龍樓連霄漢，玉樹瓊枝作煙蘿。幾曾識干戈。』轉頭下同。此則載《東坡志林》，引李詞脫兩句，過拍衍一字，幾令人莫辨爲何調。亦見《甕牖閒評》，但彼僅錄歇拍三句耳。

《雪浪齋日記》云：荆公小詞云：『揉藍一水縈花草。寂寞小橋千嶂抱。人不到。柴門自有清風掃。』略無塵土思。

案：荆公〔漁家傲〕詞前闋云：『平岸小橋千嶂抱。柔藍一水縈花草。茆屋數間窗窈窕。塵不到。時時自有清風掃。』此誤倒兩句，脫一句，遂不辨爲何調矣。

苕溪漁隱曰：曾端伯慥編《樂府雅詞》，以〈秋月〉詞〔念奴嬌〕爲徐師川作，〈梅詞〉〔點絳脣〕爲洪覺範作，皆誤也。〈秋月〉詞乃李漢老，〈梅詞〉乃孫和仲，和仲即正言諤之子也。

案：〈秋月〉詞，《耆舊續聞》亦謂李漢老作，〈梅詞〉則以爲朱新仲作。知不足齋刻《灊山集》，据以補入。《續聞》云：待制公十八歲時，嘗作樂府云：『流水泠泠，斷橋斜路横枝亞。雪花飛下。全勝江南畫。白璧青錢，欲買應無價。歸來也。風吹平野。一點香隨馬。』朱希真訪司農公不值，於几案間見此詞，驚賞不已，遂書於扇而去。初不知何人作也。一日，洪覺範見之，扣其所從得，朱具以告。二人因同往謁司農公，問之，公亦愕然。客退，從容詢及待制公，公始不敢對，既而以實告。司農公責之曰『兒曹讀書，正當留意經史間，何用作此等語耶』，然其心實喜之，以爲此兒他日必以文名於世。今諸家詞集及《漁隱叢話》，皆以爲孫和仲或朱希真所作，非也。考待制公即朱新仲，名翌，舒州人，官中書待制。

又，世傳〔江城子〕、〔青玉案〕二詞，皆東坡所作，然《西清詩話》謂〔江城子〕乃葉少蘊作，《桐江詩話》謂〔青玉案〕乃姚進道作。

案：〔江城子〕『銀濤無際捲蓬瀛』一首，見《石林詞》，《花庵詞選》亦謂葉作。〔青玉案〕『三年枕上吳中路』一首，東坡送蘇伯固歸吳中作，伯固於己巳年從東坡杭州，至壬申，三年未歸，故首句云然。《陽春白雪》作姚志道詞，『志道』當是『進道』之誤。進道，名述堯，有《簫臺公餘詞》，不載此闋，決非姚作。

又《樂府雅詞》中有〔漢宮春〕〈梅詞〉，云是李漢老作。非也，乃晁沖之叔用作。政和間作此詞獻蔡攸，是時朝廷方興大晟府，蔡攸攜此詞呈其父，云今日於樂府中得一人。京覽其詞，喜之，即除大晟府丞。

案《揮麈錄》云：漢老少日作〔漢宮春〕詞，膾炙人口，所謂『問玉堂何似，茅舍疎籬』者是也，政和間自王省丁憂歸山東，服終造朝，舉國無與談者，方悵悵無計。時王黼爲首相，忽遣人招至東閣開宴，出其家姬十數人，酒半，唱是詞侑觴，大醉而歸。數日，遂有館閣之命。與《漁隱》所載異。《花庵詞選》亦作李漢老詞。

苕溪漁隱曰：詞句欲全篇皆好，極爲難得，如賀方回『淡黃楊柳帶棲鴉』，秦處度『藕葉清香勝花氣』二句，寫景詠物，可謂造微入妙，若其全篇，皆不逮此矣。以上七則前集卷五十九

案：方回〔浣溪沙〕全篇云：『樓角紅綃一縷霞。淡黃楊柳帶棲鴉。玉人和月折梅花。　笑撚粉香歸綉戶，半垂羅幕護窗紗。東風寒似夜來些。』第二句承首句而來，方見寫景之工，單摘第二句，未見妙處。至謂全篇皆不逮此句，更所不解。處度此詞未見。《古今詞話》云：少游子處度，亦多好詞，山谷極稱賞之，如『藕葉清香勝花氣』，一時盛傳。

《古今詞話》云：東坡在黄州，中秋夜對月獨酌，作〔西江月〕詞曰：『世事一場大夢，人生幾度新涼。夜來風葉已鳴廊。看取眉頭鬢上。　酒賤常愁客少，月明多被雲妨。中秋誰與共孤光。把盞淒涼北望。』苕溪漁隱曰：《聚蘭集》載此詞，注曰，寄子由作，後句云云，兄弟之情見於句意之間矣，疑是倅錢塘時作。

案：樓敬思云，公仕杭時，倡酬甚多，非酒賤客少地也，而且御史誣告，亦未知有烏臺詩案之患難也，何至有『一場大夢』等語，『月明雲妨』，即『浮雲蔽白日』意，『孤光誰共』，即『瓊樓玉宇不勝寒』意，的是黄州中秋作。彈駁胡氏，極爲明辯。

汪彦章〔點絳唇〕『新月娟娟，夜寒江靜山啣斗』，《古今詞話》以爲蘇叔黨作，非也。以上二則後集卷三十九

案：黄公度有和作，見《知稼翁詞》。汪、黄同時，斷無謬誤，漁隱之説可信。花庵亦以爲叔黨作，承楊湜之誤。

《東軒筆錄》云：王尚書素守平涼，永叔作〔漁家傲〕詞送之，其斷章曰：『戰勝歸來飛捷奏。傾賀酒。玉階遥獻南山壽。』

案：此詞《六一詞》及他選本皆不載。

《冷齋夜話》云：少游在黄州，飲於海橋，橋南北多海棠，有老書生家於海棠叢間，少游醉宿於

此，明日，題其柱云：『喚起一聲人悄。衾暖夢寒窗曉。瘴雨過，海棠晴，春色又添多少。社甕釀成微笑。半破癯瓢[一]共舀。覺健倒，急投牀，醉鄉廣大人間小。』東坡愛其句，恨不得其腔，當有知者。

案：此闋《淮海集》不載，各家選本亦不見錄，《嘯餘圖譜》載之，調名〔醉鄉春〕，賴氏《填詞圖譜》、萬氏《詞律》皆因之。偏攷宋代諸家詞，絕無填此調者，竊謂此詞蓋淮海自度腔，本未有調名，《嘯餘》即就此詞本事，而强名之耳。

《漫叟詩話》云：高唐事，乃楚懷王，非襄王也。少游詞云：『不應容易下巫陽。只恐翰林前世、是襄王。』誤用也。

案：《藝苑雌黃》云朝雲者，東坡侍妾也，曾令就秦少游乞詞，少游作〔南歌子〕贈之云：『靄靄迷春態，溶溶媚曉光。不應容易下巫陽，祇恐翰林前世、是襄王。暫爲清歌住，還因暮雨忙。瞥然歸去斷人腸。空使蘭臺公子、賦高唐。』何其婉媚也。載《叢話》後集卷二十九。《甕牖閒[二]評》載此詞，本始略同。今攷《淮海集》，無之，然則少游之詞亡佚多矣。

[一] 半破癯瓢，《全宋詞》作『半缺瘿瓢』。

[二] 閒，原作『間』。

《後山詩話》云：杭妓胡楚、龍靚，皆有詩名。張子野老於杭，多爲官妓作詞，而不及靚。靚献詩云：『天與碧芳十樣葩，獨分顏色不堪誇。牡丹芍藥人題徧，自分身如鼓子花。』子野於是爲作詞也。

案：亦園《名家詞集》有子野〔望江南〕詞，與龍靚其詞云：『青樓宴，靚女薦瑤杯。一曲白雲江月滿，際天拖練夜潮來。人物誤瑤臺。　醺醺酒，拂拂上雙頣。媚臉已非朱淡粉，香紅全勝雪籠梅。標〔一〕格外風埃。』龍靚，疑即靚靚。

山谷云：八月十七日，與諸生步自永安城，入張寬夫園待月，以金荷葉酌客。客有孫叔敏，善長笛，連作數曲。諸生曰，今日之會樂矣，不可以無述，因作此曲記之。文不加點，或以爲可繼東坡赤壁之歌云：『斷虹霽雨，淨秋空山染，修眉新綠。桂影扶疎誰便道，今夕清輝不足。萬里青天，嫦娥何處，駕此一輪玉。寒光零亂，爲人偏照醽醁。　年少隨我追涼，晚城幽徑，繞芳園森木。共倒金荷家萬里，難得樽前相屬。老子平生，江南江北，最愛臨風曲。孫郎微笑，生來〔二〕聲歎霜竹。』以上五則散見各卷

案：汲古閣本《山谷詞》，『孫叔敏』作『孫彥立』，或即叔敏之名；『曲』作『笛』。攷《老學庵筆記》云，魯直在敍州，作樂府云云。予在蜀見其稿，今俗本改『笛』

〔一〕標，原作『梅』，據《全宋詞》改。

〔二〕生來，《全宋詞》作『坐來』。

爲『曲』以協韻，非也。然亦疑『笛』字太不入韻，及居蜀久，習其語音，乃瀘、邛間謂『笛』爲『曲』，故魯直得借用，亦因以戲之耳。

四 《能改齋漫録》十二則

政和中，一中貴人使越州回，得詞於古碑陰，無名無譜，不知何人作也。録以進御，命大晟府撰腔，因作中〔二〕語，賜名〔魚游春水〕云：『秦樓東風裏。燕子還來尋舊壘。餘寒初退，紅日薄侵羅綺。嫩草初抽碧玉簪，媚柳輕窣黄金縷。鶯囀上林，魚游春水。　幾曲欄桿遍倚。又是一番新桃李。佳人應念歸期未，梅妝淚洗。鳳簫聲絶沈孤雁，目斷清波無雙鯉。雲山萬重，寸心千里。』

案：《耆舊續聞》云：余嘗見《本事曲》〔魚游春水〕詞，云：『因開汴河，得一碑石，刻此詞，以爲唐人所作云：嫩草初抽碧玉簪，緑楊輕拂黄金穟。』蓋用唐人詩『楊柳黄金毬，梧桐碧玉枝』，今人不知出處，乃改作『黄金蘂』或『黄金縷』，與此異。《草堂詩餘》載此詞，以爲阮逸女作，未知何據，《漫録》衍一『未』字。

『仙女侍，董雙成。漢殿夜涼吹玉笙。曲終却從仙官去，萬户千門惟月明。』『河漢女，玉練顔。雲軿往往在人間。九霄有路去無跡，裊裊香風生珮環。』李太白詞也。有得於石刻，而無其腔，劉無言自倚其聲歌之，音極清雅。《東皋雜録》又以爲范德孺謫均州，偶遊武當石室極深處，有題此

〔二〕作中，《能改齋漫録》卷一六作『詞中』。

曲崖上。未知孰是。

案：太白詞〔菩薩蠻〕、〔憶秦娥〕二闋，盛傳於世。《尊前集》又載數闋，意調絕不類此二闋，亦未敢斷爲太白作。《許彦周詩話》以爲李衛公所作〔步虚詞〕，庶幾近似，起兩句均作七字，第一首云『仙家女侍董雙成』，第二首云『河漢女主能鍊顔』。

元豐己未，廖明略、晁無咎同登科。明略所遊田氏者，姝麗也。一日，明略邀無咎晨過田氏，田氏遽起，對鑑理髮，且盼且語，草草妝掠，以與客對。無咎以明略故，有意而莫傳也。因爲〔下水船〕一闋：『上客驪駒，唤銀瓶睡起。困倚妝臺，盈盈正解螺髻。鳳釵墜。繚繞金盤玉指。巫山一段雲委。半窺鏡，向我横秋水。斜領花枝交鏡裏。淡拂鉛華，匆匆自整羅綺。斂眉翠。雖有愔愔密意。空作江邊解佩。』

案：此闋《晁氏琴趣外篇》不載，《書録解題》晁無咎詞一卷，已佚不傳。今所傳《琴趣外篇》五卷，蓋後人僞託也。起首二句，應作『上客驪駒繫。驚唤銀瓶唾起』，此誤敓兩字耳。

王江寧元豐間嘗得樂章兩闋於夢中，云：『雨打江南樹。一夜花開無數。綠葉漸成陰，下有遊人歸路。與君相逢處。不道春將暮。把酒祝東風，且莫恁、匆匆去。』其二云：『春又老。南陌酒香梅小。偏地落花渾不掃。夢回情意悄。紅牋寄與添煩惱。細寫相思多少。醉後幾行書帶草。淚痕都揾了。』

案此二闋《臨川集》不載。前一闋調名〔傷春怨〕。萬紅友云，應是創調，他無作者。後一闋爲〔謁金門〕。

鄭毅夫樂章，有『玉環妾意無渝。問君心、朝槿何如』。玉環，韋臯事；朝槿，王僧孺詩語也。

案：此詞無攷。毅夫樂章久佚，今所傳者，僅〔好事近〕『江上探春回』一闋耳。

王師下蜀，太祖聞花蕊夫人名，命別護送，途中作詩自解曰：『初離蜀道心將碎，離恨綿綿。春日如年。馬上時時聞杜鵑。三千宮女皆花貌，妾最嬋娟。此去朝天。只恐君王寵愛偏。』

案：《太平清話》云：花蕊夫人製〔采桑子〕，題葭萌驛壁，纔半闋，爲軍騎促行，後有續成之者，云云。花蕊至宋，尚有『十四萬人齊解甲，更無一箇是男兒』之句，豈隨昶行而作此敗節之語耶。花蕊夫人詩見《后山詩話》。僞蜀降，太祖召花蕊夫人，使陳詩誦，其〈國亡詩〉云：『君王城上豎降旗，妾在深宮那得知。十四萬人齊解甲，更無一箇是男兒。』

東坡先生謫居黄州，作〔卜算子〕云：『缺月掛疎桐，夢斷人初靜。時見幽人獨往來，縹緲孤鴻影。驚起却回頭，有恨無人省。揀盡寒枝不肯棲，寂寞沙洲冷。』其屬意蓋爲王氏女子也，讀者不能解。

案：《甕牖閒評》載此詞本事甚詳。《古今詞話》引《女紅雜志》云，爲惠州溫氏女作。《野客叢書》亦宗是説。毛氏汲古閣刻《東坡詞》，即據此改竄，標題大謬。《花庵絕妙詞選》載此詞，附鮦陽居士語，具有卓識，亟録於下，以闢妄談。鮦陽居士云：『缺月，刺明微也；漏斷，暗時也；幽人，不得志也；獨往來，無助也；驚鴻，賢人不安也；回頭，愛君不忘也；無人省，君不察也；揀盡寒枝不肯棲，不偷安於高位也；寂寞沙洲冷，非所安也。此與〈考槃〉詩絕相似。』

『別酒送君君一醉。清潤潘郎，更是何郎壻。記取釵頭新利市。莫將分付東鄰子。回首長安佳麗地。三十年前，我是風流帥。爲向青樓尋舊事。花枝缺處餘名字。』右〈蝶戀花〉詞，東坡在黄時送潘邠老赴省試作也，今集不載。以上九則卷十六

案：《侯鯖録》亦載此詞，云東坡在徐州送鄭彦能還都下所作。『三十年前』作『十五年前』。並謂秦少游見此詞，和之，其中有『我曾從事風流府』，今攷《淮海詞》並無此句。

龍舒人阮閎，字閎休，能爲長短句，見稱於世。政和間，官於宜春。官妓有趙佛奴，籍中之錚錚也。嘗爲〈洞仙歌〉贈之云：『趙家姊妹，合在昭陽殿。因甚人間有飛燕。見伊底盡道、獨步江南，便江北，也何曾慣見。　惜伊情性好，不解瞋人，長帶桃花笑時臉。向尊前酒底、得見些時，似恁地、能得幾回細看。待不眨眼兒、覷著伊，將眨眼底工夫、剩看幾遍。』阮官至中大夫，累任監司郡守，他詞皆類此。

案：阮閎一作阮閱，字閎休，建炎初知袁州，致仕，寓居宜春，著《詩話總龜》。此詞載《宜春遺事》，《典雅詞》本《阮戶部詞》失載。

顔持約流落嶺外，舟次五羊，作〔品令〕云：『夜蕭索。側耳聽、清海樓頭吹角。停歸棹、不覺重門閉，恨只恨、暮潮落。　偷想紅啼緑怨，道我真個情薄。紗窗外、厭厭新月上，應也則、睡不着。』

案：顔持約，名博文，德州人。靖康初，官著作佐郎。金人立僞楚時，充事務官，草勸進表。南渡初，竄澧州，移賀州，死。流傳之詞絶少。

朱希真，洛陽人，亦流落嶺外，九日作〔沙塞子〕云：『萬里飄零南越，山引淚、酒添愁。不見鳳樓龍闕、又驚秋。　九日江亭閒望，蠻樹繞、瘴雲浮。腸斷紅蕉花晚、水東流。』

案：希真名敦儒，紹聖諫官勃之孫。靖康亂，避地，自江西走二廣，後官至鴻臚卿。有詞三卷，名《樵歌》。

右史張文潛，初官許州，喜官妓劉淑奴，張作〔少年游令〕云：『含羞倚醉不成歌。纖手掩香羅。偎花映燭，偷傳深意，酒思入横波。　看朱成碧心迷亂，翻脈脈、斂雙蛾。相見時稀，隔别多又。春盡奈愁何。』其後去任，又爲〔秋蕊香〕〈寓意〉云：『簾幕疎疎風透。一線香飄金獸。朱欄倚遍黄昏後。廊上月華如晝。　别離滋味濃如酒。著人瘦。此情不及牆東柳。春色年年如

舊。』元祐諸公，皆有樂府，惟張僅見此二詞。味其句意，不在諸公下矣。以上四集卷十七

案：張集傳世有二本，一爲《張右史文集》傳鈔本，一爲《柯山集》武英殿輯佚本，均不載樂府，散見於諸選本者亦絶少，惟大石調〔風流子〕『亭皋木葉下』一闋，傳誦一時。豈虎臣未之見耶。此二闋遜〔風流子〕遠甚。

五 《浩然齋雅談》五則

劉過改之嘗遊富沙，與友人吳平仲飲於吳所歡吳盼兒家。嘗賦詞贈之，所謂『雲一窩。玉一梭。淡淡衫兒薄薄羅。輕顰雙黛蛾』。盼遂屬意改之。吳憤甚，挾刃刺之，誤傷其妓，遂悉繫有司。時吳居父爲帥，改之以啟上之云：『韓擒虎在門，顧麗華而難戀；陶朱公有意，與西子以偕來。』居父遂釋之。然自是不復合矣。改之有『春風重到憑闌處，腸斷妝樓不忍登』，蓋爲此耳。

案：此《龍洲詞》〔長相思〕前半闋也。其後半闋云：『秋風多。雨相和。窗外芭蕉三兩窠。夜長人奈何。』《樂府雅詞拾遺》載此詞，不著撰人姓氏，注云：一作李後主作。《陽春白雪》以爲孫肖之作。『春風』二句，頗似〔鷓鴣天〕歇拍，《龍洲詞》不載，不可攷矣。

秋崖李萊老〔西江月〕〈賦海棠〉云：『綠凝曉雲苒苒，紅酣晴霧冥冥。銀簪懸燭錦官城。困倚牆頭牛影。雨後偏饒豔冶，燕來同作清明。更深猶喚玉靴笙。不管西池露冷。』

案：武英殿聚珍本，此條下注云：『玉靴笙』三字，未詳其義，疑有誤。今攷此三字，不誤。《絕妙好詞》卷七趙與仁〔琴調相思引〕歇拍云：『好天良夜，閑理玉靴笙。』

〔謁金門〕云：『人病酒。生怕日高催繡。昨夜新翻花樣瘦。旋描雙蝶湊。慵憑繡床呵手。卻說新愁還又。門外東風吹綻柳。海棠花廝勾。』〔踏莎行〕云：『照眼菱花，翦情菰葉。夢雲吹散無蹤跡。聽郎言語識郎心，當時一點誰消得。柳暗花明，螢飛月黑。臨窗滴淚研殘墨。合懽帶上舊題詩，如今化作相思碧。』此二詞並見趙聞禮《釣月集》，然集中大半皆樓君亮、施仲山所作，安知非他人者。

案：〔謁金門〕亦載《陽春白雪》，不著作者姓氏。樓君亮名采，詞不多見；施仲山名岳，有《梅川詞》。

汪彥章舟行汴河，見傍畫舫有映簾而窺者，止見其額，賦詞云：『小舟簾隙。家人半露梅妝額。綠雲低映花如刻。恰似秋霄，一半銀蟾白。』蓋以月喻額也。辛幼安嘗有句云：『聞道綺陌東頭，行人曾見，簾底纖纖月。』則以月喻足，無乃太媟乎。

案：汪詞當是〔醉落魄〕前半闋，《浮溪文粹》不載。辛詞爲〔念奴嬌〕轉頭《書東流村壁》。劉改之〔沁園春〕〈詠美人足〉歇拍云：『知何似，似一鉤新月，淺碧籠雲。』即脫胎稼軒此詞也。

周美成長短句，純用唐人詩句，如『低鬟蟬影動，私語口脂香』，此乃元、白全句。

案：『低鬟』句，杜牧〈續張會真〉詩。

覺園詞話

譚覺園

《覺園詞話》二八則，載長沙《勵進》一九三二年七月一日第一期起，訖一〇月二二日第一〇期。署『譚覺園』。原無序號、小標題，今酌加。

覺園詞話目錄

覺園詞話

一　長短句之創造者

詞起自中唐，相傳李白爲長短句之創造者。考《尊前集》，載白詞十二首，内有最晚作品——如〔菩薩蠻〕、〔憶秦娥〕等。然據《杜陽雜編》及《唐音癸籤》所註，〔菩薩蠻〕作於大中之初，樂府徧載李白歌詞，獨無〔憶秦娥〕等，且所收初唐、盛唐歌詞，皆爲五、六、七言之律絶，并無長短句之詞，是則此説不確，明矣。

二　詞之開端

《香籢集》韓偓〈金陵雜言〉：『風雨瀟瀟，石頭城下木蘭橈。煙雨迢迢，金陵渡口去來潮。自古風流皆暗銷，才魄妖魂誰與招。來棧麗句今已矣，羅襪金蓮何寂寥。』此種雜言詩，已爲詞之開端。韋江州之〔三台令〕，乃脱胎於中唐樂府之六言〈三台〉，如：『胡馬。胡馬。遠放燕支山下。

跑沙跑雪獨嘶〔一〕。東望西望路迷。迷路〔二〕。迷路。邊草無窮日暮。』劉禹錫和白居易〔憶江南〕詞，依其曲拍爲句，是爲填詞之先聲。〔三台令〕、〔憶江南〕爲最早創體。

三　唐之歌詞

唐之歌詞，皆爲整齊之五言、六言、七言，而必雜以『和聲』、『散聲』，『泛聲』，然後方可被之管絃，使音之清濁、高低等，得合曲拍；於是而詞興矣。

四　腔板之學

詞者，詩之餘；曲者，詞之餘。『詩言志，歌永言』，則《三百篇》實爲濫觴。一變而爲樂府，再變而爲詩餘，寖假而爲詞餘矣。《三百篇》之音不傳，當爲詩餘時，雖號之爲『樂府』；而古樂府之音不傳。傳奇歌曲盛行於元，文士多習之。其後體例日多，内容日富，而必屬之專家。操觚之士，僅填文辭。惟梨園歌師，習傳腔板。近則西樂浸入，詞曲翻新，而腔板之學，將失傳矣。

五　宋人《草堂詩餘》

宋人《草堂詩餘》，以小令、中調、長調，三者類分。舊譜據以爲例：五十八字以内爲小令，五

〔一〕『跑沙』句，原脱，據《全唐五代詞》補。

〔二〕迷路，原作『路迷』，據《全唐五代詞》乙。

十九至九十字爲中調，九十一字以外爲長調。唐人之長短句，皆爲小令。其小令，實出於〔子夜〕、〔懊儂〕等曲。後乃有慢詞，南北宋最盛。次有雙調，套數，雜劇及明代劇曲等。

六　審音度拍

詞以調爲主，調以字音爲主；音之平仄，固有定律。然平僅一途，仄則兼上去入。近人填詞，不知音調，遇仄則以三聲概填，實屬大謬。蓋上去入三聲，其音迥異。上厲而舉，去清而遠，入短而促；抑揚配用，皆有不可假借者。如〔憶舊遊〕一收句，必用『平平去入平上平』是也。否則歌時，必有澀舌棘喉之弊。然間有上去入，可三聲任用者。習者當審其音，度其拍而爲之，庶不致見笑識者矣。

長沙《勵進》一九三二年七月一日第一期

七　填詞度曲之指針

周挺齋著《中原音韻》，元人詞曲多本此。使作者通方，歌者協律，堪爲詞曲功臣。蓋欲作樂府，須先正言語；欲正言語，須先宗中原之音。如是而後，方能字暢語俊，音調韻足。聲分平仄，字別陰陽，如『東、紅』之類，『東』爲下平，屬陰；『紅』爲上平，屬陽。以『東、紅』二字各調平仄，即可知平聲陰陽字音。此皆爲填詞度曲之指針，用字造句之骨體也。

八　歌唱詞曲

歌唱詞曲，凡去聲當高，上聲當低，平入又當酌其高低，不可有混淆之弊。然其聲屬陰者則可，如『世、再、翠』等字；若屬陽者，則出口之初，宜稍平，轉腔始宜入高，平出去收，方能圓穩，否者陽去幾陰去矣，如『被、動、淚』等字。上聲固宜低出，但遇揭字高腔板緊情急時，有所拘礙，則出門之初，宜稍高，轉腔始宜低，平出上收，方合拍奏。是以按譜填詞，以上去不相代爲好，而入之可代平者，因長吟即肖平聲，讀則有入，唱即非入；因之，詞中常有以入作平者，曲中尤多，如張鳴善之〔脫布衫〕：『草堂中夏日偏宜，正流金鑠石天氣。素馨花一枝玉質，白蓮藕樣彎瓊臂。』上曲中，是以『石、白』作平也。然亦有用作上去者，如『鑠、一、質』作上也，『玉』作去也。學者務宜按其譜，叶其聲而讀之，切不可任意忽略也。

九　重在去聲

詞之拗調，其用仄聲處，重在去聲，即其去聲字，不可易上入聲也。因三聲之中，上入二者，可作平，去則獨異。吾人論聲，應以一平對三仄；論歌，應以去對平上入。當用去聲之處，非去則不能激起，斷不能以平、上、入代之。如史邦卿之〔瑞鶴仙〕末句：『又成瘦損』，『又』字、『瘦』字，必係去聲方可，否則激不起矣。各家詞譜，盡以●代仄，○代平，◎代不拘平仄，三者區別之而標於字旁，實則音韻之學，全未講求，所制詞曲，讀之尚可，唱之則必不能上口。苟欲致力詞學，必須多讀古名家作品，取同調者，綜合比較，三復誦之，口吻間，自有此調音響，下字自能心手相應，而合音節矣。

一〇　音節自然

詞調之音節，是否合奏，全關乎宫、商、角、徵、羽[一]五音，而五音復以平、上、去、入四聲爲主。四聲不正，則五音廢矣。宜逐一考正，務得中正；苟有舛誤，雖具遶梁，終不足取。近代填詞諸家，不惟五音莫辨，即四聲，恐亦多有不明者。或半就格律，半越軌範者，而負填詞之名，實則已失詞之本質。夫格律雖機械萬分，但功候深到，渾厚有得者，開口便有格律，出字即合平仄，音節自然，無待雕琢，致汩沒性靈焉。

一一　度曲填詞

北宋之詞，多付箏琶，故嘽緩繁促而易流。南渡後，半歸琴箋，故滌蕩沈渺而不雜，唱〔薤露〕者，俗樂增；歌〔白雪〕者，雅音存。而元人之曲遂立一門，以文寫爲之詞，聲度之爲曲，於是度曲但尋其聲，填詞但求其意；總之，詞可作曲，曲決不可作詞。晁無咎謂『子瞻詞，曲子中縛不住』，則詞皆曲也。詞字貴生動，詞句貴巧麗，絕忌參有死字板句，每調中必有警句，全部方克生動，上能脫《香篋》，下不落元曲，始得成爲作手。

長沙《勵進》一九三二年七月一〇日第二期

[一] 羽，原作『吕』。

一二　十六字要訣

清、輕、新、雅、靈、脆、婉、轉、留、托、澹、空、皺、韻、超、渾，爲詞之十六字要訣。清則眉目顯；輕則圓潤而不板；新則別開生面，可免陳腐；雅能避俗；靈能通變；脆乃聲響，動人聽〔一〕聞；婉乃曲折，不致粗莽；轉則筆姿生動；留則可免一瀉無餘；托則不致窮迫，泥煞本題；澹則恬漠；空則超脫；皺能免滑易之弊；韻勝神乃傳；渾厚功乃到。作詞之初，當於此十六字，詳加揣〔二〕摩，逐一研究，心有所得，然後下字造句，自入妙境矣。

一三　詞之用韻

詞之用韻，忌雜湊、生僻、聲啞、重複。惟製曲，可於一曲中重一韻；詞則不可，即字同意異，亦在所忌。然亦有例外。間用重韻者，如白樂天之〔長相思〕：『汴水流。泗水流。流到瓜州古渡頭。吳山點點愁。　思悠悠。恨悠悠。恨到歸時方始休。……』前後起二句，係用重韻。王灼詞作『來匆匆。去匆匆』，劉克莊詞作『煙迢迢。水迢迢』，此乃定格，不可易者。又如劉克莊之〔一翦梅〕：『束緼宵行十里强。挑得衣囊。抛了衣囊。天寒路滑馬蹄僵。元是王郎。來是王郎。　酒甜耳熱說文章。驚倒鄰牆。推倒胡床。旁觀拍手笑疏狂。疏又何妨。狂又

〔一〕聽，原作『殿』。
〔二〕揣，原作『惴』。

何妨。』上詞中，『囊、郎、妨』，皆爲重韻；前後闋三、四兩句及六、七兩句，不用重韻亦可，惟句法宜相彷彿。蔣捷詞前闋之『江上舟搖。樓上帘招』，『風又飄飄。雨又瀟瀟』，後闋之『銀字箏調。心字香燒』，『紅了櫻桃。綠了芭蕉』，易安詞之『纔下眉頭。又上心頭』，是其例也。總之，無論[一]作何韻語，必使韻爲我所用，勿使我爲韻用。填詞尤宜考其譜，而押其韻，不可稍忽。今人押韻，多牽强、雕琢，因就韻而梏梧性靈，受韻支配，實『做韻』耳。

一四　用韻之雜

用韻之雜，有礙於歌。若舍音就字，則其音不能工；舍字就音，則其字不能確。如『先天』之不可溷於『鹽咸』或『桓歡』，雖不辨閉口之異，以其一爲微中空，一爲開故也。俗多以『庚青』奸『真文』，『魚虞』入『齊微』，實爲不倫。

一五　平仄韻通押

詞譜間有載某調之平仄韻可通押者。則凡所謂仄韻者，盡屬入聲，切不可通上去；因入聲之字，慢呼之即成平（前已略言）。玆將應押仄韻而用入聲者，略爲舉出：〔江城子〕、〔秦樓月〕、〔蘭陵王〕、〔看花回〕、〔聲聲慢〕、〔慶春宮〕、〔慶佳節〕、〔霜天曉角〕、〔望梅花〕、〔滿江紅〕、

[一] 無論，原作『無任』。

〔兩同心〕、〔丹鳳吟〕[二]、〔好事近〕、〔一寸金〕、〔浪淘沙〕、〔雨霖鈴〕、〔西湖月〕、〔解連環〕、〔暗香〕、〔淡黃柳〕、〔六么令〕、〔疏影〕……然亦有必押上聲者，如〔魚游春水〕、〔秋宵吟〕、〔清商怨〕。又有必押去聲者，如〔玉樓春〕、〔菊花新〕、〔翠樓吟〕。一調中上去兼押者，亦所常見，未克枚舉。填詞時，必詳加考慮，庶不致有誤。

長沙《勵進》一九三二年七月二一日第三期

一六　性情之所適

作詞，乃以寫性情，應隨作者性情之所適。一韻中有千數百字，可任意選用，以求韻之工穩，即用定後，苟有不愜意者，亦可得而別改之，豈能受一二韻之束縛也。今人作詞，好用古人原韻，或和韻，或疊韻，且間有聯句者；殊不知文由情而生，韻隨句而用，有情有句（非完成句），而後用韻。否則，是先有韻而後由韻生情造句也。如此所成之詞，決不免有削足就履之弊，生僻聲啞之虞，安能描寫性情哉。如方千里之和《片玉》，張杞之和《花間》，皆首首强叶是也。然亦有善用韻者，雖和韻，猶如自作，乃爲妙協。蘇東坡和章質夫之〔水龍吟〕〈楊花〉，不特獨翻新意，且用韻處，舉重若輕，遠勝原詞，並錄之如左，以資比較。章質夫原詞：『燕忙鶯懶芳殘，正堤上、柳花飄墜[三]。輕飛亂舞，點畫青林，全無才思。閑趁遊絲，靜臨深院，日長門閉。傍珠簾散漫，

[二] 丹鳳吟，原作『丹凰吟』。

[三] 墜，原作『墮』，據《全宋詞》改。下一『墜』字同。

垂垂欲下，依舊被、風吹起。　　蘭帳玉人睡覺，怪春衣、露沾瓊綴。綉床漸滿，香毬無數，方圓却碎。時見蜂兒，仰粘輕粉，魚吞池水。望章台路杳，金鞍遊蕩，有盈盈淚〔一〕。』蘇東坡和詞：『似花還似非花，也〔二〕無人、惜從教墜。抛家傍路，思量却似，無情有思。縈損柔腸，困〔三〕酣嬌眼，欲開還閉。夢隨風萬里，尋郎去處，又還被、鶯呼起。　　不恨此花飛盡，恨西園、落紅難綴。曉來雨過，遺跡何在，一池萍碎。春色三分，二分塵土，一分流水。細看來只不是〔四〕，楊花點點，是離人淚。』（蘇詞多一字，因『是』字爲襯，非誤也。末二句斷句，係依萬氏註，與他譜有異，特此附註。）蘇固是大才，然亦偶一爲之，方能至此神妙之境，更非他人所敢望塵也。用古人韻與用自己韻（即疊韻，皆類似和韻），毋庸贅述，疊韻有一疊再疊至十餘疊者，陳其年集中最多此體，皆爲逞才自喜之表現，實則多不免弄巧反拙耳。

一七　詞韻

詞韻與詩韻異而源同。詞韻者，乃以詩韻分合而成也。唐人填詞，概用詩韻，迨宋始有《菉

〔一〕淚，下原衍一『賑』字，據《全宋詞》删。

〔二〕也，原脱，據《全宋詞》補。

〔三〕困，原作『因』，據《全宋詞》改。

〔四〕細看來只不是，《全宋詞》作『細看來不是』。

斐軒詞韻》，今已失傳。坊間流行之《詞林要韻》，題爲『菉斐〔一〕軒刊行本』者，係後人僞托，乃曲韻，非詞韻。《中原音韻》、《中州全韻》（范善溱輯），以入聲而派入平上去三聲，故亦爲曲韻，而非詞韻。現所用者，爲《晚翠軒詞韻》，其内容可謂盡善盡美矣。該書分平上去爲十四部，入爲五部，共十九部，係取《詞林正韻》及《中州》、《中原》、《洪武》等韻，爲之照對，雖列韻較少，而常用者，均列入無遺，且入聲另列，尤爲填詞家應守之正軌。上去聲相併，以求便於通押，未開入聲借叶平上聲之例，而免有傳奇家方言爲叶之弊，此乃填詞之津梁，亦詞韻與曲韻之分疆也。

一八　詞調與詞體

詞體頗繁多，對於詩之絶律而曰『調』。其一調，少者二三體，多者二三十體。萬紅友《詞律》者，改作訂〔二〕《嘯餘譜》，乃作詞之一大證典，所搜羅詞體，達六百〔三〕六十調，一千一百八十餘〔四〕，

〔一〕斐，原作『斑』。

〔二〕改作訂，疑有誤，或當作『改訂自』。

〔三〕百，原作『伯』。下數『百』字同。

〔四〕餘，下疑脱『體』字。

據〔一〕康熙勅撰之《欽定詞譜》，則調詞少〔二〕，而體更多，二〔三〕百二十六調，二千二百六十體〔四〕。要之，所有詞體，確在二千以上之譜，但暗記其平仄圖譜，大非易事，亦究有不能盡依用者。初學者，以《白香詞譜》或《填詞圖譜》，較爲適用。《白香詞譜》〔五〕，尤以天虛我生之考正本爲妥善，每調之後，附有考正及〔六〕填詞法，可省學者冥行索埴之苦，且選詞精美，足資模倣，一一皆爲填詞家所習用者。惟調僅〔七〕百闋，九牛一毛，病其太簡，可更備《填詞圖譜》或《詞律》一部，以便檢用。

長沙《勵進》一九三二年八月二二日第五期

一九　詞派分南北

詞派分南北。北宋盛于文士，衰於樂工；南宋則反是。北主樂章，故情景但取當前，無窮高極

〔一〕據，疑有誤，或當作『而』或『較』。

〔二〕調詞少，疑當作『調雖少』。按，『調詞少，而體更多』，二句有誤。《欽定詞譜》調、體均較《詞律》爲多。

〔三〕二，應爲『八』。

〔四〕二千二百六十體，統計有誤。按：《欽定詞譜》一般認爲收二千三百零六體，據本書編纂者考證，實收二千三百零四體，見拙文〈詞體章法形式及其審美特質〉，載《文學遺產》二〇一〇年第一期。

〔五〕白香詞譜，原作『百香詞譜』。

〔六〕及，原作『乃』。

〔七〕僅，原作『儘』。

遠之趣，善用重筆，是以能大、能拙；受地域影響，多北風雨雪之感，其妙處不在溫柔、艷褻，而在高健、幽咽。南乃文人弄筆，彼此爭名，變化易多，取材益豐，善用深筆，是以能細、能密，較北益工。然北宋無門徑，故似易而實難；南宋有門徑，故似深而反淺。因之又有豪放、婉約之分焉。北宋蘇東坡，南宋辛棄疾等爲豪放領袖；北宋晏〔二〕氏父子，南宋姜〔三〕白石，及李後主、柳耆卿、張子野、周美成、李易安、秦少游等，均爲婉約名家。世人以北爲變體，南爲正宗，究有何根據，未免强立本支之別。況豪放、婉約之分，不過就其大體而言；豪放中未嘗無婉約者，婉約中亦未嘗無豪放者。如蘇東坡〔蝶戀花〕〈春情〉：『花褪殘紅青杏小。燕子飛時，緑水人家繞。枝上柳緜吹又少。天涯何處無芳草。　架上鞦韆牆外道。牆外行人，牆裏佳人笑。笑漸不聞聲漸杳。多情卻被無情惱。』溫柔纏緜，艷麗動人，不免婉約。又如辛棄疾〔清平樂〕〈賀侂胄生日〉：『如今塞北。傳得真消息。赤地人間無一粒。更五單于爭立。　熊羆百萬堂堂。維師尚父鷹揚。看取黃金假鉞，歸來異姓真王。』辛棄疾作此詞時，因韓侂胄議伐金，辛示贊同，其忠義慷慨，有志中原，何非豪放之作。他如〔漢宮春〕『春已歸去』，亦不失豪放。且除豪放、婉約二派外，如陸務觀之《放翁詞》、朱希真之《樵歌》，既不婉約，復不豪放，另立一派，又何嘗不可。

長沙《勵進》一九三二年九月二日第六期

〔二〕晏，原作『宴』。

〔三〕姜，原作『姿』。

二〇　詞體種類

詞體種類繁多，分類亦不一致。大概可别之爲寫情、即景、懷古、敘事、詠物、書函、告誡、福唐、迴文、集句諸體。前寫情、即景、懷古、敘事四者，可並用之。苟一詞之中，□□四者之妙，則爲一詞之上乘矣。

二一　各體之作法

詞之寫情，雖不能如詩之莊嚴，然絶不可流於荒淫靡豔之途；即景之作，字句必高古，胸襟必闊大，萬千氣象，皆入眼底，尤以詞中有畫爲貴；登臨懷古，或低首徘徊，或激昂慷慨，聲韻以洪亮較勝；敘事貴簡明詳盡，有情景。北宋以前詞家，詠物之作絶少，即間或有之，皆不過借物而遣其興，就事而言其情，毫未得詠物之旨趣；南渡後，填詞家目擊胡騎之縱横，身丁國家之多難，而生禾黍之感，始寄托于詞中。蓋詠物而乏寄托，則失其詠物之宗旨，而爲詞之下乘矣。詠物最忌拘而不暢，晦而不明。作詞過於認真，必不暢；過於寫遠，必不明。須在不真不遠之境，力能恰到妙處，所謂取其神，而不取其形也。質言之：取形必失之機械，取神必得之自然，即用意而不用事也。昔人作詩寄友，以代書柬，乃所常見。詞學昌明，作者爭奇鬥豔，體裁日多，亦有以詞代柬者。情致綿纏，婉而易達，起結處，儼然如一尺牘。辛棄疾以告誡口腔作詞，開詞學中之新體，即以告誡之瑣言，填入詞譜是也。古人逞己之才，有將全闋之韻，悉用一字者，是曰福唐體，或曰獨木橋體，此體務以句法變幻無定，押韻處自然爲勝，但不免近於纖巧之作，究非大雅所宜。以迴文體作詞，音調平仄必可倒順任意讀之者方可，否則無能爲力。然此亦屬險處求勝，詞人鬥巧之作。集成句而爲詩，則易；集成句而爲詞，則難；以其詩句齊整，而詞句參差故也。所集之句，宜咸宜巧合，不加絲毫牽强，字面亦不可複沓，非胸中富有者，何敢染指。各體之例過多，未克悉舉。

三　性質及作用

以上皆就詞體之作法種類而言也。若就其性質及作用而分，可得左表：

詞
- 1　散詞
  - 令——引近——慢——犯調——摘遍——序子
  - 單調——雙調——三疊——四疊——疊韻
  - 不換頭——換頭——雙拽頭
- 2　聯章詞
  - 一體聯章——分題聯章
  - 演故事者——每詞演一事者——多詞演一事者（轉踏[一]）
- 3　大遍——法曲——大曲——破曲
- 4　成套詞——鼓吹詞——諸宮調——賺詞
- 5　雜劇詞——用尋常詞調者——用法曲者——用大曲者——用諸宮調者

長沙《勵進》一九三二年九月一二日第七期

[一] 轉踏，原作『傳踏』。

二三　詞律同異

詞有調同而句讀異者，亦有句讀同而調異者，平仄亦復如是，漫無定例。苦乏書爲之考證。雖有《詞律》、《詞譜》，及《詩餘圖譜》等書，然彼此各有差異，句讀各有長短，其平仄多以○（平）、●（仄）、◐（應仄而平）、◒（應平而仄）别之，更不無亥豕之混。如葉道卿〔賀聖朝〕之後闋起句：『花開花謝，都來幾許』，據萬氏《詞律》，則與前○起句同，爲『花開花謝都無語』七字句。陸務觀之〔沁園春〕，『當日何曾輕負春』，『短艇湖中閒采蓴』兩句，其最末三字皆爲『平仄平』，《詞律》則註爲可作『仄仄平』。諸如此類，不一而足。苟欲識其優劣，定其從舍，非有得於音韻之學者，何能妄加判斷焉。

二四　調名之原

詞調多而難於稽考，究其源流，頗非易事。因其調名之來，多取諸昔人之名句，或典故。近代之作詞者，多不解其由來。據俞少卿〔一〕所云：調名原起之説，起于楊用修及都元敬，而沈天羽掩楊論爲己説。兹將所考，不憚繁多，述之於次：

〔蝶戀花〕——取梁元帝『翻堦蛺蝶戀花情』。

〔滿庭芳〕——取吴融『滿庭芳草易黄昏』。

〔一〕　俞少卿，原作『愈少卿』。

〔點絳脣〕——取江淹『白雪凝瓊貌，明珠點絳脣』。
〔鷓鴣天〕——取鄭嵎『春遊雞鹿〔一〕塞，家在鷓鴣天』。
〔惜餘春〕——取太白賦語。
〔浣溪沙〕——取杜陵詩意。
〔青玉案〕——取〈四愁〉詩語。
〔踏莎行〕——取韓翃詩『踏莎行草道青溪』。
〔西江月〕——取衛萬詩『只今惟有西江月』。
〔菩薩蠻〕——西域婦髻也。
〔蘇幕遮〕——西域婦帽也（高昌女子所帶油帽）。
〔尉遲杯〕——尉遲敬德飲酒，必用大杯也。
〔蘭陵王〕——每入陣，必先歌其勇也。
〔生查子〕——張騫乘槎是也（查，古槎字）。
〔瀟湘逢故人〕——柳渾詩句也。
〔滿庭芳〕——取柳柳州『滿庭芳草積』。
〔玉樓春〕——取白樂天詩『玉樓晏罷醉和春』。
〔丁香結〕——取古詩『丁香結恨新』。

〔一〕鹿，原作『塵』，據楊慎《詞品》卷一改。

〔霜葉飛〕——取杜詩『清霜洞庭葉，故欲別時飛』。

〔宴清都〕[一]——取沈隱侯『朝上閶[二]闔宮，夜宴清都闕』。

〔風流子〕——出劉良《文選》[三]。

〔荔枝香〕——出《唐書》（貴妃生日，命小部奏新曲，未有名，適進荔枝至，因以名）。

〔解語花〕——出《天寶遺事》，明皇稱貴妃語。

〔解連環〕——出《莊子》『連環可解也』。

〔華胥引〕——出《列子》『黄帝晝寢，夢遊華胥之國』。

〔塞垣春〕——塞垣二字，出《後漢書》〈鮮卑傳〉。

〔玉燭新〕——『玉燭』出《爾雅》。

〔多麗〕——妓名，善琵琶者。

〔念奴嬌〕——唐明皇宫人念奴也。

長沙《勵進》一九三二年九月二二日第八期

〔一〕宴清都，原作『清都晏』，據《遠志齋詞衷》改。

〔二〕閶，原爲空格，據《遠志齋詞衷》補。

〔三〕出劉良《文選》，《遠志齋詞衷》：『調名原起之説，起於楊用修及都元敬，而沈天羽掩楊論爲己説。……
又云：〔風流子〕出《文選》，劉良《文選注》曰，風流言其風美之聲，流於天下，子者，男子之通稱也。』

二五 調名變更

詞調不下二千餘種，即宋人詞調，亦不下千餘，若一一推鑒，何能勝數，且僻詞甚多，又何能一一傅會載籍。右列之調，皆爲最通常者。然其所考，未嘗盡當。胡元瑞《筆叢》，駁斥用修之處頗多。總之，吾人志學於詞，略知其調之由來可也，何用自命考古爲。況調名之變更無定，取辭取意取事，三者隨人取舍，均無限制，故每一調雖屬一體，而調之名有至六七者，如東坡之〔念奴嬌〕〈赤壁懷古〉：『大江東去，浪淘盡、千古風流人物。故壘西邊，人道是、三國周郎赤壁。亂石崩雲，驚濤拍岸，捲起千堆雪。江山如畫，一時多少豪傑。遙想公瑾當年，小喬初嫁了，雄姿英發。羽扇綸巾，談笑間，强虜灰飛煙滅。故國神游，多情應笑我，早生華髮。人生如夢，一樽還酹江月。』因全詞爲一百字，故名〔百字令〕或〔百字謠〕；復因句有『酹江月』、『大江東去』，故名〔酹江月〕，或〔大江東去〕、〔大江西上曲〕；又因地在湖北嘉魚縣東北江濱，故名〔壺中天〕、〔湘月〕、〔淮甸春〕等。考蘇東坡所遊之赤壁，乃黄岡縣城外之赤壁，非嘉魚縣周瑜、劉備破曹操之赤壁也，蘇誤爲『周郎赤壁』，則亦不免文人不識地輿之笑。蘇素重才氣，放意無忌，不沾沾於音律，後闋第二、三兩句，句法皆有參差。元薩都剌步其原韻，特句法互異。前闋第二句，作『望天低，吴楚眼中無物』，後闋第二、三句作『東風輦路，芳草年年發』。守律而矯其誤，實屬佳作。後人以蘇詞有異，必於原調之外，另立一體，妄加[一]割裂，殊爲多事。《圖譜》等且以一字之故，列爲九體，使人無誰的

〔一〕 妄加，原作『忘加』。

從。似是任意臆說附會，則不如付之闕如，無使人徒資彈射可耳。苟如《圖譜》等之以一詞而列爲九體，恐詞調之起源，非墨楮簡籍所能盡載也。

長沙《勵進》一九三二年一〇月二日第九期

二六　宮調異者

詞名有同，而所入之宮調異者，字數多尠，當亦隨之而異，如〔雙調水仙子〕與北劇〔黄鐘宫水仙子〕異，南劇〔越調過曲小桃紅〕與〔正宫過曲小桃紅〕異。兹將北〔正宫端正好〕與北〔仙宫端正好〕各列舉一首，以資證明。

〔正宫端正好〕　費唐臣

《道德》五千言，《禮》、《樂》三十卷，本待經綸就舜日堯天，只因兩角蝸蠻[一]戰，貶得我日近長安遠。瑤台昨夜蛟龍戰，玉鱗甲飛滿山川。馮夷[二]飲罷瓊林宴，醉把鮫綃剪。

〔仙吕宫端正好〕　無名氏

既相别，難留戀。爲昆仲撚指十年，臨行也將二弟丁寧勸。你若是居台省掌兵權，平天下，立山川，方稱了一世男兒願。

正宫之音，雄壯惆悵；仙吕之音，綿邈清新。前首爲六十字，後首爲四十五字。二者顯然有别。

[一] 蠻，原作「蛮」，據《全元曲》改。
[二] 馮夷，原作「憑夷」。

二七　詞之體制

詞之體制，唐人長短句，皆爲小令，後演爲長調，中調。復有系之以『犯』、『近』。如〔四犯剪梅花〕，乃用〔解連環〕、〔醉蓬萊〕、〔雪獅兒〕，復用〔醉蓬萊〕，故名曰〔四犯〕。其餘尚有〔八犯玉交枝〕、〔玲瓏四犯〕等，乃『犯』也。〔荔枝香近〕、〔訴衷情近〕等，乃『近』也。除此而外，又有『偷聲』、『減字』、『添字』、『合調』、『雙調』、『歌頭』等。南北劇有以『犯』、『賺』、『破』等名及字數同，所入宫調之異，而名亦隨之不同者。如〔木蘭花〕與〔玉樓春〕同，以〔木蘭花〕歌之，即入〔大石調〕類是也。

二八　襯字

詞句字數有定，然每因受此限制，多難記憶，故當多增一二字，以資聯屬，而便記憶，即所謂『襯字』是也。如蘇東坡〈和章質夫〉之〔水龍吟〕，段[一]其原詞多一字（詞見前）之類是。後世不解其故，以爲多一字，或少一字，即另成一體，一律按腔以實之，因之以一調而成爲數體，又以其未便另行命名，乃別爲第一體、第二體，或概稱之爲又一體。但代遠人多，無由考其原調，刪去襯字，以近于古，而使詞體不雅雜亂。〔女冠子〕有一、二、四、五體，而無三體；〔歸國謠〕則僅有第二，而無第一；〔賀聖朝〕則有一、三，而無第二，想當時必以順次名之，而現傳者，次第多不相銜接，其

[一] 段，疑應作『較』。

中必有遺誤在，然後世以舊定次序，亦不敢另以次第名之，故學者常於所作調名之下，注爲第幾體藉以區别之，此皆不免近於迂也。

長沙《勵進》一九三二年一〇月二二日第一〇期

韋齋雜說

易大厂

《韋齋雜說》八則，小序一則，附志一則，載上海《詞學季刊》一九三三年四月第一卷第一號，署『易大厂』。今據此迻錄。原無序號、小標題，今酌加。大厂又有《宋詞集聯》，載上海《詞學季刊》一九三五年四月一六日第二卷第三號，署名『大厂居士』。今附錄於後。

韋齋雜説目錄

韋齋雜説

於詞有一種偏矯固執之鄙見。不敢求知於人，尤不願强人附我。在素志編定一備具完足之詞論，未成書之先，更不欲爲鱗爪之記載。兹以本刊付印。榆生先生甚盼草一作，兼旬未報，再不容緩，扶病率書，不成片段，聊表所企而已。

一　唱詞之法亡

唱詞之法亡，而填詞者愈衆，此可以謂之乘人之危，而巧取豪奪。填詞者衆，求唱詞之法者寡，是謂因陋就簡，畏難苟安。

二　吟賞字句

作有好詞，填有好詞，大衆吟賞字句。不必管宫調配合與否，尤不必問志韻協和與否，亦何嘗不是豪舉，不是快事。而且於所謂文學占一重要位置，依然加冕不墜。又何必自尋煩惱，摇破舟，追絶港耶。以上是許多人向我呆子不宣諸口而默示以意者也。但我現尚未能唱詞，即唱詞之法，亦未盡行搜集。雖然，不知老之將至，尚日日在繼續努力，單人努力。

三 唱詞之法

以後必可以唱詞，一、記譜法即仿五綫，稍事研討，十日可了，百日可習，卒歲可成。未知其理，不習其術，鄙夷之，畏之，斯亦已矣。二、器音備而易，鋼琴、大風琴，音域袤延齊一，唱詞僅占中央稍迤左右二小區，以一指打之，所需音，即隨應而出，絕無技術之難矣。習其宫調，半載已成，藉亦咸備而當。（如蕭友梅氏、王光祈氏所著）居今日尚棄而不講唱詞之法，是謂入寶山空回。

四 四聲清濁

四聲清濁，在複音音樂之歌唱中，原無所需，如四部合唱一歌，每歌一字，已具四聲，且各呈清濁，主四聲法者，已失效用。惟唱詞爲一種獨歌性，不利合唱。且賦徒歌性，樂聲僅伴奏之職，而主調音符，亦僅詔人以某字唱某音而已。所以唱詞，吾定爲一種純妙之雅音。而且並不如流行稱爲單調，故有微美之伴奏樂可，即一竹一木（如我國之笛或簫、外國之長笛）亦可。

五 唱詞最重念清字音

原於上則，故唱詞最重念清字音，使人一聆而感受辭意之美，不需要樂聲以混之，此爲唱詞要律，亦即爲作詞填詞要義。吾人能知宫吕而按尋之以制一詞，謂之自度腔。則用字之四聲清濁，自可就律支配。若填入之調，必須將所欲填之詞，按宫吕唱過，審其何字可以於清濁上通融，何字萬不能苟且，是爲最大規程，舍此不講，吾不欲與之言矣。

六　外國之長笛

我國之簫或笛，音域太狹，不敷旋宮轉調之用。如荀勗所作，須分出十二笛。梁武亦造十二笛，均不能備各調。今若秉一外國之長笛吹以協之，則無論何調之詞，均可浹洽。此何等省事而易爲乎。

七　唱詞之便

綜上以言，今日有五綫譜以記欲唱之詞音，有鋼琴、風琴，一打便成欲唱之詞調，有長笛一吹便出欲唱之調聲。而譜紙及樂器，隨處可得。長笛，更便於携帶，此是最好機會，如何再能不群起而研究唱詞也。

八　毛西河能唱詞

昔毛西河（蕭山毛奇齡）嘗自夸能唱詞，（見其所著《詞話》『予少不檢，曾以度曲知名』一段）而崇禎甲寅一段，尚有『詞雅則音諧，音諧則弦調』之語。此又鄙見之所最信仰者也。

用外國記譜法，及外國樂器，是爲適用而普及，並能留傳起見，若唱風歌味與夫唱法，自有我在。或創或因，其權在我。非强人以就調，實利用其物質耳。　大厂附志。

上海《詞學季刊》一九三三年四月第一卷第一號

附：宋詞集聯

大厂居士，窮愁著書，倦敧胡牀，輒以宋詞集聯自遣。先後得若干首，皆一氣呵成，或悱惻纏綿，或悲涼慷慨。所謂借他人杯酒，非僅如無縫天衣而已。予嘗戲語居士，曷寫以貽予，俾裝成小册，朝夕展對。吾廬幻設，得此亦足爲蓬蓽之光矣。相與大笑，承寫示若干首，亟爲刊布。以公同好云。忍寒廬附識。

一春彈淚說淒涼晏小山〔浣溪沙〕，紅了櫻桃，綠了芭蕉蔣竹山〔行香子〕，正是困人天氣謝无逸〔如夢令〕；
三徑都荒長卻掃吳竹洲〔減蘭〕，築成臺榭，種成花柳楊西樵〔鵲橋仙〕，共誰同倚闌干周少隱〔清平樂〕。
五十年來所觸，檃括此中，亦可哀矣。

更說道花枝何巖叟〔喜遷鶯〕，旋題羅帶新詩晏小山〔清平樂〕，天還知道秦少游〔水龍吟〕；
念恨如芳草葛玉蟾〔沁園春〕，莫倚高樓噴笛侯彥國〔鳳凰臺上憶吹簫〕，春已歸來辛幼安〔漢宮春〕。
華嚴有行願品，唯蓮師徵詔人以禪淨兼修。

淡月闌干曾覿父〔眼兒媚〕，正慘慘暮寒蔡友古〔喜遷鶯〕，老去多愁誰念我周少隱〔念奴嬌〕；

去年時節晏小山〔點絳唇〕，憶盈盈倩笑陸放翁〔沁園春〕，酒邊華髮更題詩韓仲止〔浣溪沙〕。

歲殘得此，借瑣耗奇，將愁蠹夢，不嫌悲幻，榆生教我。

聊對舊節傳杯吳夢窗〔霜葉飛〕，拍手欲嘲山簡醉蘇東坡〔瑞鷓鴣〕；
多有憐才深意柳屯田〔尉遲杯〕，香篝漸覺水沈銷辛幼安〔鷓鴣天〕。

甲戌重陽，傳示同社，乞取白衣一送。

歎千古猶今張玉田〔桂枝香〕，夷甫諸人，神州沈陸，幾曾回首辛幼安〔水龍吟〕三連句；
更從頭細數蔣竹山〔喜遷鶯〕，水部多情，杜郎老矣，易惱愁腸周草窗〔柳梢青〕三連句。

俯仰之間，不知涕之何自，世有同悲者乎，乙亥孟春晦。

把江山好處付公來辛稼軒〔八聲甘州〕，怕春寒輕失花期李漢老漢宮春，故園換葉方千里〔華胥引〕；
弔興亡遺恨淚痕裏陸務觀〔月上海棠〕，強載酒細尋前跡周美成〔應天長〕，初日酣晴方秋崖〔水龍吟〕。

乙亥人日，獨自滬北步往眞茹南郇訪榆生，不見，遠念延翁。

最可惜一片江山姜白石〔八歸〕，再逢伊面柳耆卿〔秋夜月〕；

更能消幾番風雨辛稼軒〔摸魚子〕同爲春愁史梅谿〔一〕〔過龍門〕。

姜、辛名句，早成絕對，足下二語，繫予感尤深，不自嫌其襲，榆生以爲何如。

獨詠蒼茫袁宣卿〔柳梢青〕，佳處逕須攜杖去辛幼安〔滿江紅〕；

忍寒滋味侯彥國〔二〕〔清平樂〕，風流不枉與詩嘗汪方壺〔浣溪沙〕。

榆生詞長，任事有《易》不懼之精神，冥心孤往，以『忍寒』自名其廬。

上海《詞學季刊》一九三五年四月一六日第二卷第三號

〔一〕谿，原作『豀』。

〔二〕侯彥國，疑當作『侯彥周』。侯寘，字彥周，其〔清平樂〕：『忍寒情味。』

讀詞雜志

鮑傳銘

《讀詞雜志》八則，載上海《光華附中半月刊》一九三三年四月一〇日第八期，署『鮑傳銘』。今據此迻録。原無序號、小標題，今酌加。

讀詞雜志目錄

讀詞雜志

一　百代詞曲之祖

黄昇《花庵絶妙詞選》謂李白之〔菩薩蠻〕、〔憶秦娥〕兩詞，爲百代詞曲之祖。後人對此，頗多非議。指出其爲僞造者，理由有三：（一）胡元瑞語：『……予謂太白當時直以風雅自任，即近體盛行七言律，猶鄙不肯爲，寧屑事此。且二詞雖工麗，而氣衰颯，於太白超然之致，不啻穹壤，藉令眞出青蓮，必不作如是語。評其意調，絶類溫方城輩。蓋晚唐詩人，嫁名太白耳。……』（二）李太白集中，幷未載〔菩薩蠻〕等詞。按《李翰林全集》，《新唐書》〈藝文志〉有著録，全集刊行，並非佚本，唐刊本雖至今不存，而陳直齋《書録解題》，晁氏《讀書志》，并題《李翰林集》。是此集猶流傳至宋，後蜀趙崇祚編《花間集》，遍録晚唐諸家詞，而不及李白，是必李集未刊詞無疑。直至南宋黄昇編《花菴詞選》，始載白詞。然黄書疏誤頗多，如〔山花子〕李璟作，乃題爲後主，可以知矣。（三）據《杜陽雜編》云：大中初，女蠻國貢雙龍犀、明霞錦，其國人危髻金冠，瓔珞被體，故謂之『菩薩蠻』。當時倡優遂歌〔菩薩蠻〕曲，文士亦往往效其詞，《南部新書》亦載其事。則太白之世，唐尚未有斯題，何得預填其篇耶。有以《教坊記》載云：開元時，南詔入貢，危髻金冠，瓔珞被體，號〔菩薩蠻〕。似白可作此調。然據他書，如《唐音癸籤》，亦載爲大中初之事，

仍不失爲千古佳構。故當仍以前說爲是。依上所列之理由，可知此詞絕非白所製。但若就詞之本身言，辭意婉約纏綿，

二　中主詞

中主之『菡萏香消翠葉殘』闋，世人多稱賞之。然詞中之『細雨夢回雞塞遠，小樓吹徹玉笙寒』兩句，頗不可解。近人俞平伯《讀詞偶得》云：『「小樓吹徹玉笙寒」之「徹」字，猶常言吹罷也；如元稹〈連昌宮詞〉：「逡巡大徧〈涼州〉徹」是。至「玉笙寒」之「寒」字，當以暖立意，如庾信〈春賦〉有「更炙笙簧」句，《清真詞》亦有句曰：「夜深簧暖聲清。」』依俞所解釋：謂古人之『暖笙簧』，以取其聲清；然則笙既可暖之，當亦可寒之。所言仍不可通。以愚意，則以爲當其吹久，笙由暖而復變冷也，蓋其時在秋日，天氣已漸蕭颯。至上句『細雨夢回雞塞遠』，據胡適云：雞塞典出《漢書》〈匈奴傳〉雞鹿塞。愚亦謂然，如唐人鄭嵎詩，有『春游鷄鹿塞，家在鷓鴣天』句，或中主即引用此。

三　後主〈臨江仙〉

後主〈臨江仙〉『櫻桃落盡春歸去』詞，有人以爲是詠春景，未就而城破，以至下半殘闕，實謬不然。依苕溪漁隱曰：余觀《太祖實錄》及《三朝正史》云：『開寶七年十月，詔[一]曹彬、潘美等

[一] 詔，原作『詒』。

率師伐江南，八年十一月，拔昇州。』今後主乃詠春景，決非十一月城破時作。《西清詩話》之『後主作長短句，未就而城破』，非也。然王[一]師圍金陵，凡一年，後主於圍城中春間作此，則不可知。是時其心豈不危窘，於此言之，乃可也。又據〈南唐近事序〉云：『南唐烈祖、元宗、後主三世，共四十年，起天福丁酉之春，終開寶乙亥之冬。』按此序爲太平興國二年歲次丁丑夏五月一日所寫，相距未及兩載，故益可徵信。

四　成肇麐《唐五代詞選》

成肇麐之《唐五代詞選》一書，輯錄頗精。末後收有佚名詞〔魚游春水〕、〔後庭宴〕兩首。〔魚游春水〕詞云：『秦樓東風裏，燕子還來尋舊壘。餘寒猶峭，紅日薄侵羅綺。嫩草方抽碧玉烟，媚柳輕窣黃金縷。鶯囀上林，魚遊春水。　幾曲闌干[二]遍倚。又是一番新桃李。佳人應怪歸遲，梅妝淚洗。鳳簫聲絕沈孤雁，望斷清波無雙鯉。雲山萬重，寸心千里。』據某筆記載：『景祐初，建陽人阮逸女，有詞〔花心動〕及〔魚游春水〕。』所謂〔魚游春水〕，即此詞，然則此詞非唐五代時人作。又譚正璧《中國女性的文學生活》云：〔後庭宴〕詞，係爲一失名之女子作。但不知何據。詞曰：『千里故鄉，十年華屋。亂魂飛過屏山簇。眼重眉褪不勝春，菱花知我銷香玉。　雙雙燕子歸來，應解笑人幽獨。斷歌零舞，遺恨清江曲。萬樹綠低迷，一庭紅撲簌。』

[一] 王，原作『五』。
[二] 干，原闕。

五 〔洞仙歌〕本事

《溫州詩話》[一]云:後蜀主孟昶之〔玉樓春〕,蘇軾之〔洞仙歌〕,即隱括此詞。又《漁隱叢話》與宋翔鳳之《樂府餘論》,皆辨此詞非孟昶所作,係後人隱括蘇詞,删去數虛字而成。近鄭振鐸氏所著《中國文學史》,仍主前說。愚則以爲後說爲是。蓋蘇之作〔洞仙歌〕詞,并弁有小序,其文曰:『余七歲時,見眉山老尼,姓朱,忘其名,年九十歲,自言嘗隨其師入蜀主孟昶宮中。一日,大熱,蜀主與花蕊夫人夜納凉摩訶池上,作一詞,朱具能記之。今四十年,朱已死久矣。人無知此詞者。但記其首兩句。暇日尋味,豈〔洞仙歌令〕乎。乃爲足之云。』序中謂僅知首兩句,餘均爲其所補,然則何能與孟昶之詞完全相同。况今傳之〔玉樓春〕,《花間集》、《花菴詞選》俱未見錄,故知其爲後人減削蘇詞也無疑。

六 蘇軾『大江東去』

蘇軾之『大江東去』詞,誠千古絕唱。然其辭字,各本小有差異,如『亂石穿空,驚濤拍岸』兩句,有爲『亂石崩雲,驚濤掠岸』者。然據今傳之東坡手寫詞稿真蹟(見塩谷溫著《中國文學講話》),則爲『穿空』、『拍岸』,故『崩雲』、『掠岸』實誤。

[一] 溫州詩話,疑爲『溫叟詩話』或『漫叟詩話』之誤。宋元以來,記〔洞仙歌〕事,多題『溫叟詩話』或『漫叟詩話』。

七　《詞選》小傳之誤

胡適之所輯之《詞選》，於各家詞前，均冠有小傳，内頗多考證。然於〈辛棄疾傳〉之末尾云：『侂胄生日，他有賀詞：「如今塞北。傳得真消息。赤地人間無一粒。更王〔一〕單于爭立。熊羆百萬堂堂。維師尚父鷹揚。看取黄金假鉞，歸來異姓真王。」』實誤，蓋此詞爲僞造。見《謝得枋集》，言《繫年要録》爲辛棄疾造韓侂胄詞。

八　朱淑貞〈生查子〉

朱淑貞之〈生查子〉〈元夜〉詞，有人辨析爲非朱作，因其内涉及男女之事。近人譚正璧則言確是朱詞，引朱詩〈元夜〉第三首『火燭銀花觸目紅，揭天鼓吹鬧春風』，與〈清平樂〉詞『惱烟撩露，留我須臾住』，乃〔二〕送別詩『風光緊急。三月俄三十』等詩證明。頗有見地。

上海《光華附中半月刊》一九三三年四月一〇日第八期

〔一〕王，《全宋詞》作『五』。

〔二〕乃，疑應作『及』。

櫻窗雜記

汪兆鏞

《櫻窗雜記》三則，載上海《詞學季刊》一九三三年八月第一卷第二號，署『汪兆鏞』。今據此本迻錄。原無序號、小標題，今酌加。

樱窗雜記目錄

椶窗雜記

一 《湘綺樓詞選》

《湘綺樓詞選》三卷，湘潭王壬秋闓運纂。於古人詞多所竄改。如歐陽永叔之『燕子飛來窺畫棟，玉鉤垂下簾旌』，改『窺』作『歸』，謂『垂簾矣，何得始窺』，不知垂簾，燕子正不得歸，必著一『窺』字；簟紋双枕，皆從『窺』字寫出，故妙。改作『歸』則涉呆相矣。周美成之『纖指破新橙』，謂『作指則全身不現』，改作『手』。破橙以『指』，『手』字不及『指』字妍細。康與之〔滿庭芳〕詞，「玉筍破橙桔香濃」，亦言指也。蘇子瞻之『不應有恨，何事長向別時圓』，謂『與下二有字犯』，改『有』作『惹』，不及『有恨』渾成。韓無咎之『惟有御溝聲斷，似知人嗚咽』，因複『聲』字，改『聲』作『流』。『流斷』二字生湊，且『流』音濁，亦未叶也。《吹劍錄》：『東坡「大江東去」詞，三江、三人、二國、二生、二故、二如、二千字，以東坡則可，他人固不可。然語意到處，他字不可代，雖重，無害也。今人看人文字，未論其大體如何，先且指點重字。』此論極是。《容齋隨筆》：『黃魯直手書東坡〔念奴嬌〕詞，「浪淘盡」爲「浪聲沉」。』《詞綜》謂：『他本「浪聲沈」作「浪淘盡」，與調未協。』張宗橚《詞林紀事》：『考譜，「浪淘盡」三字，平仄未嘗不協，覺「浪聲沈」更沈著。』張琦《續詞選》仍作『浪淘盡』。兩存其說，以質世之知音者。

二　便面書詞

余藏便面二葉：一爲北通州白季生觀察讓卿書詞，合巹之夕，鄉舉報捷。原注：嘉慶己卯，年十八，九月初六日完姻，初七日鄉試開榜，先一夕泥金報到，中第五名，時已夜分漏下三商矣。友人賀詞，調寄〔滿庭芳〕云：『試驗新程，乘龍佳話，二美君快遭逢。芹香桂馥，竝入雀屏中。好握江郎綵筆，玉臺畔、先畫眉峯。恰難得，定情詩就，名報榜花紅。　聯芳常棣秀，壎篪韻叶，琴瑟音同。菱花揭，鏡中人兆芙蓉。金榜洞房時夜，更高堂、晝錦增榮。門楣盛，狀元宰相，先占解頭公。』季生爲小山尚書鎔之子，與兄樸臣同時入泮，亦於是日贅姻。曾文正公克復金陵，季生集杜詩『天子預開麟閣待，相公新破蔡州回』二句作聯以賀，爲時傳誦。一爲番禺黃蓉石刑部玉階，爲漢軍徐鐵孫榮書詞賀其納姬日捷南宮。調寄〔菩薩蠻〕云：『渡江桃葉何須檝。入門一笑郎君捷。卻扇賦妝臺。泥金剛報來。　石湖能贈婢。韻事今誰比。忙殺有情儂。新詞付小紅。』鐵孫官杭嘉湖道。咸豐五年，禦賊安徽祁門，陣亡。妾伍在杭聞之，投繯殉焉。舊爲潘德畬仕成之青衣也。二者皆一時美談。

三　陳東塾集外詞

余刊陳東塾先生《憶江南館詞》時，憶及先生有『尋呼鸞道故址不得』一詞，而稿中無存。偶過冷攤，於故紙堆中，得先生手書此詞原稿，爲之狂喜。又在珠江上襟江閣，見壁懸爲鄭紀常書扇，『龍溪書院望羅溪山』詞，亦稿中未載，亟錄之而歸。翌日，閣燬於火矣。當將二闋，補栞集外詞。文字有靈，信哉。

上海《詞學季刊》一九三三年八月第一卷第二號

鄒嘯詞論

鄒嘯

《詞論》一一則，載上海《青年界》一九三四年六月第六卷第一號、九月第六卷第二號。第一號目錄總題『詞論』，因改題《鄒嘯詞論》。又，《青年界》一九三四年四月第五卷第四號有論温庭筠兩則，附録於前。原有小標題，無序號，今酌加。

鄒嘯詞論目錄

鄒嘯詞論

一　溫飛卿與柔卿

唐詩人溫飛卿，據説是薄於行，無檢幅的，大約是說他狎妓吧。〈偶遊〉云：『曲巷斜臨一水間，小門終日不開關。紅珠斗帳櫻桃熟，金尾屏風孔雀閒。雲髻幾迷芳草蝶，額黃無限夕陽山。與君便是鴛鴦侶，休向人間竟往還。』看此詩末結好之意，當爲妓女所作；即詩題『偶遊〔一〕』二字亦已透露消息。我疑心此詩或爲一妓名櫻桃者（或有『紅』字者）所作。〈贈知音〉云：『翠羽花冠碧樹雞，未明先向短牆啼。窗間謝女青蛾斂，門外蕭郎白馬嘶。星漢漸移庭竹影，露珠猶綴野花迷。景陽宮裹鐘初動，不語垂鞭上柳堤。』此詩或爲柔卿，他最愛的妓女所作。因末句有『柳』字。他的狎邪伴侶段成式嘲飛卿云：『曾見當壚一個人（此謂柔卿有才，猶云『謝女』），入時裝束好腰身。少年花蒂多芳思，只向詩中寫取眞（此云飛卿常詠之）。醉袂幾侵魚子纈，飄纓長罥鳳凰釵（飛卿有〈瑟瑟釵〉，或爲柔卿詠）。知君欲作〈閒情賦〉，應願將身作錦鞵。翠蝶（飛卿多

〔一〕偶遊，原作『偶然』，據上文改。

詠蝶，或爲此。《雪浪齋日記》云：『溫庭筠小詩尤工。如：牆高蝶過遲。又：蝶翎胡粉重。』）密偎金匕首，青蟲危泊玉釵梁。愁生半額不開靨，只爲多情閣扇郎（此時柔卿未脱籍，故愁容不展）。』接着就説，『柳烟梅雪隱青樓』，就是明指妓女柔卿了。及柔卿脱籍，成式又有詩〈柔卿解籍戲呈飛卿〉三首，所謂『長擔犢車初入門』，大約是指他們倆同居了。而飛卿答第一次詩的〈答段柯古見嘲〉却云：『尾生橋下未爲癡，暮雨朝雲世間少』，足見他對於柔卿是與普通妓女不同，而是尊重她，以她爲戀愛對象的。

二　溫飛卿與魚玄機

溫飛卿常與女道士魚玄機酬唱。魚玄機集中寄飛卿有云：『嵇君[一]嬾書扎，底物慰秋情。』但飛卿集中找不到題作贈魚玄機的，惟贈李羽士的甚多，魚本爲李億妾，愛衰，從冠帔於咸宜觀，後以笞殺女童綠翹，爲京兆尹溫嶂所戮。或者這李羽士就是李魚氏吧（溫有詩〈送李億東歸〉，與李且爲相識或友人）。〈題李處士幽居〉有『水玉簪頭』、『紅薇』等辭。〈李羽處士寄新醖走筆戲酬〉有云：『所恨玳筵紅燭夜，草玄寥落近迴塘。』玄機死後，飛卿尤致哀悼。〈李羽處士故里〉云：『愁腸斷處春何限，病眼開時月正圓。花若有情還悵望，水應無事莫潺湲。終知此恨銷難盡，辜負《南華》第一篇。』〈經李徵君故居〉云：『芳筵想像情難盡，故榭荒涼路已迷。惆悵羸驂往來慣，每經門巷亦長嘶。』〈經李處士杜城別業〉云：『不閑雲雨夢，猶欲過高唐。』〈登李羽士東樓〉

[一] 嵇君，原作『嵇』，據《全唐詩》卷八〇四補。

云：『高樓本危睇，涼月更傷心。此意竟難折，伊人成古今。流塵其可欲，非復嬾鳴琴。』末句大約飛卿想到『嵇君嬾書扎』這句話了吧。

上海《青年界》一九三四年四月第五卷第四號

三　論詞亦有泛聲

不僅歌詩有泛聲，詞也是有泛聲的。胡元任的《苕溪漁隱詩話》說：『唐初歌詞多是五言詩或七言詩，初無長短句。自中葉以後，至五代漸變成長短句。……〔小秦王〕是七言八句，……必須雜以虛聲，乃可歌耳。』鄒祗謨《詞衷》說：『有二句合作一句，一句分作兩句者。字數不差，妙在歌者，上下縱橫所協。』唐詩入樂，可有『泛聲』、『和聲』、『散聲』或『虛聲』，這是不錯的。不過說後人爲要保存那些泛聲，便連原有的有字之音和無字之音一概塡以實字，形成了現在的長短句，這却未必盡然。最早的趙崇祚詞的選集《花間集》約七十五調，其中倒有二十六調是有異式的，有異式卽有泛聲。這二十六調是：

歸國遙　酒泉子　南歌子　玉蝴蝶　訴衷情　思帝鄉　河傳　荷葉盃　應天長　望遠行　江城子　上行盃　木蘭花　感恩多　西溪子　臨江仙　生查子　滿宮花　中興樂　紗窗恨　河滿子　南鄉子　獻衷心　山花子　春光好　後庭花

爲避免煩瑣起見，只舉最繁複的〔河傳〕爲例。〔河傳〕凡十九體。歸納起來，〔河傳〕至少該有七十一音，或在這個數目以上；普通最少的五十一字調（如張泌），便已有了二十個泛聲；最多的六十一字調（如秦觀），也有十個泛聲——可見長短句也不曾『逐一聲添個實字』。

時人詞論，每謂『和歌』即『泛聲』，並舉皇甫松、孫光憲的〔竹枝〕每句插入『竹枝』與『女兒』，顧敻的〔荷葉杯〕於每詞之末都用『知摩知』、『愁摩愁』之類爲例。其實這二者是絶對不同的：『泛聲』意謂有音而無字，『和歌』意謂有字而重疊，不能混爲一談。

四　論秦觀詞之感傷

秦觀（一〇四九—一一〇〇），字少游，揚州人。他的詞多傷感，每每説到斜陽：『回首斜陽暮。』（〔點絳唇〕）『雨餘芳草斜陽。』（〔畫堂春〕）『綠荷多少斜陽中。』（〔虞美人〕）『可堪孤館閉春寒，杜鵑聲裏斜陽暮。』（〔踏莎行〕）『過盡斜陽院，落紅成陣，飛鴛甃。』（〔水龍吟〕）『更春共斜陽俱老。』（〔迎春樂〕）此外如『夕陽』（〔如夢令〕、〔虞美人〕），『殘陽』（〔如夢令〕），『日斜』（〔昭君怨〕），『紅日又西斜』（〔浣溪紗〕）。他又多用『愁』字押韻脚：『無邊絲雨細如愁。』（〔浣溪紗〕）『過盡飛鴻字字愁。』（〔減字木蘭花〕）『鴛鴦驚起不無愁。』（〔虞美人〕）『便做春江都是淚，流不盡，許多愁。』（〔江城子〕）『江南遠人，何處鷓鴣、啼破春愁。』（〔夢揚州〕）『相望幾許凝愁。』（〔長相思〕）『茂草荒臺，苧蘿村冷起閒愁。』（〔望海潮〕）『生怕人愁。』（〔風流子〕）

五　論《花間集》不僅濃麗一體

王士正的《花草蒙拾》説：『《花間》字法，最著意設色。異紋細艷，非後人纂組所及。』鄒祇謨的《遠志齋詞衷》説：『《花間》……如古錦紋理，自有黯然異色。』《花間》著色濃重，香艷富麗，這話是不錯的，尤其是溫庭筠的詞；若連例外看來，實不僅富麗一體。沈雄的《柳塘詞話》便說：尹鶚〔杏園芳〕第二句『教人見了關情』，末句『何時休遣夢相縈』，遂開柳屯田俳調。再檢〔臨江仙〕云：『西窗鄉夢等閒成[一]。逡巡覺後[二]，特地恨難平。』又：『昔年於此伴蕭娘。相偎佇立，牽惹敘衷腸。』流遞於後，令作者不能爲懷，豈必曰《花間》、《尊前》，句皆婉麗也。除了感傷的以外，還有像高岑邊塞詩的，如毛文錫的〔甘州遍〕云：『秋風緊，平磧雁行低。陣雲齊。蕭蕭颯颯，邊聲四起，愁聞戍角與征鼙。青塚北，黑山西。　沙飛聚散無定，往往路人迷。鐵衣冷，戰馬血沾蹄。破蕃奚[三]。鳳皇詔下，步步躡丹梯。』孫光憲的〔酒泉子〕云：『空磧無邊，萬里陽關道路。馬蕭蕭，人去去。隴雲愁。　香貂舊製戎衣窄。胡霜千里白。綺羅心魂夢隔。上高樓。』同人〔定西番〕云：『雞祿山前遊騎。邊草白，朔天明。馬蹄輕。　鵲面弓離短韔，彎來月欲成。一隻[四]鳴髇雲外，曉鴻驚。』或云蘇辛爲變調，今得此三章，或者可以說是蘇辛的先導了吧。《花間》也有豪放的詞，或者蘇派不再爲人譏議了吧。還有像王孟田園詩的，如李珣〔漁歌子〕：『楚山青，湘水淥。春風澹蕩看不足。草芊芊，花簇簇。漁艇棹歌相續。　信浮沉，無管束。釣迴乘月歸灣曲。酒盈罇，雲滿屋。不見人間榮辱。』（下三闋從略）同人的〔南鄉子〕云：『雲帶

[一]『西窗』句，原作『西富鄉夢等閒成』，據《全唐五代詞》改。
[二]逡巡覺後，原作『後巡覺後』，據《全唐五代詞》改。
[三]破蕃奚，原作『破蕃溪』，據《全唐五代詞》改。
[四]一隻，《全唐五代詞》作『一雙』。

雨，浪迎風。釣翁廻棹碧灣中。春酒香熟鱸魚美。誰同醉。纜却扁舟蓬底睡。』這大約是張志和等〔漁歌子〕的後繼，並且是朱敦儒《樵歌》的先導吧。

六　論《花間集》確有五百首

晚唐五代的詞，現存者有《花間》、《尊前》二集。《花間集》爲後蜀趙崇祚編。歐陽炯〈序〉云：『詩客曲子詞五百首，分爲十卷。』若據其目次所標，實僅四百九十八首，劉毓盤等均不及詳察，據以實錄。倘仔細校勘起來，我們便可發現卷四牛嶠實爲二十七首，不應作二十六首。這樣，加上張泌的二十三首，方能湊足五十首；因之，加上卷三的〔柳枝〕五首，牛嶠實應書作三十二首。又，卷三韋莊二十五首，亦應改作二十六首。此外，卷二皇甫松〔採蓮子〕應作二首，亦誤作一首；卷八孫光憲的〔竹枝〕亦應作二首，誤作一首。證之萬樹[一]《詞律全書》[二]，確應分一爲二；這樣一改動，卷二和卷八原作四十九首的，現在均作五十首，極爲整齊。除了卷九只有四十九首，卷六有五十一首，餘均五十首，總數恰好五百首，如〈序〉所云。

七　姜夔自度曲及其摹擬者

姜夔的自度曲，後來的詞人多譜之，略如下表：C

〔一〕萬樹，原作『萬澍』。

〔二〕詞律全書，疑當作『詞律』。

	王沂孫	張炎	周密	陳允平
長亭怨慢		2		
澹黃柳	1	1		
暗香		2		1
疏影	1	3	1	1
暗紅衣		1		
徵招		2	1	
淒涼犯		2		
湘月				

八　姜白石詞的風度

姜夔（一一五五？—一二三五？），字堯章，鄱陽人，張炎評他的詞道：『姜白石如野雲孤飛，去留無跡……讀之使人神觀飛越。』（《詞源》）王國維説：『古今詞人，格調之高，無如白石。』（《人間詞話》）是的，我們閉了眼睛，都彷彿看見了一個戴華陽巾，持羽扇，著鶴氅的道人。我們且看他的自畫像吧。〔驀山溪〕云：『與鷗爲客，綠野留吟屐。』〔鶯聲繞紅樓〕云：『長笛爲予吹。』〔阮郎歸〕云：『月中雙槳歸。』又云：『夜涼笙鶴期。』〔慶宮春〕云：『雙槳蓴波，一蓑松雨，暮愁漸滿空闊。呼我盟鷗，翩翩欲下，背人還過木末。……垂虹西望，飄然引去，此興平生難遏。』〔念奴嬌〕云：『冷香飛上詩句。』〔翠樓吟〕云：『此地宜有詞仙，擁素雲黄鶴。』〔湘月〕云：『暝入西山，漸喚我、一葉夷猶乘興。』〔漢宮春〕云：『有倦客扁舟夜泛，猶疑水鳥相呼。』這沿着長江和太湖漂泊的詩人，就只這些詞句，已經能使我們跟他成爲熟稔的朋友了。

九　論辛棄疾之崇拜陶潛

辛棄疾崇拜陶潛，大約是他晚年纔如此的，所以〔水龍吟〕説：『老來曾識淵明。』他的詞中題到[一]陶潛的極多：『五柳笑人』（〔哨遍〕），『看淵明風流』、『笑淵明缾中儲粟，有無能幾』、『淵明重九』（〔賀新郎〕），『斜川好景，不負淵明』、『淵明謾爱重九』、『愛酒陶元亮』、『我愧淵明久矣』、『淵明最愛菊』（〔水調歌頭〕），『種柳已成陶令宅』（〔滿江紅〕），『歲晚淵明歸來未』（〔西河〕），『東籬多種菊，待學淵明』（〔洞仙歌〕），『陶縣令，是吾師』（〔最高樓〕），『笑淵明空撫餘徽』（〔新荷葉〕），『細和陶詩』（〔婆羅門引〕），『試尋殘菊處，中路候淵明』（〔臨江仙〕），『千古黄花，自有淵明比』（〔蝶戀花〕），『淵明把菊對秋風』（〔鷓鴣天〕），『暮年不賦短長詞。和得淵明數首詩』（〔瑞鷓鴣〕），『赴陶元亮菊花期』、『自有陶潛方有菊』（〔浣溪沙〕），『松菊陶潛宅』（〔生查子〕），不及備舉。

[一] 題到，疑當作『提到』。

一〇　溫飛卿詞的用字

溫氏的詞，幾乎一看就可以知道，因爲他愛用富麗的字面。所以王士正的《花草蒙拾》說：『「蟬鬢美人愁絶」，果是妙語。飛卿〔更漏子〕、〔河瀆神〕，凡兩見之。李空同所謂「自家物終久還來」耶。』

溫氏最愛用的字如『金』、『鴛鴦』、『鷓鴣』、『鳳』、『蝶』、『翠』、『鈿』、『釵』等形容女子裝飾和用品的最多，而這些帶『鳥』字旁或『金』字旁的字，特别筆畫多，並且字形美麗，使讀者很神秘的發生富麗之感。隨便統計一下，『金』字凡二十四見，『鴛鴦』凡四見，『鷓鴣』凡二見，『鳳』字凡九見，『蝶』字凡三見，『翠』字凡十三見，『鈿』字凡三見，『釵』字凡六見。此外如『屏』、『畫』、『繡』、『鶯』、『玉』、『風』、『月』、『杏』、『柳』、『雁』等字，也用得極多，不過不十分能够引起富麗的感覺而已。無怪乎王國維要説『「畫屏金鷓鴣」，飛卿語也，其詞品似之』了。《中國詩史》也說：『溫庭筠的詞，有好多首都是依仗這些「錦」、「繡」、「金」、「玉」等富麗的字面湊成功的。』現在再舉兩首具體的例。〔菩薩蠻〕云：『小山重疊金明滅。鬢雲欲度香顋雪。懶起畫娥眉。弄妝[一]梳洗遲。　照花前後鏡。花面交相映。新帖繡羅襦。雙雙金鷓鴣。』〔南歌子〕云：『手裏金鸚鵡，胸前繡鳳凰。偷眼暗形相。不如從嫁與，作鴛鴦。』

〔一〕弄妝，原作『弄裝』，據《全唐五代詞》改。

一一　韋馮詞相似之點

韋莊	馮延巳
住在綠槐陰裏，門臨春水橋邊。	家住柳陰中，畫橋東復東。
笑呵呵。長笑人生能幾何。（〔天仙子〕）遇酒[一]且呵呵，人生能幾何。（〔菩薩蠻〕）	相逢攜酒且高歌。人生得幾何。（〔喜遷鶯〕）
門外馬嘶郎欲別。（〔清平樂〕）人欲別，馬頻嘶。（〔望遠行〕）	寶馬嘶空無跡。（〔謁金門〕）行人去路迷。何時聞馬嘶。（〔阮郎歸〕）
暗想玉容何所似，一枝春雪凍梅花。（〔浣溪紗〕）	欹枕殘妝，一朵臥枝花。（〔相見歡〕）

[一] 遇酒，原作「過酒」，據《全唐五代詞》改。

> 未老莫還鄉。還鄉須斷腸。（〔菩薩蠻〕）
> 此度見花枝。白頭誓不歸。（仝上）
> 妾擬將身嫁與，縱被無情棄，不能休。（〔思帝鄉〕）
>
> 醉裏不辭金爵滿。〔陽關〕一曲腸千斷。（〔蝶戀花〕）
> 日日花前當病酒。不辭鏡裏朱顏瘦。（同上）
> 起舞不辭無氣力。君吹玉笛。

一二　姜白石詞編年

南宋姜夔的詞每綴小序，因之我們可以替他的詞約略編年：

一一七六　〔揚州慢〕　〔月下笛〕『揚州夢覺』

一一八六　〔一萼紅〕　〔清波引〕〈揭來湘浦，……步繞園梅〉　〔小重山〕〈賦潭州紅梅〉　〔霓裳中序第一〕　〔虞美人〕二首（詞中所云紫蓋峯，在衡山）　〔湘月〕　〔念奴嬌〕『楚山修竹』　〔八歸〕〈湘中送胡德華〉　〔浣溪沙〕　〔翠樓吟〕　〔探春慢〕

一一八七　〔踏莎行〕　〔杏花天影〕　〔訴衷情〕（合路作，此路通吳江、松江）　〔惜紅衣〕　〔點絳唇〕

一一八八　〔眉嫵〕

一一八九　〔夜行船〕　〔浣溪沙〕　〔琵琶仙〕　〔鷓鴣天〕

一一九一　〔浣溪沙〕〈辛亥〉　〔點絳唇〕『淮南好』　〔解連環〕（陳思謂，詞中大喬小喬，卽指合肥的戀人）　〔長亭怨慢〕『韋郎去也』　〔滿江紅〕　〔澹黃柳〕　〔醉吟商小

品〕〔喜遷鶯慢〕〔側犯〕『甚春却向揚州住』〔秋宵吟〕〔淒涼犯〕〔摸魚兒〕〔玉梅令〕〔暗香〕〔疏影〕〔石湖仙〕

一一九三〔水龍吟〕〔徵招〕〔玲瓏四犯〕

一一九四〔鶯聲繞紅樓〕〔角招〕〔念奴嬌〕『揭來吳興』

一一九五〔鷓鴣天〕〔憶王孫〕〈鄱陽〉

一一九六〔阮郎歸〕二首〔齊天樂〕〔少年遊〕〔慶宮春〕〔江梅引〕〔鬲溪梅令〕[一]〔浣沙溪〕〈丙辰〉二首

一一九七〔鷓鴣天〕五首〔法曲獻仙音〕『湖山』、『逋仙』

一二〇二〔驀山溪〕（有·者已見《年譜》，有△者爲《年譜》所遺）

以上詞三卷，編訂於一二〇二。別集十八首中，〔漢宮春〕二首次韻[二]稼軒會稽所作詞；稼軒在一一九八年起知紹興兼浙江安撫使，這兩首詞當在此年以後作，正集不收，或者這兩首詞是在一二〇三年寫的吧。〔永遇樂〕[三]次韻稼軒京口所作詞；稼軒一二〇四年知鎮江，一二〇五年卽罷，白石的詞當在一二〇四、五年以後作，〔洞仙歌〕或亦此時作。〔小重山令〕『都下』，〔念奴嬌〕『孤山』，〔卜算子〕八首（『馬城』、『孤山』）均在杭州作，白石卒於杭州西馬塍，這十首詞大約

[一] 鬲溪梅令，原作『鬲梅溪令』，據《全宋詞》乙。

[二] 次韻，原作『次韶』。下一『次韻』同。

[三] 永遇樂，原作『永過樂』。

都是晚年的作品了。〈虞美人〉與〈水調歌頭〉均在處州作。〈虞美人〉〈序〉云：『風景似越之蓬萊閣。』也許這兩首詞是他從紹興到處州時一二〇四年所作。〈驀山溪〉〈詠柳〉和〈永遇樂〉，均不可考。

上海《青年界》一九三四年六月第六卷第一號

一三　論晏殊詞之庸俗

晏殊（九九一—一〇五五），字同叔，撫州臨川人，歷仕真宗、仁宗二朝，享盡榮華富貴，因此所寫的詞也就充滿了俗氣。賞花的時候，『珍叢』也會『化出黃金盞』（〈菩薩蠻〉）的。〈訴衷情〉更曾兩次提起『金菊』。大約他家裏所養的家妓侍女極多，所以能夠極盡管絃之樂。每有新歌，即命唱奏。〈玉樓春〉云：『紅衫侍女頻傾酒。』〈燕歸梁〉云：『雲衫侍女，頻傾壽酒，加意動笙簧。』像他這樣的環境，當然希望多享幾年庸福，故〈訴衷情〉云：『富貴長年。』望仙門云：『爲壽百千長。』〈燕歸梁〉云：『蟠桃花發一千年。祝長壽，比神仙。』〈少年遊〉云：『家人拜上千春壽。』又云：『爲壽百千春。』〈玉樓春〉云：『拜向月宮千歲壽。』〈蝶戀花〉云：『南春祝壽千千歲。』〈漁家傲〉云：『當筵祝我[一]千長壽。』〈殢人嬌〉云：『同祝壽期無限。』〈連理枝〉云：『獻金杯、重疊祝長生。』〈長生樂〉云：『盡祝富貴又長年。』〈拂霓裳〉云：『願百千爲壽獻瑤觥。』可是，據《道山清話》所說：『令侍兒出侑觴，……其後王夫人浸不能容。』想來因此遺散

[一] 祝我，《全宋詞》作『勸我』。

了侍兒不少，所以張先的〔碧牡丹〕題作『晏同叔出姬』，而他自己的〔玉樓春〕前六闋大約也是爲此而發的吧：『細算浮生千萬緒，……挽斷[一]羅衣留不住。』『當時共我賞花人，點檢如今無一半。』『朝雲聚散眞無那。』倘若要我舉薦晏殊的詞，我不想稱讚他的名句『無可奈何花落去，似曾相識燕歸來』（〔浣溪沙〕），寧願推舉這六闋〔玉樓春〕。

上海《青年界》一九三四年九月第六卷第二號

〔一〕挽斷，原作『挽投』，據《全宋詞》改。

西谿詞話

星舫

《西谿詞話》若干則，今見二一則，載汕頭海濱師範學校出版部《海濱月刊》一九三四年四月一五日第三期，題『西谿詞話』；一二月一五日第五期，題『西谿詞話四編』；漳州《福建省立龍溪中學師範校刊》一九三四年四月一五日第一卷第一期，目錄題『西谿詞話〔一〕三篇』，正文題『西谿詞話續篇』；漳州龍溪中學出版委員會《龍中導報》一九三七年三月一日第一卷第八期，題『西溪詞話（一）』；均署『星舫』。又《今人詞話》若干則，今見一則，載漳州《南方》一九三五年九月八日第二卷第一期，題『今人詞話（續二）』，署『星舫』；另《雙影室隨筆》，載漳州《福建省立龍溪中學師範校刊》一九三四年四月三〇日第一卷第二期，署『星舫』，今輯其涉及詞學者，亦附錄於後。原無序號、小標題，今酌加。

〔一〕話，原作『語』。

西谿詞話目錄

西谿詞話

一　杯酒間聞見

余向編詞話，以校勘爲多，間及評語，唯於朋〔一〕輩詞，未曾〔二〕提及。雨窗無俚，檢點破篋〔三〕，擇尤紀之。非云『標榜』，聊志友生交誼及一時杯酒間聞見云爾。

二　白話入詞

詞傭〔撥香灰〕：『香沈睡鴨黄昏後。吹客夢、西風還又。把定心兒不想伊，怎抛却、愁時候。桃花人面都依舊。恨只恨、自尋僝僽。眠食因卿不準時，何須待、秋來瘦。』善以白話入詞。

〔一〕朋，原作『明』，據《福建省立龍溪中學師範校刊》第一卷第一期改。
〔二〕曾，原作『會』，據《福建省立龍溪中學師範校刊》第一卷第一期改。
〔三〕篋，原作『麓』。

三　棲霞〔綺羅香〕

棲霞自謂其作品，『風雲氣多，兒女情少』。然其〔綺羅香〕云：『縱不傷春，何堪恨別，生怕愁如烟縷。怯數歸期，也只爲關山阻。立盡了、多少黄昏，但滿目、亂紅飛絮。漸天涯、芳艸萋萋，美人消息又遲暮。　樓頭新月媚嫵。猶戀蘭閨倦去。漫貪延佇。曲巷廻[一]廊，都是斷人腸處。夢裏釵鈿諦難眞，無情最是瀟瀟雨。正疑芳貌尚依稀，復相思幾許。』風流狎昵，柔清[二]一縷，能令讀者銷魂意盡[三]，所謂才人之筆，信乎不可測度。

汕頭《海濱月刊》一九三四年四月一五日第三期，題『西谿詞話』

四　朋輩詞

朋輩詞中，顔影多言情之作，癸師所謂『抒情伊鬱，得南唐二主及易安居士之神者』也。然其〔秋宵吟〕〔哀東三省〕則憤慨中饒健舉之氣。詞云：『何辜東省萬户，憑漲滔天禍水。驚風發，引畫角天狼，珠彈轟起。奪奉城，陷遼吉，火龍金蛇東指。回眸處，剩破屋鱗鱗，亂屍千里。淚眼樓頭，正故國晚秋天氣。煑豆燃萁，海外鯨牙，怒濤疊愁緒，同胞清醒未。忍看榻旁他族鼾睡。執横

[一] 廻，原作『廸』，據《福建省立龍溪中學師範校刊》第一卷第一期改。
[二] 清，或當作『情』。
[三] 銷魂意盡，或當作『魂銷意盡』。

磨，敵愾同仇，今日何日，恨未已。』

五　懺因詞

懺因詞多憂時念亂、感事懷人之作，其〔湘春夜月〕〈贈北平梁慧清張炳平畫家〉云：『又匆匆，扁舟小繫河橋。歲晚浪迹天南，愁聽鷺門潮。作客逢君閩嶠。值千家劫燹，野哭悽嘹。望燕雲千疊，鄉思萬丈，嗚咽寒刁。　漁樵不見，桃源路杳，樂國偏遥。等是有愁難遣，待流民繪就，與寫〈離騷〉。江山非舊，願吾儕、起舞中宵。今而後，拾滄洲畫稿，換他馬革，誓掃金遼。』又〔鳳凰台上憶吹簫〕〈有悼〉，誠情文兼茂之什也。詞云：『墮地花魂，飄流何去，一春恨事悠悠。算塵緣今謝，劫局全收。紅粉每招天妬，最憐是質慧情柔。空剩下，鸞牋翠帕，過眼生愁。　休休。前塵莫問，歎母命媒言，錯飲酖謀。問夜台况味，頗稍甜不。形影時依旅夢，南歸惆悵弔蓬丘。傷情處，鶯聲瀝瀝，悄倚樓頭。』

六　沈祖牟詞

夏間訪舊集美，半崖謂余：『早來則佳，瑋德方歸不久也。』蓋渠亦嗜填詞，惜當時未曾拜讀其大作耳。回漳時，翁君乃以沈祖牟詞二闋見示。沈，閩縣人，與〔二〕瑋德友好，亦新詩人也。詞婉聲纏綿，亦何愧作者。〔洞仙歌〕〈寄人雙紅豆〉：『櫻桃紅乍綻，待粧成猶妬。燈下臨封又重數。把纏

〔二〕與，原作『興』。

綿意緒、染付春紅，忙寄與，只恐相思無據。幾枝勤采擷，南國輕狂，惆悵青衫誤塵土。何日説歸期，婉轉柔腸，柔欲斷〔一〕、可憐兒女。念剗〔二〕地、風霜峭寒天，倩兩小心魂、伴君朝暮。』

七　棲霞〔金縷曲〕

棲霞〔金縷曲〕：『誤我儒冠耳。更休提、詩書世業，舊家門第。三十年來塵土夢，回首都無快意。任落拓，罕逢知己。綠柳婆娑春未老，儘傷心、洒蓋漢南淚。多少恨，隨流水。　丈夫未肯隨人醉。一教余、窮途潦倒，命將才忌。事業早抛雲水外，雲水流連足矣。縱老去、悲傷堪悔。但得陶情尋樂趣，問浮名、何必丹青裹。身世事，從頭記。』陳鐵光謂其『得飲水之鬱……』，殊無間然。

八　盧冀野〔齊天樂〕

盧冀野〔齊天樂〕：『平生心事憑誰説，青衫淚痕多少。走馬求名，挑燈訴怨，如此勞人草草。孤雲自好。只雨袖風懷，一囊詩料。奄忽春光，依稀歡意怕人曉。　滄桑彈指閲遍，認兒時、巷陌遊屐猶到。雨冷江城，雲迷驛路，懶向長安西笑。黄鸝正悄。有千百橋西，一聲聲早。未白秦郎，可憐春夢老。』江南才子，詞筆自是不凡。以棲霞作較之，風格機軸，亦虎賁之似〔三〕中郎耳。然冀野輩

〔一〕柔欲斷，原作『柔欲斷』，據俞友清《紅豆詩話》改。

〔二〕剗，原作『刬』。

〔三〕虎賁之似，原作『虎之賁似』。

聲藝苑，藉甚當時，棲霞則困厄南荒，餓軀謀食，落拓之狀，不下於余。固有幸有不幸耶。

九　溫伯夏〔滿江紅〕

廈埠自民十六年開闢馬路，於是昔所稱爲『天險』之鎮南關，亦夷爲平坦之馬路矣。友人溫伯夏〔滿江紅〕〈過鎮南關見施琅紀功坊已毁感賦〉詞云：『回首當年，鴻山上、紀功坊屹。歎彈指、桑田滄海，而今淪滅。鞭石破山通孔道，果然人力天工奪。只去年、此日鎮南關，風光别。繩百尺，坊傾折。既必毁，胡爲設。又平台勳業，早成枯骨。煑豆燃萁何太急，貳臣自古無高節。笑願爲、功狗願爲鷹，功名切。』

一〇　周姜一派

癸師謂余與笠山詞，俱與周、姜爲近。余固酷愛碧山者。笠山前作，確是周、姜一派，近作則沈鬱峭拔，進乎夢窗矣。〔華胥行〕〈歸杭用清眞韻〉：『飛鳶堞毁，化鶴人歸，渡横舟葉。矮屋臨江，修蘆旁水爭鯉喋。怕聽吹角巖城，送午風悲軋。寥落河山，幾經離亂心怯。　訪舊翻驚，數鬼籙，鬢華慵鑷。酒痕和淚，青衫休輕檢閱。自笑飄零湖海，賸詩箋行篋。鄉關何處，愁雲惆悵千疊。』

汕頭《海濱月刊》一九三四年一二月一五日第五期，題『西谿詞話四編』

一一　杯酒聞見[一]

余向編詞話，以校勘爲多，間及評語[二]，唯朋輩詞，未曾提及。雨窗無俚，檢點破篋[三]，擇尤紀之。非云『標榜』，聊志友生交誼，及一時杯酒聞見云爾。

一二　白話入詞

詞傭〔撥香灰〕：『香沈睡鴨黄昏後。吹客夢、西風還又。把定心兒不想伊，怎抛却、愁時候[四]。　桃花人面都依舊。恨只恨、自尋僝僽。眠食因卿不準時，何須待、秋來瘦。』善以白話入詞。

一三　棲霞〔綺羅香〕

棲霞自謂其作品，『風雲氣多，兒女情少』。然其〔綺羅香〕云：『縱不傷春，何堪恨别，生怕

[一]　以下三則，與《海濱》第三期所載略同。照録以保持原貌。
[二]　評語，原作『評泊』，據《海濱》第三期改。
[三]　篋，原作『麓』。
[四]　時候，原作『候時』，據《海濱》第三期乙。

愁如烟縷。怯數歸期，也只爲關山阻。立盡了、多少[二]黄昏，但滿目、亂紅飛絮。漸天涯、芳艸萋萋，美人消息又遲暮。　樓頭新月媚嫵，猶戀蘭閨倦去。漫貪延佇。曲巷迴廊，都是斷人腸處。夢裏釵鈿諦難眞，無情最是瀟瀟雨。正疑芳貌尚依稀，復相思幾許。』風流狎昵，柔清[三]一縷，能令讀者銷魂意盡[三]，所謂才人[四]之筆，信乎不可測度。

一四　和《小山詞》

余學詩始於民七，慫恿者爲同里谷懷夫子，而獲益於延平范秋帆夫子爲多。學詞始於民八，陳敬恆先生引其端，爾後既無良師指導，唯是閉户造車，花辰月夕，風雨懷人，輒手一編，藉以遣興而已。十六年癸師來廈，乃以所學，時就問難，始恍然於學詞須從校勘入手。乃着手校美成、夢窗……諸名家詞集。於是購『詞』，校『詞』，讀『詞』，塡『詞』遂爲余之癖嗜。雲郎初學爲詩，含思悽惋，時病婉弱。既而學詞，出筆便雋，時相倡和，於是而映雪樓之一燈雙影室中，記燭傳牋，拈鬮分韻，遂平添一段韻事矣。余與雲郎初約聯句和《小山》全集，惜以事牽，僅成四十餘闋而已，錄八闋於此：

〔二〕多少，原作『外少』，據《海濱》第三期改。

〔三〕清，或當作『情』。

〔三〕銷魂意盡，或當作『魂銷意盡』。

〔四〕才人，原作『人才』，據《海濱》第三期乙。

〔玉樓春〕：『惱人緒緒斜陽暮。葉落梧桐深閉户。一秋情味感華年，五夜夢魂迷斷絮。　當時勞燕分飛處。柳外馬嘶人别去。一聲彈指淚如絲，回首霸橋東畔路。』前調：『峨眉勝雪嚬秋暮。懶撥檀槽聲不住。兩行紅淚溼羅巾，一曲行雲忘去路。　當初悔却多情遇。好夢暗隨流水去。銷魂閒與説相思，畢竟相思無着處。』〔蝶戀花〕：『醉倚危欄頻悵望。時節落花，聽徹〔陽關〕唱。舊夢新歡餘一晌。錦麟[一]空寄湘江浪。　記得梅黄春水漲。一點靈犀，脈脈深相向。擬託琴心挑座上。多情總似無情樣。』〔錦田樂〕：『莫把飛鴻數。點點是，惱人愁緒。乍看金英吐。遣愁更把盞，籬下長住。怕只黄花又殘去。　空階蛩亂語。問作客年年，人無恙否。海盟山誓，記得燈前語。而今只落得，月明歌處。飄泊天涯飛絮。』〔蜨戀花〕：『黄菊開時秋意晚。送酒人來，斂豔金巵淺。屈指歸期期更遠。西窗一夜銀蟾。　自是多情腸易斷。不信多情，却道情人短。一倏因風葉紅亂。經秋顦顇朱顔換。』〔玉樓春〕：『風雲變幻終難計。金粉繁華歌舞地。樓臺搖影似當年，今日逢□須著意。　旁人那識傷心事。枉費登臨多少淚。六街燈火照儂歸，看盡魚龍終日醉。』〔醉落魄〕：『一彎眉月。離筵聽唱連霄徹。節近黄花歸思切。臨水登山，惆悵經年别。　湖樓影事成春雪。金釵鈿合都消歇。綠陰青子重攀折。十載樊川，待與何人説。』〔六么令〕：『數根楓樹，時見鴉棲息。淒涼板橋流水，殘照暮煙碧。又是欄杆倚徧，此恨無端的。舞茵歌席。重來雀護，爲問湖樓舊時客。　還見梧桐蟋蟀，遶砌黄花折。落葉堆滿西園，更有誰堪摘。顯遲暮闌成倦旅，怕聽江關笛。一秋岑寂。鱸魚漫好，故里西風倍思憶。』

〔一〕錦麟，疑當作『錦鱗』。

一五　滌心有二晏風致

『舊情細憶去，容我醉時眠。』滌心〔臨江仙〕歇拍句也。殊有二晏風致。

一六　一燈雙影室

『同伴青燈雙影瘦，獨聽細雨一簾寒』，雲郎〈和中主詞〉句，『一燈雙影室』之名由此起。

一七　〔祝英台近〕〈咏玫瑰〉

青萍自謂花中最愛玫瑰，其〔祝英台近〕〈咏玫瑰〉云：『乳鴉啼，寒食近，隄柳暗飄絮。天也傷春，幾日絲絲雨。玫瑰點點嫣紅，嬌着牆裏，新枝嫩綠芳初吐。　吐芳處。未忍攀折恣人，生針自家護。含笑迎風，葳蕤渾無緒。累黃鸝愛情深，依依難去。却不敢，向枝頭住。』

一八　鍊字之妙

青萍〔歸自謠〕〈代柬〉寄余云：『燈火綠。燈下有、人兒幽獨。一簾疏雨風扶竹。　雁書幾次無回復。難猜卜。三更愁聚淒涼屋。』『扶』字、『聚』字，頗得鍊字之妙。

一九　青萍直入北宋之室

青萍詞弟，始從余學於漳華英學校，爲詩有思致，其後余負笈鷺門，青萍旋亦輟學。溷跡市廛，鬱鬱不樂。蓋渠性嗜學，尤酷嗜文藝，從商非其志也。然其自修甚勤，中西文具有長足之進境。嘗以〔滿江紅〕〈晚眺〉詞寄余：『遠浦歸帆，斜陽外、黛山重疊。黛山下，驚濤澎湃，浪花凝雪。風斷炊煙人靜悄，倦飛宿鳥悲時節。看沙鷗、數點高下飛，江天闊。　西塞草，東山月。極目處，空愁絶。念鳴蟬初過，荻蘆爭發。留戀中，繁華社會，曾籌歸計何時決。對暮霞、無語滿江紅，潮聲咽。』一氣渾成，直入北宋之室。

二〇　風格獨絶

師彦詞棣，余來漳任丹霞講席時所認識同學也。文詩具悱惻纏綿，芬芳竟體。曾有〔踏莎行〕詞登載某報云：『淒霧迷窗，淡煙籠柳。征衣舊漬都因酒。當時不合種相思，海棠秋雨黄昏後。　花祝長生，更嫌漏久。懨懨睡起頻低首。嫣然無語憶郎歸，白綾衫子剛新鈕。』風格獨絶。

漳州《福建省立龍溪中學校刊》一九三四年四月一五日第一卷第一期，題『西谿詞話續篇』

二一　任中敏〔滿江紅〕

〔滿江紅〕調，音節最爲高亢，宜於抒寫激昂慷慨之情緒。岳武穆詞，其尤著者也。今人任中敏亦有此調，内容係憤暴日侵略東北而作，詞云：『還我河山，指落日、椎胸泣血。存一息、此仇必報，子孫踵接。魂魄縈迴遼海闕，精誠呵護榆關密。撫金甌、缺處幾時完，心如勢。　公理勝，何能必。頭顱好，甯虚設。便空拳赤手，亦撓强敵。我有男兒三百兆，人人待立千秋業。聽神獅、雄吼亞東時，君何怯。』

二二 新生活入詞

憶三年前，漳州方推行新生活運動，林梓紘以《復興報》經理資格向本校邱、林二君及余索《新生活運動專刊》稿，並詢余以常塡詞否。時某君在座，笑謂，新生活豈可入詞料。余曰，姑妄爲之。亦塡〔滿江紅〕一闋：『蒿目時艱，正一髮、千鈞難繫。倩何人、去請長纓，縛他矮子。憂時志士疾首，登場傀儡又搬戲。好男兒、熱血未應灰，急振起。欲雪恥，先知恥。欲救國，先救己。但衣食住行，清潔規矩。運甓好將前輩學，聞鷄休負今生志。看吾儕、再造舊山河，反掌耳。』一時興到之作，由今觀之，淺俗殊甚。甚矣，舊瓶裝新酒之難也。

漳州《龍中導報》一九三七年三月一日第一卷第八期，題『西溪詞話（一）』

二三 章衣萍

無疑的，衣萍的《看月樓詞》，是有其寫作的背境的：其自序所謂『海邊女郎』及其小說之『小嬌娘』是也。作者又云：『我的悲哀和煩惱，都只有寄託在我的傷感的詞中。大多數的詞，是在這樣可憐而又浪漫的心情中寫下的。』這可見出作者創作的心理了。

現在看他的詞。〔江城子〕：『吳松江上小嬌娘。玉軀長。鬢雲光。指點閒鷗，同坐話斜陽。細剝香蕉送郎口，郎莫笑，看鴛鴦。西風吹老美人妝。怕倚廊。怯空房。盼[一]過新年，郎不渡

[一] 盼，原作『眩』，據《看月樓詞草》改。

申江。懶聽寒潮深夜語，儂病也，自心傷。』

人生是不斷的追求，某種慾望而成爲事實時，反覺索然無味。內心的悲哀是徧〔一〕從缺陷方面發展的。所謂『生命之暗創』，即是專從『缺陷』方面擴大的，這樣的人生，將永遠成爲不滿足的人生，而生命亦將成爲永遠不滿足的生命了。

〔虞美人〕〈憶湯〉〔二〕：『別來六載音書杳。病久心情悄。人前只道不思量，且向高樓含淚、看斜陽。』〔蝶戀花〕〈深秋上海遷居有懷〉〔三〕：『夜夜夢魂何處去。梵王渡畔行人路。』〔摸魚兒〕〔四〕：『又無端、臨風惆悵，爲誰海邊〔五〕留住。半年總做松江夢，惱煞深宵風雨。君記取。是瞞了那人，來訴〔六〕匆匆語。無量辛苦。看濁浪連天，癡心萬縷。暗逐離鴻去。　黄衫客〔七〕，人兒娟嫵〔八〕

〔一〕徧，疑當作『偏』。
〔二〕憶湯，原作『深秋有懷』，據《看月樓詞草》改。按，《看月樓詞草》起首〔虞美人〕、〔蝶戀花〕、〔菩薩蠻〕三闋，詞題分別作『憶湯』、『深秋上海遷居有懷』、『公園池畔信步』，《今人詞話》作者引用時，詞題錯簡。
〔三〕深秋上海遷居有懷，原作『公園信生』，據《看月樓詞草》改。
〔四〕摸魚兒，原作『模魚兒』。
〔五〕海邊，原作『海史』，據《看月樓詞草》改。
〔六〕來訴，原作『來沂』，據《看月樓詞草》改。
〔七〕黄衫客，《看月樓詞草》作『紅衫客』。
〔八〕娟嫵，《看月樓詞草》作『媚嫵』。

如故。我來[一]休怨遲暮。一往情深空癡絶，見也無從低訴。人難住[二]。嘆别離不忍，車上勞延佇。低聲細訴。願絶業成時，與君奔走，天涯日出處。』

漳州《南方》一九三五年九月八日第二卷第一期，題『今人詞話（續二）

二四　花愁人不知

『花愁人不知』，吴夢窗〔憶桃源〕詞句也。夫花愁人不知，人愁人亦不知，花詎能知耶。其怨深矣。

二五　趙詞勝岑詩

《漁洋詩話》[三]謂：『「重門不鎖相思夢，隨意繞天涯」，與「枕上倏時春夢中，行盡江南數千里」，同一機杼。而趙詞勝岑詩。』然以較小山之『夢魂慣得無拘檢，又踏楊花過謝橋』，又何如也。

二六　文學結束

中国學術盛於周秦，至清代成一結束；文學盛於六朝，至宋元詞、曲，成一結束。

[一] 我來，原作『豕來』，據《看月樓詞草》改。
[二] 人難住，原作『人觀住』，據《看月樓詞草》改。
[三] 漁洋詩話，所引疑出自《花草蒙拾》。

二七　自度曲與自製曲

詞家『自度曲』，先吹笛成譜，後填詞；『自製曲』，先製詞，後做譜。

二八　詞集之起

詞集，起于溫飛卿之《金奩集》。

漳州《福建省立龍溪中學師範校刊》一九三四年四月三〇日第一卷第二期

碧梧詞話

王桐齡

《碧梧詞話》，載北平《文化與教育》一九三四年六月二〇日第二二期起，訖九月一〇日第三〇期，署『王桐齡』。原分三期，分别題『碧梧存稿（五）』、『碧梧存稿（九）』、『碧梧存稿（十三）』，次級標題分别爲『詞話一』、『辭話二』、『詞話三』，今據此迻錄，合而爲一，統一序號，改題《碧梧詞話》。原無小標題，今酌加。

碧梧詞話目録

碧梧詞話

一　僧仲殊

詞之能令人笑者，必佳。《中吳紀聞》載，僧仲殊居杭州，一日造郡中，接坐之間，見庭下有一婦人投牒，立於雨中。守命殊詠之。口就一詞爲〔踏莎行〕云：『濃潤侵衣，暗香飄砌。雨中花色添憔悴。鳳鞋濕透立多時。不言不語厭厭地。　眉上新愁，手中文字。因何不遣鱗鴻寄。想伊只訴薄情人，官中誰管閒公事。』後殊自縊於琵琶樹下，輕薄子更之曰：『枇杷樹下立多時。不言不語厭厭地。』（《校輯宋金元人詞》第一册《寶月集》，《白香詞譜箋》卷一歐陽修〔南歌子〕註。）

二　蔡伸

宋徽宗宣和甲辰，蔡伸自彭城倅以檄燕山，取道莫問，見所謂陳文者於州治之籌邊閣，誠不負所聞。明年歸，則陳已入道矣。崔守呼至之，伸即席贈以一詞爲〔小重山〕云：『流水桃花小洞天。壺中春不老，勝塵寰。霞衣鶴氅並桃冠。新裝好，風韻愈飄然。　功行滿三千。嬰兒并姹女，鍊成丹。劉郎曾約共昇仙。十個月，養個小金壇。』

三　胡芳來

秦妓胡芳來常隸籍，以其端嚴如木偶，人因目之爲佛。蔡伸贈以一詞，爲〔踏莎行〕云：『如是我聞，金仙出世。一超直入如來地。慈悲方便濟羣生，端嚴妙相誰能比。　四衆皈依，悉皆歡喜。有情同赴龍華會。無憂帳裏結良緣，麽訶脩哩脩脩哩。』（二則見《宋六十家詞》中《友古詞》）

四　阿錢

辛棄疾侍者阿錢將行，棄疾賦〔臨江仙〕以贈之曰：『一自酒情詩興懶，舞裙歌扇闌珊。好花良夜月團圞。杜陵[一]真好事，留得一錢看。　歲晚人欺程不識，怎教阿堵留連。楊花榆莢雪漫天。從今花影下，只看緑苔圓。』（《稼軒長短句》卷八）

五　韋莊

韋莊〔女冠子〕曰：『昨夜[二]夜半，枕上分明夢見。語多時，依舊桃花面，頻低柳葉眉。　半羞還半喜，欲去又依依。覺來知是夢，不勝悲。』（《唐五代詞》卷二）

[一] 杜陵，此處原接下文『夜半』，『真好事』以下及出處，錯至下條。今據《全宋詞》及下文改正。

[二] 『韋莊〔女冠子〕曰昨夜』八字原闕，據下文及《全宋詞》補。

六　馮延己

馮延己〔長命女〕云：『春日宴。綠酒一杯歌一遍。再拜陳三願。　一願郎君千歲，二願妾身强健。三願得如梁上燕。歲歲長相見。』（《唐五代詞》卷三）

七　蜀妓

陸游自蜀挾一妓歸，蓄之别室，率數日一往。偶以病，稍疏。妓頗疑之。游作詞自解。妓即韻答之云：『說盟說誓。說情說意。動便春愁滿紙。多應念得脫空經，是那個先生教底。　不茶不飯，不言不語，一味供他憔悴。相思已是不曾閑，又那得工夫咒你。』（按，此詞名〔鵲橋仙〕，此事出《齊東野語》）皆純任自然，不露斧鑿痕跡。

八　辛幼安

辛幼安〔鷓鴣天〕〈戲題村舍〉云：『雞鴨成群晚未收。桑麻長過屋山頭。有何不可吾方羨，要底都無飽便休。　新柳樹。舊沙洲。去年溪打那邊流。自言此地生兒女，不嫁余家即聘周。』（《稼軒長短句》卷九）

九　劉改之

劉改之初赴省别妾，賦〔天仙子〕云：『别酒醺醺渾易醉。回過頭來三十里。馬兒不住去如飛，牽一憇。坐一憇。斷送殺人山共水。是則青衫終可喜。不道恩情拼得未。雪迷村店酒旗斜，去則是。住則是。煩惱自家煩惱你。』（《中興以來絕妙詞選》卷五》）

一〇　朱希真

朱希真〔朝中錯〕云：『先生饞病老難醫。赤米饜晨炊。自種畦中白菜，腌成甕裡黃虀。肥葱細點，香油慢熠，湯餅成絲。早晚一杯無害，神仙九轉休〔二〕癡。』皆足令人噴飯。

北平《文化與教育》一九三四年六月二〇日第二二期

一一　經生語

（此稿因前次辭話一排列錯誤，有已登載者。特整理重刊，以期銜接。）

詞不可羼入〔三〕經生語，然果能以經生語入詞，亦自有趣。王安石〔浪淘沙令〕云：『伊吕兩衰翁。歷徧窮通。一爲釣叟一耕傭。若使當時身不遇，老了英雄。湯武偶相逢。風虎雲龍。興亡祇在笑談中。直至如今千載後，誰與爭功。』（《彊村叢書》中《臨川先生歌曲》）辛棄疾〔踏莎行〕〈賦稼軒集經句〉云：『進退存亡，行藏用舍。小人請學樊須稼。衡門之下可棲遲，日之夕矣牛羊下。去衛靈公，遭桓司馬。東西南北之人也。長沮桀溺耦而耕，丘何爲是栖栖者。』

〔二〕休。下原接『真好事』，係由上條錯入。今據《全宋詞》補正。

〔三〕羼入，原作『孱入』。

（《稼軒長短句》卷七）

又〔卜算子〕用《莊》語云：『一以我爲牛，一以我爲馬，人與之名受不辭。善學莊周者。江海任虛舟，風雨從飄瓦。醉者乘車墜不傷，全得於天也。』（同卷十一）

又：『千古李將軍，奪得胡兒馬。李蔡爲人在下中，却是封侯者。芸草去陳根，筧竹添新瓦。萬一朝中舉力田，舍我其誰也。』（同上）皆能化朽腐爲神奇，不帶迂腐寒酸氣。

一二　俗語入詞

俗語本可入詞。然純以俗語組成一詞，雖《花間集》、《金奩集》中，亦不多見。惟韋莊〔女冠子〕二首皆用俗語。其一云：『四月十七。正是去年今日。別君時。忍淚佯低面[一]，含羞半斂眉。不知魂已斷，空有夢相隨。除却天邊月，沒人知。』其二云：『昨夜夜半。枕上分明夢見。語多時。依舊桃花面，頻低柳葉眉。半羞還半喜，欲去又依依。覺來知是夢，不勝悲。』（《唐五代詞》卷二）馮延巳〔長命女〕云：『春日宴。綠酒一杯歌一遍。再拜陳三願。一願郎君千歲，二願妾身强健。三願得如梁上燕。歲歲長相見。』（《唐五代詞》卷三）陸游自蜀挾一妓歸。蓄之別室，率數日一往。偶以病稍疏。妓頗疑之。游作詞自解。妓即韻答之云：『說盟說誓。說情說意。動便春愁滿紙。多應念得脫空經，是那個先生教底。不茶不飯，不言不語，一味供他憔悴。相思已是不曾閑，又那得工夫咒你。』按此詞名〔鵲橋仙〕，此事出《齊東野語》）皆純任

〔一〕低面，原作『底面』，據《全唐五代詞》改。

自然，不露斧鑿痕跡。

一三　辛幼安

辛幼安〔鷓鴣天〕〈戲題村舍〉云：『雞鴨成羣晚未收。桑麻長過屋山頭。有何不可吾方羡，要底都無飽便休。新柳樹。舊沙洲。去年溪打那邊流。自言此地生兒女，不嫁余家即聘周。』（《稼軒長短句》卷九）

一四　劉改之

劉改之初赴省別妾，賦〔天仙子〕云：『別酒醺醺渾易醉。回過頭來三十里。馬兒不住去如飛，牽一憩。坐一憩。斷送殺人山共水。是則青衫終可喜。不道恩情拚得未。雪迷村店酒旗斜，去則是。住則是。煩惱自家煩惱你。』（《中興以來絕妙詞選》卷五）

一五　朱希真

朱希真〔朝中措〕云：『先生饞病老難醫。赤米厭晨炊。自種畦中白菜，腌成甕裏黃虀。肥葱細點，香油慢熓，湯餅成絲。早晚一杯無害，神仙九轉休癡。』（《樵歌》中）又〔蘇幙遮〕云：『瘦仙人，窮活計。不養丹砂，不肯參同契。兩頓家餐三覺睡。閉着門兒，不管人間事。又經年，知幾歲。老屋穿空，幸有天遮蔽。不飲香醪常似醉。白鶴飛來，笑我顛顛地。』（同上）又〔憶帝京〕云：『元來老子曾垂教。挫鋭和光爲妙。因甚不聽，他强要爭工巧。只爲忒惺惺，惹盡閒煩惱。　你但莫多愁早老。你但且不分不曉。第一隨風便倒拖，第二君言亦大好。管取沒人嫌，便總道先生俏。』（同上）亦運用俗語入詞，備極工穩；然與上段四闋相較，便覺喫力。蓋一則已臻化境，一則尚費人工也。

一六　迴文體

迴文體束縛太甚，絕對不可入詞。名大家偶一爲之，作者如名角唱反串戲，讀者如喫大餐後喝杯咖啡，亦頗有趣。蘇東坡〔菩薩蠻〕云：『落花閒院春衫薄。薄衫春院閒花落。遲日恨依依。依依恨日遲。　夢回鶯舌弄。弄舌鶯回夢。郵便問人羞。羞人問便郵。』又云：『井桐雙照新妝冷。冷妝新照雙桐井。羞對井花愁。愁花井對羞。　影孤憐夜永。永夜憐孤影。樓上不宜秋。秋宜不上樓。』（《東坡樂府》卷下）

北平《文化與教育》一九三四年七月三〇日第二六期

一七　纏足詞

關於婦女纏足之記載，唐詩中絕少，宋詞中極多。《李太白集》卷七〈和盧侍御通塘曲〉曰：『浦邊清水明素足，別有浣紗吴女郎。……長吟白雪望星河，雙垂兩足揚素波。』又卷二十四〈越女詞〉曰：『屐上足如霜，不著鴉襪頭。』又曰：『東陽素足女，會稽素舸郎。』又〈浣[一]紗石上女〉

[一] 浣，原作『院』，據《李太白全集校注》改。

曰：『一雙金齒屐，兩足白如霜。』又卷二十三〈洗脚亭〉詩曰：『樵女洗素足，行人歇金裝。』

吳爲今江南，越爲今浙東，東陽爲今浙江東陽縣，洗脚亭在姑熟附近，姑熟即今安徽當塗縣。可知盛唐時代，江浙婦女不纏足也。然『鴉頭襪』爲尖頭之襪，李詩云『不著鴉頭襪』，則他處婦女總有著鴉頭襪者，否則無此名稱也。

一八　鴉頭襪

一九　唐時婦女纏足

白居易新樂府〈上陽舊宮人〉詩曰：『小頭鞋履窄衣裳。』似乎鞋稍尖矣，然不足爲纏足證據。杜牧詩云：『鈿尺裁量減四分，纖纖[一]玉筍裹春雲。五陵年少欺他醉，笑把花前出畫裙。』夏侯審[二]〈詠被中睡鞋〉云：『雲裏蟾鉤落鳳窩，玉郎沈醉也摩挲。』韓偓詩云：『六寸膚圓光緻緻。』

夏侯審爲中唐詩人，杜牧、韓偓爲晚唐詩人，韓詩言小不言纏，夏侯審、杜牧之詩則言纏並言小。唐詩記載纏足者不過數首，知唐時婦女雖有纏足者，固極端少數也。

[一] 纖纖，原作『纖』，據《全唐詩》卷五二四補。
[二] 夏侯審，原作『夏候蕃』，據下文改。

二〇　宋詞詠纏足

宋詞中詠纏足者甚多，茲雜錄數首於左：

〔浣溪紗〕《小山詞》二十四頁　晏幾道　已拆鞦韆不奈閑。却隨蝴蝶到花間。旋尋雙葉插雲鬟。　幾摺湘裙煙縷細，一鉤羅襪素蟾彎。紅窗紅豆憶前歡。

〔江城子〕《東坡樂府》卷下十七頁　蘇軾　陳直方妾稽，錢塘人也。求新詞，爲作此。錢塘人好唱〔陌上花緩緩曲〕，余嘗作數絕以紀其事。　玉人家在鳳凰山。水雲間。掩門閑。門外行人，立馬看弓彎。十里春風誰指似，斜日映，繡簾斑。　多情好事與君還。閔新鰥。拭餘潸。明月空江，香霧着雲鬟。陌上花開春盡也，聞舊曲，破朱顔。

〔菩薩蠻〕〈詠足〉《東坡樂府》補遺第四頁　塗香莫惜蓮承步。長愁羅襪凌波去。只見舞迴風。都無行處蹤。　偷穿宮樣穩。並立雙趺困。纖妙說應難。須從掌上看。

〔浣溪紗〕曾慥《樂府雅詞》卷中　趙德麟　劉平叔出家妓八人，絕藝，乞調贈之。脚絕，歌絕，琴絕，舞絕。　穩小弓鞋三寸羅。歌唇清韻一櫻多。燈前秀豔總橫波。　指下鳴泉清杳渺，堂中回旋〔一〕小婆娑。明朝歸路奈情何。」

〔漁家傲〕《東山樂府》第四十一頁　賀鑄　莫厭香醪斟繡履。吐茵也是風流事。今夜夜寒愁不睡。披衣起。挑燈開卷花生紙。　倩問尊前桃與李。重來若個猶相記。前度劉郎應老矣。行樂地。

〔一〕旋，原作『旅』，據《全宋詞》改。

兔葵燕麥春風裏。臨淮席上有客自請履飲之，已輒嘔；有所歡，促召之，既見，如昧平生者。是夜，以病目命幕僚主席，因賦此以調二客。

〔憶秦娥〕《詞選》卷二第九頁　鄭文妻孫氏　花深深。一鉤羅襪行花陰。行花陰。閒將柳帶，試結同心。　日邊消息空沉沉。畫眉樓上愁登臨。愁登臨。海棠開後，望到如今。

〔糖多令〕《稼軒長短句》補遺第四頁　辛棄疾　淑景鬬清明。和風拂面輕。小杯盤、同集郊坰。頓着個、轎兒不肯上，須索要、大家行。　行步漸輕盈。行行語笑頻。鳳鞋兒、微褪些根，驀忽地、倚人陪笑道，真個是、脚兒疼。

〔鷓鴣天〕〈苕溪記所見〉《中興以來絶妙詞選》　姜夔　京洛風流絶代人。因何風絮落溪津。籠鞋淺出鴉頭襪，知是凌波縹緲身。　紅乍笑，綠長嚬。與誰向度可憐春。鴛鴦獨宿何曾慣，化作西樓一縷雲。

〔浣溪紗〕《淮海居士長短句》卷中　秦觀　脚〔二〕上鞋兒四寸羅。脣邊朱粉一櫻多。見人無語但回波。　料得有心憐宋玉，只應無奈楚襄何。今生有分共伊麽。

〔玉樓春〕《飄然先生詞》　歐陽澈　個人風韻天然俏。入鬢秋波常似笑。一彎月樣黛眉低，四寸鞵兒蓮步小。　絕鉤嘗宴瓊樓杪。軟語清歌無限妙。歸時桂影射簾旌，沈水煙消深院悄。

〔沁園春〕《龍洲詞》補遺〈詠美人足〉　劉過　洛浦凌波，爲誰微步，輕生暗塵。記踏花芳徑，亂紅

〔二〕脚，原脱，據《全宋詞》補。

不損；步苔幽砌，嫩綠無痕。襯玉羅慳，銷金樣窄，載不起、盈盈[一]一段春。嬉遊倦，笑教人欵撚，微褪些根[二]。　有時自度歌聲。悄不覺、微尖點拍頻。憶金蓮移換[三]，文鴛得侶；繡茵催衮，舞鳳輕分。懊恨深遮，牽情半露，出沒風前煙縷裙。知何似，似一鉤月新，淺碧籠雲。

〔滴滴金〕《宋金元名家詞》補遺　晁[四]元禮　龐兒周正心兒得。眼兒單，鼻兒直。口兒香，髮兒黑。腳兒一折。從來薄命多阻隔。未曾有恁相識。除非燒香作功德。且圖消得。

〔浣溪紗〕《宋六十家詞》[五]中《友古詞》　蔡伸　玉趾彎彎一折弓。秋波翦碧豔雙瞳。淺顰輕笑意無窮。　夜靜擁爐熏鵲腦，月明飛棹採芙蓉。別來歡事少人同。

又同　前人　淺褐衫兒壽帶籐。碾花如意枕冠輕。鳳鞋弓小稱娉婷。　約略梳妝隨事好，出塵標韻出塵清。一枝梅映玉壺冰。

晏幾道、蘇軾、趙德麟、賀鑄、秦觀，爲北宋中葉以後人物；歐陽徹爲北宋末年人物；辛棄疾、劉過爲南宋初年人物；姜夔、蔡伸爲南宋中葉以後人物；所詠多指妓妾，尚係下流社會。鄭文妻孫氏

〔一〕盈盈，原作『盈』，據《全宋詞》補。
〔二〕根，《全宋詞》作『跟』。
〔三〕換，原作『換換』，據《全宋詞》删。
〔四〕晁，原作『晃』。
〔五〕宋六十家詞，原作『宋六十家問』。

爲南宋初年人。所詠即指自身。則纏足之風，已侵入中流社會矣。元曲中記載纏頭〔二〕者尤多，知其時已普遍流行矣。

北平《文化與教育》一九三四年九月一〇日第三〇期

〔二〕頭，疑應作『足』。

憾廬談詞

憾廬

《憾廬談詞》八則，載上海《人間世》一九三四年九月二〇日第一二期起，訖一一月二〇日第一六期。題「談詞」，署「憾廬」。今據此迻錄，改稱「憾廬談詞」。原有序號，無小標題，今酌加。另《人間世》一九三五年一月二〇日第二〇期有〈怎樣讀詞〉一文，附以備考。

憾廬談詞目錄

憾廬談詞

一　詞是甚麼

我從少時就很好讀詞，大概是因爲它的韻節音律的美吧。到了稍長，喜歡詞曲更甚於詩。然而，詞曲是甚麼東西。那時因爲沒有攷究的興趣，就不曾去注意它。而且，生在這詞曲不發達的地方；又被那些詞人詞話把詞曲說得那末神祕，甚麼宫調，甚麼音律，甚麼格式，簡直把頭嚇昏。所以一向不敢去學它。

後來在一個時期，偶然想試填詞，於是就把古人的詞作譜，試填下去，成功了幾首詞。這學填的勇氣，大半是由於平時不相信那末詞人的詞話，把詞說那末神祕，甚至攙入陰陽相生之說；而且，又像詩一般，差不多每句都要有典。我覺得真是豈有此理。那末，初作某句後人所謂出處的典故，又出於那里呢。還有學填詞的小半的勇氣，是由於不過是自己試試玩，本不想作詞人，傳之於世。

想不到於學填之後，因爲多看些詞調的名，和幾本古的集子，忽然發覺了詞是甚麼東西和它的起原。這發覺真有『偶有所得，便欣然忘食』之樂。以後甚麼詞人的鬼詞話，也不去相信他了。而且，對於那末詞人爭辯之點和疑問，都有我的解答了。幾年來頗想把所得的寫出來，可是因爲我的漫話久已擱筆；而且時常奔走些無聊的事情，總不曾動手寫它。現在，試着寫出來看看，這或者是我個人的偏見，而又沒有系統的研究，仍舊是些漫話吧。

二　詞的起原

詞是甚麼東西，多數説是詩的變體，所以又稱爲『詩餘』。可是这不能説明它。我們要明白它是甚麼東西，當然要先求得它的起原。從前的詞人，説明詞的起原的很少，而且有的越説越含糊。衹有《歷代詞綜》汪森的〈序〉説：『自有詩而長短句即寓焉。〔南風〕之操、〔五子之歌〕是已。……迄於六代，〔江南採蓮〕諸曲，去倚聲不遠。其不即變爲詞者，四聲猶未諧暢也。自古詩變爲近體，而五七言絶句傳於伶官樂部；長短句無所依，則不得不更爲詞。當開元盛日，王之涣、高適、王昌齡詩句流播旗亭，而李白〔菩薩蠻〕等詞，亦被之歌曲。古詩之於樂府，近體之於詞，分鑣並騁[一]，非有先後。謂詩降爲詞，以詞爲詩之餘，殆非通論矣。……』这頗可稱爲正當的見解。近人攷究詞的，我記得在《語絲》上登過日本某氏的關於詞的攷證，似乎也是衹説明它發見的時代，未曾作更進一步的説明。

胡適之先生的《詞選》在序文裏，把詞的歷史分爲三個大時期：

『第一時期：自晚唐到元初，爲詞的自然演變時期。第二時期：自元到明清之際，爲曲子時期。第三時期：自清初到今日，爲模倣填詞的時期。第一時期是詞「本身」的歷史。第二時期是

[一] 騁，原作『聘』，據《詞綜》改。

詞的『替身』的歷史，也可說是他「投胎再世」的歷史。第三時期是詞的「鬼」的歷史。……這部《詞選》專表現第一個大時期。这個時期，也可分作三個段落：一歌者的詞；二詩人的詞；三詞匠的詞。蘇東坡以前，是教坊樂工與娼家妓女歌唱的詞；東坡到稼軒、後村，是詩人的詞；白石以後，直到宋末元初，是詞匠的詞。』

又在《詞選》後面附一篇〈詞的起原〉，有許多攷證，關於『長短句的詞起於何時呢，是怎樣起來的』的文字，因爲太長了，不能引錄。胡先生的意見是：『長短句的詞起於中唐。』而王國維先生則以爲長短句如以詞人方面言之，可謂不起原於盛唐；『若就樂工方面論，則教坊實早有此種歌曲（〔菩薩蠻〕之屬），崔令欽《教坊記》可證也。』胡先生又用科學家懷疑的態度，說明中唐以前的長短句都是七言詩之類。

我總覺得胡先生太重於書籍上的證明，因而把詞的起原仍舊不能說明白。我個人的意見，却以爲：詞是起於民間的歌曲，遠在唐代以前。

其實，與其說『詞』是依調填的『文詞』，還不如說是歌者照調歌唱的『口詞』。我以爲：詞就是歌曲。

所以，何時有歌者，何時便有歌詞了。就使讓一步而言，詞曲的『詞』，是伴着音樂而唱的，那末胡先生所謂『歌者的詞』的起原也一定遠在唐以前的。因爲在唐代以前，音樂早已發生，民間歌者伴音樂而歌唱的詞曲也早已發生了。

三　詞就是歌曲

我們要明白『詞就是歌曲』，這是不難證明的。我們曉得，一切的文學都起於民間。古時的歌曲，經孔老先生收集起來，就是《詩經》（當然不收入的很多，散見各書中），所以有風、雅、頌之類，以後的又經人家收集起來，就是古樂府。那時古樂府一定都有調有譜，不過譜調在樂工方面，或者是口授、手鍊、心記而已。然而，民間還繼續產生歌曲，當然常有新的調出來。到五胡亂晉、南北朝、隋、唐時代，北方西域的音樂和歌舞不斷地輸入，音樂發達，而民間歌曲亦極盛了。在許多調名中，還保存歌曲之名，如〔採蓮曲〕、〔漁歌子〕、〔欸乃曲〕、〔宮中調笑〕、〔轉應曲〕、〔歸自謠〕、〔十拍子〕、〔紇那曲〕、〔水調歌頭〕、〔甘州曲〕、〔涼州曲〕等，極多。

我們要知道，在南北朝早已有長短句散見於文字上了。到唐代因爲朝野太平，文人更有工夫去記些民間的歌曲，或做作歌曲了。我们由這些收集，可以知道各地有地方流行的歌曲。如〔楊柳枝〕是運河、江南一帶的歌曲，〔浪淘沙〕是黃河流域的，〔竹枝〕是巴蜀的，〔瀟湘神〕是湘江流域的。在最初見到的，文士詩人的詞曲，都是倣民間歌曲而作的，所以白話居多，如劉禹錫、白居易等人的〔竹枝〕、〔楊柳枝〕等詞。而且，作的都是要給人家唱的，非白話不行。

詞就是歌曲的更明顯的證據，是它的調名帶有地名。還有簡直是各地方言的，所以有〔欸乃曲〕、〔生查子〕、〔卜算子〕、〔菩薩蠻（或作鬘）〕、〔唐多令〕、〔蘇幕遮〕，等名。这就是土名的證據，不然，那些填詞的文士何以寫成不可解的調名呢。

假如現在各地有歌曲的調名爲某某，我們覺得音調很美，便把譜的字句拿來，照着填下去，成了一首新的歌曲，那便是詞的起原了。这樣，我們可以打破詞的神秘說，和一定是甚麽時代起的謎了。

四　詞曲之分

至於詞曲之分，我以爲本來是一樣的東西，到了元曲時代，音樂劇曲發達，另外成爲一種了。在前五代時，石[二]晉的宰相和凝稱爲『曲子相公』，便是個例。那時的話就已經叫詞爲『曲子』，而且許多調名，如〔羅嗊曲〕、〔甘州曲〕、〔採蓮曲〕等，明白地稱爲曲了。

歌曲之分，我的意見以爲：『歌』是有調的，而不必有音樂伴奏；『曲』是有音樂伴奏的。詞有的依曲調而填，有的依歌調而填，在調名上很可見得出來。大多數是有音樂伴奏的，因爲那時音樂發達，娼妓伶工當然有音樂伴唱，而民間亦有民間的音樂了。如胡適《詞選》所引，劉禹錫記他在建平所見云：『里中兒聯歌〔竹枝〕，吹短笛，擊鼓以赴節。歌者揚袂睢舞，以曲多爲賢[三]。聆其音，中黃鐘之羽。卒章激訐如吳聲。雖傖儜不可分，而含思宛轉，有淇澳之豔。』（《劉賓客集》〈竹枝詞序〉）

這不但證明〔竹枝〕是『樂曲』，並且是『舞曲』了。還有〔楊柳枝〕、〔宮中轉踏〕、〔紇那

[二] 石，原作『右』，參下文改。

[三] 賢，原作『貢』，據《劉賓客文集》卷二十七改。

曲〕、〔破陣子〕等，當是舞曲。〔楊柳枝〕是江南運河的舞曲，如薛能的〔楊柳枝〕（見《尊前集》）：

數首新詞帶恨成。柳絲牽我我傷情。柔娥幸有腰肢穩，試踏吹聲作唱聲。

明白說是舞蹈，有吹聲伴唱的。〔紇那曲〕，如劉禹錫的：

楊柳鬱青青。竹枝無限情。同郎一回顧，聽唱紇那聲。

踏曲興無窮。調同辭不同。願郎千萬壽，長作主人翁。

我無須多引證，可以推想那時北方的胡樂，西方的番樂，也同時輸入了踏舞，而我國本來也有歌舞的。南洋的馬來人現時還有『跳呀嘛』（音樂，舞女，且舞且歌，會舞的人儘可加入同舞），可給我們看。

五　〔竹枝詞〕

〔竹枝〕是我們值得一談的。劉禹錫、白居易等人作的〔竹枝詞〕，都是七言四句，我疑心不是本來的體式，因爲他們不是巴蜀人。蜀皇甫松的〔竹枝〕六首却很異式了，每首二句七字，而一句又分二句的樣子，四字之下注『竹枝』，又三字之下注『女兒』。如第一首：

檳榔花發（竹枝）鷓鴣啼（女兒）。雄飛煙瘴（竹枝）雌亦飛（女兒）。

各首皆如此。我以爲是巴蜀的舞曲，兒童男女共舞唱和的。男的手執竹枝，女兒共舞而和之。不然，這下面注的『竹枝』、『女兒』，作何用呢。劉禹錫、白居易作的，雖是白話，情文完全不同了。如白居易的：

竹枝苦怨怨何人。夜静山空歇又聞。蠻兒巴女齊聲唱，愁殺江南病使君。

這裏說的『蠻兒巴女齊聲唱』，似乎是男女同唱無疑了。又：

江畔誰家唱〔竹枝〕。前聲斷咽後聲遲。……

所謂『前聲』、『後聲』，似乎就是四字下注『竹枝』，三字下注『女兒』的唱法吧。總之，〔竹枝〕是一種舞曲，男女同舞唱和，是可斷定的。唱法如何，不曉得巴蜀現在還有那種舞踏沒有。和〔竹枝〕一樣，還有〔採蓮子〕，每句七字下面注着『舉棹[一]』、『年少』。如皇甫松的：

菡萏香蓮十頃陂（舉棹）。小姑貪戲採蓮遲（年少）。晚來弄水船頭濕（舉棹），更脱紅裙裹鴨兒（年少）。

船頭湖色灧灧秋（舉棹）。貪看年少信船流（年少）。無端隔水抛蓮子（舉棹），遥被人知半日羞（年少）。

我以爲是採蓮的曲，也是男女唱和的。所唱的，似乎是男女互相褒誚之詞。在臺灣有『採茶歌』，都是少年男女歌咏酬答之辞。他們都善於歌，見景生情，信口成歌。如對方是可人兒，便露褒慕之意；不然，便任意嘲笑，大家不服氣，互相答駡起來，仍用歌兒，用諷刺譏誚的比興，倒也别趣的很。大概各地方現在還有這類的歌，如珠江還有『蛋歌』。

[一] 棹，原作『掉』。下數處同。

六　歌曲樂府

詞的起原就是歌曲，就是樂府，也可說是和五言七言詩同一來源，由民間歌曲衍化而成的。因爲五言七言詩已成爲一大支流，其他，或整齊或長短句的，有樂調的，便收入樂府。歌曲成爲詞曲之後，便沒有收集樂府的了。因爲那時作者太多，各人各有他的詞集，而另有總集的本子流傳於世。我們看《彊邨叢書》所收的集名，如《樂府補題》、《中州樂府》；個人的詞集名爲樂府的，如《東坡樂府》、《松隱樂府》、《誠齋[一]樂府》，共有十八種。又有稱『樂章』的，可見詞就是樂府。到元代的曲集，還是稱樂府，如《朝野新聲太平樂府》。姜白石的詞集，更明白地名爲《白石道人歌曲》（原有調譜附入，可惜是那時的音樂符號，不是現在的『工尺』譜）。還有敦煌石室舊藏唐人寫本（今歸英京博物館）的《雲謠集雜曲子》，也明白承認詞就是『曲子』。

詞的起原是歌曲樂府，已無容疑問了。然而，當時的詞人爲甚麼不說呢。因爲，那時這事是大家知道的，無容說明。到了近代，大家祇覺得詞那末盛，究竟從那里來的，莫名其妙地不明白它就是歌曲的衍化。後來填詞的人不會音樂，音樂已經了多次的變化，成爲近代的音樂，詞曲的樂調已差不多都失傳了。至於宋人稱爲『詩餘』，應當解爲『作詩的餘暇所作』的意義。

上海《人間世》一九三四年九月二〇日第一二期

[一] 齋，原作『齊』。

七　詞詩之分

詞的起原是歌曲，我已經説過。詞之發展，隨着音樂的發達而盛，在唐代已經很可見到。那時的宫庭常有樂工歌者製新曲，而民間也時有新歌曲出來。李白的〔清平調〕，雖然是整齐的七言詩，但明白説是宫中作新聲——曲調，而叫他作『歌詞』的。我們不能因爲許多詞都是整齊的七言、六言、五言，便説詞是詩的變體，或者如胡適之先生説的『詞不起於盛唐』。胡先生懷疑白居易的〔長相思〕、〔如夢令〕，不見於《長慶集》，劉禹錫的〔瀟湘神〕等詞，是後來附入，便不敢相信。其實，這是受了『文以載道』的影響，那時代視『詞曲』爲非『道』，所以不收入。有許多人的文集都不收入他的詞，而另有人集之爲『……詞』、『……樂府』。胡先生認〔浪淘沙〕爲『白居易、劉禹錫倡和的歌詞』，而『此調變成長短句乃是五代時的事』。這是更可異的見解，是由於他的主觀『詞不起於盛唐』而來的錯誤。《尊前集》收的劉禹錫的〔浪淘沙〕，如：

日照澄洲江霧開。淘金女伴滿江隈。美人首飾侯王印，盡是沙中浪底來。

莫道讒言如浪深。莫言遷客似沙沉。千淘萬漉雖辛苦，吹盡寒沙始到金。

這是黄河流域的一種歌曲，那時或許有淘金的男女工人歌唱着做工，而劉、白都是聽到歌調而做做，是可斷定的。他們都是極力模倣民歌，而情詞也都是男女抒情的。説是劉、白二人倡和的歌詞，那是笑話。

我説過，詩和詞同出於民間的歌曲，這是很明白的。詩的初起，當然也有調可歌的。不過詩到魏晉已經盛起來，文人作者很多；而原來民歌是抒情的，到文人便發展爲各種各樣的情調了。這樣，和詞的情調便有不同之處。詞和詩不同之處：

	詩	詞
一	可歌的，但沒有音樂伴奏。	可歌唱，大多以音樂伴奏。
二	抒情之外，還有應制、贈答、『載道』，等。	纯粹抒情的。
三	文言的，古典的。	白話的，通俗的。

我們看唐五代的詞，可以得到上面的證明。李清照的《詞論》所以稱北宋的幾位作家的詞爲『句讀不葺之詩』，就是因爲他們已漸失了詞的本來面目。溫飛卿爲《花間》之祖而詩名不著；李後主的詞，是古今公認爲第一人，而詩却不能佳，或許可說是很劣的。這可以見出詩詞之分了。詞起於民間歌曲，有的並且是舞曲，所以它的情調和那時盛極的詩不同。我們看最初的作者，差不多極力模倣民歌的情調，便可得到詩詞的異點。下面幾首：

〔楊柳枝〕　劉禹錫

御陌青門拂地垂。千條金縷萬條絲。如今綰作同心結，將贈行人知不知。

〔竹枝〕　前人

山桃紅花滿上頭。蜀江青水拍山流。花紅易衰似郎意，水流無限似儂愁。

楊柳青青江水平。聞[一]郎江上唱歌聲。東邊日出西邊雨，道是無晴還有晴。（『晴』雙關『情』字）

〔浪淘沙〕　白居易

借問江潮與海水，何似君情與妾心。相恨不如潮有信，相思始覺海非深。

海底飛塵終有日，山頭化石豈無時。誰道小郎抛小婦，船頭一去沒回期。

此外如張志和的〔漁父〕，一共五首，這是漁人的一種歌兒。胡適之先生因爲宋人説它不可歌——我以爲是歌調失傳，認爲『只是一首詩，一首變態的七言絶句』，也是主觀的錯誤。

〔楊柳枝〕　白居易

人言柳葉似愁眉。更有愁腸似柳絲。柳絲挽斷腸牽斷，彼此應無續得時。

〔宴桃源〕　前人

落月西窗驚起。好個悤悤些子。鬟鬌彈輕鬆，凝了一雙秋水。告你。告你。休向人間整理。

〔楊柳枝〕　成文祥

欲趁寒梅趁得麼。雪中偷眼望陽和。陽和若不先留意，這個柔條爭奈何。

這些詞有的完全是白話，而情調和詩也完全不同。作者因爲模倣民間歌曲，所以文詞和情調都帶有民歌的色彩。不過像李白的〔憶秦娥〕、〔菩薩蠻〕、〔清平樂〕、〔清平調〕，是宫庭的，文士的，當時填給樂工歌使唱的，就沒有民歌的意味了。然而，和詩的情調仍有不同之處。

〔一〕聞，原作『問』，據《全唐五代詞》改。

詞大部份起原於民間歌曲，小部份起於宮庭樂工譜得的新調——如〔好時光〕、〔謫仙怨〕、〔清平樂〕等。於是，在許多人看來，誤以爲詩的變體。實在，在情調上，詩詞有不同之處。晚唐和五代詞已經很盛了，仍是抒情的。李後主是開拓詞的境界，由普通的歡樂或離別的豔詞，而爲作者悲哀淒涼的抒情的音調。北宋作者仍是詞的本色，到了蘇東坡再開闢了詞的境界，寫境物，述懷言志，便以寫詩的方法來作詞了。李清照不滿於以詩作詞的方法，她自己作的仍守着詞的本來，專爲抒情之作，而寫得很好，所以『男中李後主，女中李易安』之稱。

我們如拿唐五代和北宋幾家的詞和歷代詩來對看，就可明白它們情調之別，不僅是整齊和長短句之差異了。

上海《人間世》一九三四年一〇月二〇日第一四期

八　詞和曲

詞和曲是一樣的東西，我說過了。在最初詞已經是叫做曲，如我以上所引的調名，和北人稱和凝（石晉宰相）爲『曲子相公』，可以證明。又如《雲謠集》簡[二]稱『雜曲子』。劉禹錫的〔楊柳枝〕第一首說：『請君莫奏前朝曲，聽唱新翻〔楊柳枝〕。』白居易的：『古歌舊曲君休聽，聽取新翻〔楊柳枝〕。』證據很多，不用再引了。總之，那時的詞，就是歌曲的詞。而那時的『大衆語』一定把『詞』叫做『曲』或『曲子』是無疑的。詞就是曲，曲就是詞。不管你們文人詞匠怎麽

[二] 簡，原下衍一『直』字。

弄玄虚，我們大衆却仍看作一樣東西。

你或許疑問：那末詞和元曲明顯地有不同處，而歷來都認曲爲詞的變，這都是呆板地從文字書本上去攷證的錯誤，宋詞和元曲的不同祇是文言（多少帶着白話）和『大衆語』的差別。我们既然知道文學大都是出於民間的，那末我们不能不承認元曲也是民間來的，而不是文士把詞衍變而成的。

從民間的歌曲被收集爲《詩經》、古詩、古樂府、魏晉樂府、《樂府詩集》之後，便是唐、五代、宋的詞曲了。因爲音樂發達，倡優歌姬之盛，文士詩人宴飲之詞，倚聲填詞，給歌姬唱來作樂，於是有了盛極一時的宋詞，而許多人成爲詞家，各有别集抄行了。雖然北宋的作家如晏氏父子、歐陽修、柳永、秦觀、蘇軾等人又作的是文縐縐的詞，可是都是可以唱的，不能説牠不是曲。蘇東坡的詞，有人説：『須關西大漢，執鐵綽板，唱「大江東去」。這是説如此才合於蘇詞的情調。黄庭堅説：『居士詞横放傑出，自是曲子中縛不住者。』也是説它的情調内容不同豔曲。其實東坡身邊常有歌姬（朝雲）隨着，所作的都是給她歌唱的，不懂的人纔説東坡的詞不合律，不可唱的。至於南宋的作家，辛稼軒和東坡一樣，而姜白石、吳夢窗、張叔夏等都是精於音律，姜白石自己且會作新調，所以這許多詞家作的詞也一樣是『曲子』，可合樂而歌唱的。姜白石很多自度曲，他的歌曲集附有曲譜。我們的確可以承認詞就是曲而無疑問了。

然而，宋詞雖然因爲作者很多，又大都是文人，所以成爲文學上一大支流；但曲的本流並不停止。文學本來沒有像政治一樣，『祇准州官放火，不許百姓點燈』。你們大人先生可以作樂歌唱，我們民衆却也仍於餘閒或工作時唱着曲兒玩。我們也有音樂、俳優，和一切的歌曲。你們作的詞曲，我們聽不懂，還是用我們的言語，創作我們的曲，唱我們的歌，傖俗俚野也好，我們總有我們的好聽的歌曲了。

奇怪，這民間的玩意兒多有趣，又率真，又樸質，又天然，又動耳，而且音調怪好聽的，終於文士們不得不承認這野俗的歌曲有『美』存在。於是文人不得不屈服而模倣着試作『大衆化』的曲了。你們屈服了，就索性把『詞』字開放，專用『曲』字叫你們作的東西吧，這就是元代的『曲』。

這一下可不許文士搗鬼了。你覺得我們的曲有趣，承認它是藝術，那末你作曲定要唱給我們聽。你作的曲，如我們聽得懂，覺得好，我們便捧你的場，替你傳佈，唱給大衆聽。可是千萬別再文縐縐地，用什麽典故，不管它是古聖古賢說的，我們不懂就沒趣兒，誰耐得去聽它，唱它。我們唱歌兒聽劇曲，是玩着樂，誰和你去研究甚麽文字典故文章道德呢。要作曲便要我們的言語，不然怎麽樣叫人唱得下去呢，要麽，就來和我們一塊兒，不要，拉倒，仍舊守你們的甚麽詞壇，填你們的詞去。

是的，你作的曲兒不錯，衹是話還不大對。爲甚麽要这樣說。不如照我們的土語『□□□□』説下去吧。沒有这些字嗎，可是我們有這樣的話，這樣說才好。對了，把同音的字借用一下便行。唱出來我們懂的，这就好極了。究竟你還聰明。

上面說了一大堆，荒唐有點荒唐，事實却是這樣，而元代的曲就是這樣成立的。到了作的人多，在他們（文士）自己唱着玩的，還可以不妨文雅點，用些典故——這壞習氣總脱不了，總因爲帶着頭巾兒——就是我們所看到的曲集，如《朝野新聲太平樂府》所收的。但是，如果作的是要唱給大衆聽的，一定要盡量用『大衆語』。於是，俗字，土話，借用同音的字，便在元曲中時常看到。如董解元——你不要想他是不文之士，他中了解元呢——的《絃索西廂》，以及其他的劇曲中都可隨處看到。最文雅，經過無數修改的金批《西廂記》傳奇，這是仍有許多俗字土話，如：『顛不剌的』，『鶻伶渌老不尋常』，『沒揣的』，『不恁般撑』，等很多很多。在元代的劇曲中，你可以讀到極多的俗字土話，有的衹是有上下文，約略推測得其意義而已。然而，在當時，唱出來正是人人懂得的話。這是『大衆語』戰勝文言文的成績。

因爲音樂的發展，同一宫調，合了數闋的曲兒而成爲套曲，這是很自然很平常的事件。在那時，民間的短劇發生了。初時，多數是優伶自己編演的，每劇對話（白）較多而唱曲较少。後來，許多劇作家出來，漸漸增加了劇的文學的成份。音樂愈發達，劇中的曲增多，而白也漸爲減少至不能再少的。因爲曲可以當説話，可以抒情，可以表示心思，可以敘述景色（補救戲臺上佈景所不及），所以曲在劇戲中佔最重要的地位。就是這樣，元曲在中國的戲劇史居於創造的地位，而在文學上放了異彩。到了明代，還有許多的劇作家，繼承着這支流，一直到明末大亂，社會受了大影響，方才衰退。

這就是詞和曲的差異。它們本來同是一樣東西——民間的歌曲——初由文士採用填唱而成爲『詞』，而民間保留的，隨音樂發展的仍是『曲』，或稱它爲『樂曲』，這樣成爲二大支流。至於元代的劇，是綜合了以前的俳優、音樂、故事、歌曲，而成立的一種藝術。劇中有曲，但『曲』不是全部而是它的一部。

曲仍存在於民間。現在各地方儘有許多『樂曲』，有調的歌曲。詞因爲它們的調大多遺失，衹有文士填作，成爲文字上的東西。然而許多詞的原調寄生在曲裏，這是可斷言的。因爲詞的曲譜是在樂工心裏，後來雖經散失，一部份一定仍流傳下去。在曲譜裏，宫調和譜或許稍有變異，所以我們看見詞調的名和曲調的名有許多相同，而宫調不同，字數不同。其實，他們本是一樣的，後來的轉變而已。

詞的聲調，一部份保存於閩南的樂曲。這裏的樂曲稱爲『南管』，都是細樂，沒有鼓吹鑼鉦，聲調很優美、幽雅，而常有一字牽長爲三五音級，曲調很長，我以爲就是慢詞。南宋時，閩南稱爲世外桃源，而南宋的末代遷都至於泉州。現在的『南管』是用本地方音的文言和白話組合而成的曲詞，而唱的正是泉州的音腔。然而，我們不說他是『唱詞』而說是『唱曲』。

上海《人間世》一九三四年一一月二〇日第一六期

九　怎樣讀詞

我們現在讀詞，正像讀詩一樣，要有我們的讀法。甚麽詞話詞談，都是像舊的詩話一樣的東西，在現代的文學批評上，是沒有多大價值的——自然不能完全抹煞，如袁枚説的『性靈』，王漁洋説的『神韻』，王國維説的『境界』，都有它的價值。但是，一般舊式的詞話都是斤斤於典故、韻律、文字的推敲的多。譬如，有的以爲詞應當婉約，如秦少游的詞才合於正體，可是談秦詞時仍在文字的推敲。自最初的詞話就着重於某首詞的某句的佳妙，或者説某首的起承轉接和結束如何。這樣的文學批評，現代還要得麽；這與一般杜詩詳註，只註出杜詩『字字有出處』，而不能指出杜詩之神旨一樣的无聊。

我們鑑賞某項藝術時，應當整個地去看它。一首詞要一氣讀下去，領受它的全部的美。固然一首之中有一二句特別打動我們的心情，可是决不是獨立地可以代替了全部。這正像戲劇的『頂點』一樣，一個戲劇不能沒有其他的敘述和表現而單靠『頂點』而成立。我們應當排除一切的鬼詞話的意見去讀詞，而以自己的感覺去評判它。

一切的文學作品，我以爲絕不能有尺寸去量度它。我們衹能靠我們的直覺去感受它。每首詞如有不同的情緒和作者的風格或志趣，我們衹能一首一首地去賞受它，不能說秦七比黃九的好，或誰比誰高，同一人的詞也衹能說：我覺得這一首很好或不大好，那就是說，我比較地喜歡某一首而已。一切的詞話說的，都可不去相信它。舊的詞話衹是代表舊的文學批評，或者是個人的欣賞而已。以前的文人總喜歡談典故，便以这種的態度去讀詞批評詞，所以說，某句出於前人的詩，或古代的典。这些詞話，我們還管它作甚。

詞話裏給人最惑亂的，就是韻律，詞的起源是『樂曲』，當然有韻律。可是，韻律並不就是詞，衹是詞的衣裳。當時作者並不拘拘於韻律，所以有許多字句不同之處。因爲後來的文士不懂詞的曲調，不明白音樂，於是便把韻律說得那末神祕而不可解。其實，韻衹是很隨便可以的，正像古詩並不如後來的拘守詩韻，而詞是給人唱的，更不必斤斤於照着甚麼韻，衹要唱的某一地方的韻便可以。當時詞極盛，但是並沒有詞韻的書。至於音律，那是樂調的事，作者衹要當時給人唱以和樂，能不拗不逆便可。現在詞的曲調樂譜都遺失了，更不必去管它。

許多詞話都喜歡說，某詞不協律。其實，詞話的作者自己就不懂音律是甚麼，怎樣才協律，衹是信口胡說。他們對於周清真、吳夢窗、姜白石、張叔夏等詞人會音樂的，才不敢說他們的詞不協律。對於其他，如蘇東坡、辛稼軒等，常被他們說不協律。其實，我已經說過，蘇東坡身邊常有歌姬隨着，他的詞常是即席填給她們唱的。辛軒稼也是這樣。蘇詞如『大江東去』一首：『小喬初嫁了，雄姿英發……』是一般人所說最不協律的。因爲上句應當四字，下句五字，照調應當『小喬初嫁，了雄姿英發』。但是，我們知道，會唱的可以融會字句的不同而唱下去。樂歌的調有音的長短，可以給唱者自由，一音可以唱兩字，或兩三音唱一字；而且並不是像我們說話，一句定要停一下地。『大江東去』詞在東坡作時一定給人唱過，如果不協律，很可以再改，以東坡的才筆，隨便怎樣改都行。所以，这首詞是完美的，或許時常叫人唱了又唱也未可知，不能說它不協律。

我們要打破了一切舊詞話的妄談和無價值的批評才可以讀詞。最明白的證據，就是周清真、吳夢窗、姜白石等人都是精於音樂的，他們從不曾說過蘇東坡或誰人的詞不協律。祇是後來的人把前人用的韻和調編成了詞韻調譜，然後據之來評量誰的詞出韻不出韻，協律不協律，這真有點幽天下之大默。

最近在本刊登的俞平伯先生的《讀詞偶得》，把周清真的一首詞，作了五千餘字的文章的解釋和批評，說得簡直那首詞似乎是千古絕唱。以新詩人而作此見解，使我不勝驚異。其實，这首〔玉樓春〕，最好也不過如一首講究對偶章法的舊詩，很平常的好詞而已。我們試拿來和李後主或任誰的詞一比，總覺得還不能算是甚麼特别的絕妙好詞。或者，我要說，就使佳妙，還是不能表現得真切——所謂『淺出』——不值得怎末推重。我們試抄幾首在下面比較：

〔玉樓春〕　周邦彦

桃溪不作從容住。秋藕絕來無續處。當時相候赤欄橋，今日獨尋黄葉路。　煙中列岫青無數。雁背夕陽紅欲暮。人如風後入江雲，情似雨餘黏地絮。

〔玉樓春〕　歐陽修

別後不知君遠近。觸目淒涼多少悶。漸行漸遠漸無書，水闊魚沉何處問。夜深風竹敲秋韵。萬葉千聲皆是恨。故欹單枕夢中尋。夢又不成燈又燼。

〔臨江仙〕　晏幾道

夢後樓臺高鎖，酒醒簾幕低垂。去年春恨却來時。落花人獨立，微雨燕雙飛。記得小蘋初見，兩重心字羅衣。琵琶絃上説相思。當時明月在，曾照彩雲歸。

〔相見歡〕　李煜

無言獨上西樓。月如鉤。寂寞梧桐，深院鎖清秋。剪不斷。理還亂。是離愁〔一〕。別是一般滋味、在心頭。

我們讀上面的詞，能説周詞是怎樣的了不得嗎。如一首詞須彎彎曲曲地去解釋它，那便是表現不能『淺出』，沒有多大的價值。至於説甚麽『盡工巧於矩度，斂飛動於排偶』；『〔玉樓春〕亦名〔木蘭花〕，四平調也，故宜排偶，便鋪敘。』这都是笑話，歐陽修的一首不用排偶，可是我們讀了，覺得情調更美，敘得更爲『深入』而『淺出』。説甚麽『差了一句，宫商便遠』，『調情宜拙』，那更爲笑話了。『宫商』是詞調的樂譜上的差別，像現在的歌調的C調、B調、F調之分別，和詞的字句有甚麽關係。調情是表示樂調的悠揚、雄壯、幽雅、悲惋、歡樂、激昂，或溫和的情調，怎末説『宜拙』呢。既然『宜拙』，怎末上面又『嘆其盡工巧於矩度』呢。以下説的，甚麽『着色穠酣』，

〔一〕　離愁，原作『愁離』，據《全唐五代詞》改。

『易整爲散，散中見整』，『用大排偶法』，『安章』有『三種看法』，『無何以妙，曰有故』，『以無章法爲章法』，『點睛』，『穿插』，結末的『呆』、『膩』，完全是着了魔道，鑽入牛角尖去的説法。如以此樣説法讀詞，隨便那一首詞都可説得一大段道理來，不是賞鑒詞，而是以詞爲題目來做篇文章而已。

上面説了許多話，衹是説明我們必須打破舊式的詞話的見解去讀詞。一首詞要整首地，看它表現的美和真——情緒、意境和神韻——直覺地去領受欣賞它。一首好詞必須有使我領受一種美感或真的情緒，像其他文學作品一般，而决不是單靠美文，如所謂『字字珠玉』就行。像上面所引的李後主的詞：『剪不斷。理還亂。是離愁。别是一般滋味、在心頭。』我們找不出那一字是珠玉，而是很靈機天成自然的白話。可是，它告訴我們另一種的情緒，領你到一種的意境，真切感覺到而引起你的共鳴。這情調使許多人驚異而嘆爲『亡國之音哀以思』，還有他的〔虞美人〕：『春花秋月何時了。往事知多少。小樓昨夜又東風。故國不堪回首、月明中。　雕闌玉砌應猶在。衹是朱顔改。問君都有幾多愁。恰似一江春水、向東流。』全首表現着他身世故國之感，悲哀的情緒，故鄉（在東方）的戀慕。这首詞所以惹宋太宗的猜忌，賜以牽機藥而死。而王荆公推爲唐詞中最佳，正因爲它的悽惋哀思。

我們讀詞，便是要有自已的眼光，整首地去欣賞它，一切的鬼詞話，討論些形式上的問題，甚麽用韻、煅字、句法、用典、蕩氣、格律等，都不要去管它們。曲調韻律是已經失傳了，然而我們還可以從朗誦或隨意唱吟去感受它的音韻節奏。主要的是我們可以用藝術批評的眼光去讀它，像讀《詩經》、楚辭、古樂府、古詩等一樣的讀法。

還有，詞的起源是樂曲而完全是抒情的，所以我們甯可認唐五代北宋的作品——雖然有的是詞人的詞，但仍大多是抒情的——爲真正的詞。蘇東坡雖然有些寫境之作，但在寫境之中滲入個人的情感，仍不失詞的本來面目。他開拓了詞的新意境，創立了新的風格，這是實在的。到了南宋以後，有的還是抒情，而有的咏境咏事咏物，專重纖巧典麗，可是一絲的情感都沒有，那實在不是詞了，我們大可不必去讀它。

我們要的，是有性靈，有意境，有情緒，有神韻的詞。沒有這些內容的詞很多很多，大可不必讀。各種的詞集也都不是以這標準來選輯，我們僅能隨意讀而用我們的眼光去取它。初想讀詞的人，可以先看《詞林紀事》，因爲所有的好的詞，大多經過人欣賞傳談的，都輯錄得頗完全在裏面。

上海《人間世》一九三五年一月二〇日第二〇期

詞瀋

孫蜀丞

《詞瀋》六則，載北平《細流》一九三四年一〇月一五日第三期、一九三五年一月一五日第四期，署『蜀丞』；北平輔仁大學文苑社《輔仁文苑》一九三九年一二月一〇日第二輯、一九四〇年三月二〇日第三輯、一九四一年一月第六輯。署『孫蜀丞』。今據此迻錄。原有小標題，今仍之；原無序號，今酌加。

詞瀋目錄

詞瀋

一　陳元龍注《片玉集》

陳注《片玉集》，喜引唐詩。蓋以美成善融化唐人詩句也。然如〈意難忘〉云『私語口脂香』，明用白樂天詩句。（〈江南喜逢蕭九徹因話長安舊遊戲贈五十韻〉）《花間集》載顧夐〈甘州子〉，亦有『私語口脂香』之句。而陳注引方杜之詩，與詞意了不相涉。〈六醜〉云『夜來風雨，葬楚宮傾國』，亦當補引韓偓〈落花〉詩『夜來風雨葬西施』之句。尤可異者，〈綺寮怨〉云『江陵舊事，何曾再問楊瓊』，陳注『楊瓊事未詳』；考元、白竝有楊瓊詩。元詩附注云：『楊瓊本名播，少爲江陵酒妓。』詩中述楊瓊事甚詳。正可推證美成詞意。且元、白詩集，初非僻書，何竟輕忽如此也。

北平《細流》一九三四年一〇月一五日第三期

二　沈括以〈霓裳〉爲道調法曲辨

沈括《夢溪筆談》卷五云：『〈霓裳羽衣曲〉，或謂今燕部有〈獻仙音〉曲，乃其遺聲。然〈霓裳〉本謂之道調法曲，今〈獻仙音〉乃小石調耳。未知孰是。』今欲闡明沈說之由來，當追溯此曲之原始。攷〔霓裳羽衣曲〕，始于開元，盛于天寶。成曲之由，說者多異。或謂明皇與葉法善遊月宫而製曲，或謂夢得〔紫雲回〕曲而成者。皆恢奇妄誕之言，殊不足據。惟白居易〈霓裳羽衣歌〉云：『由來能事皆有主，楊氏創聲君造譜。』自注云：『開元中，西涼府節度楊敬述造。』《唐書》〈禮樂志〉作河西節度使楊敬忠。最得其正矣。元稹〔法曲〕云：『霓裳羽衣號天落。』白居易〔法曲歌〕云：『法曲法曲舞〔霓裳〕，政和世理音洋洋。開元之人樂且康。』白又有〈臥聽法曲霓裳〉一首，可證〔霓裳〕爲法曲也。白氏〈嵩陽觀夜奏霓裳〉云：『開元遺曲自淒涼，況近秋天調是商。』是〔霓裳〕本商調也。《碧雞漫志》卷三：『杜佑《理道要訣》云：天寶十三載，七月改諸樂名。中使輔璆琳宣進旨令于太常寺刊石，內黃鐘商〔婆羅門〕曲改爲〔霓裳羽衣曲〕。所稱黃鐘商，雖與白傳之詩，詳略不同，亦未移入別調也。』《碧雞漫志》又云：『宣和初，普府守山東人王平詞學華瞻，自言得夷則商〔霓裳羽衣〕譜，取陳鴻〈白樂天長恨歌傳〉，并樂天寄元微之〈霓裳羽衣曲歌〉，又雜取唐人小詩長句及明皇太真事，終以微之〈連昌宫詞〉，補綴成曲，刻板流傳。曲十一段，起第四遍，第五遍，第六遍，正攧，入破，虛催袞，實催袞，歇拍，殺袞。音律節奏，與白氏歌注大異。則知唐曲，今世決不復見。亦可恨也。』按王灼所云，似未精審。王平所得，今不可見，然就所述攷之，若補散序、中序九遍，並非與白氏歌注異也。王國維謂此譜再加散序六遍，中序前三遍，當得二十遍。與唐之十八遍異。亦非也。段與遍不盡相同。《齊東野語》所記《樂府混成集》中，〔霓裳〕一曲共三十六段，即每遍二段，十八遍三十六段也。此譜必有二遍各二段者，故爲十一段，並非十一遍也。惟王平謂爲夷則商，雖與《理道要訣》黃鐘商異，然其爲商調則同也。姜夔〔霓裳中序第一〕序云：『于樂工故書中，得有商調〔霓裳〕十八闋，皆虛譜無辭。按沈氏《樂律》，〔霓裳〕道調，此乃商調，未知孰是。』則知唐曲之爲商調，無可疑矣。《文獻通考》一百四十五云：『唐文宗每聽樂，鄙鄭衛聲。詔奉常習開元中〔霓裳羽衣舞〕，以〔雲韶樂〕和之。舞曲成，太常卿馮定總樂工，閱之於庭，端凝若植。自兵亂以來，〔霓裳羽衣曲〕，其音遂絕。』是此曲始于開元，亡于唐末矣。陸游《南唐書》〈後主昭惠國后〉：『周氏小字娥皇，通書史，善歌舞，尤工琵琶。故唐盛時，〔霓曲羽衣〕最爲大曲。亂之後，絕不復傳。后得殘譜，以琵琶奏之。於是開元、天寶遺音，復傳於世。內史徐鉉問之於國工曹生。鉉亦知音。問曰：法曲終則緩。此聲反急，何也。曹生曰：舊譜是緩，宮中有人易之，非吉徵也。』是南唐尚有重整曲譜之事。然據樂工曹生所言，已失法曲之理，虛謂開天遺言[一]，不足置信。故徐鉉譏之以詩，曰『此是開元天寶曲，莫教偏作別離聲』也。有唐一代，此曲源流，盡於此矣。沈存中爲元豐、熙寧間人，何以獨知爲道調法曲。沈既深明樂律，何以與當時通行之〔獻仙音〕，不能辨別。無徵之曲，既得其調；通行之歌，反不能曉。此其間必有故矣。攷《宋史》〈樂志〉云：『法曲部，其曲二，一曰道調宮〔望瀛〕，二曰小石調〔獻仙音〕。』並無〔霓裳曲〕也。宋時傳記，多謂〔望瀛〕爲〔霓裳曲〕遺聲，〔獻仙音〕亦別見記載，徒以曲拍曲終引聲相近，而不知其宮調不合也。若調同均異，相去亦多。文人學士，多所想像；即深明樂律者，亦以唐曲久亡，無從檢定，不得不附和之。然則存中所言，別無他證，實以〔望瀛〕轉定之也。惟〔望瀛〕爲道調，〔獻仙音〕爲小石調，雖同爲法曲，宮調不同。如以〔獻仙音〕與〔霓裳曲〕同，即無異於以〔獻仙音〕與〔望瀛〕同。而當時二曲，實有分別。故不敢

[一] 言，疑當作『音』或『聲』。

逕定也。當時文士不明樂理，故以〔望瀛〕、〔獻仙音〕爲〔霓裳〕遺聲。沈氏精於聲律，當時二曲可以檢定，非若唐曲已亡不可判斷，故既以〔望瀛〕定〔霓裳〕，不能再以〔獻仙音〕亂之。此似高于文士，而不知其仍爲俗所誤也。今先以實事證之。歐陽修《六一詩話》云：『〔霓裳曲〕，今教坊尚能作其聲，其舞則廢而不傳矣。人間又有〔望瀛府〕、〔獻仙音〕二曲，云此其遺聲也。』葛立方《韻語陽秋》卷十五云：『今世所傳〔望瀛〕，亦十二遍。散序無拍，曲終亦長引聲。若樂奏〔望瀛〕，亦可髣髴其遺意也。』王灼駁歐陽修云：『〔瀛府〕屬黃鐘宮，〔獻仙音〕屬小石調，了不相干，永叔知〔霓裳羽衣〕爲法曲，而〔瀛府〕、〔獻仙音〕爲法曲中遺聲，今合兩個宮調作〔霓裳羽衣〕一曲遺聲，亦太疏矣。』按王說未審《六一詩話》之『望瀛府』當從常之書作『望瀛』，何文煥校訂本《六一詩話》作『望瀛洲』，亦非。王承其誤。不獨黃鐘宮有〔瀛府〕，即林鐘宮亦有〔瀛府〕，與道調之〔望瀛〕全異。晦叔竟合爲一，致成大繆。且永叔之意，以〔望瀛〕、〔獻仙音〕並似〔霓裳〕之曲，非合兩個宮調以製〔霓裳〕也。若以聲律證之，以〔望瀛〕近于〔霓裳〕者，實以遍拍曲終引聲相同。常之已明其旨矣。至以〔獻仙音〕似〔霓裳〕，亦未嘗無說。王國維云：『宋詞小石調有〔法曲獻仙音〕，又有〔法曲第二〕。柳永《樂章集》二詞同在一卷中，知非二調。又字句雖略同，而用二名，知又非一遍也。殆亦〔霓裳〕之類。』按王說是也。余嘗考之，〔獻仙音〕遍拍，今難質言，惟其爲小石調，實爲林鐘商，若稍高爲中管調，則爲夷則商。宋仁宗《景祐樂髓新經》云：『夷則商爲中管小石調，林鐘爲小石調。』是〔獻仙音〕遍數既多，亦爲宋代商聲十二調之一，故當時傳說以爲與〔霓裳〕近也。沈括既以〔望瀛〕定〔霓裳〕，則〔獻仙音〕不容相混。其餘諸家，但知〔霓裳〕唐爲商調，不能詳攷宋代之傳說。即明于樂律之姜夔，亦爲存中所惑。故辨之如此。

北平《細流》一九三五年一月一五日第四期

三　漱玉詞

李易安謂以往詞人，無合格者，而又不明其旨趣，故人多疑之。今繹其評語及所撰之詞，亦可粗窺其意也。易安以詞爲侑酒嘌唱之用，故不忌淺俗。然爲文學之一體，故必當善於運用。文人見之，不厭其俗；俗人見之，文誼曉暢，自能雅俗共賞。若徇□□貴，失文之質，以雅爲能，不可流行。故易安論曰：詞別是知之者少。吾觀《漱玉集》中。惟〔聲聲慢〕一闋，可以當之而無愧。餘則未能稱是。可知此道之難也。許昂霄極詆其〔聲聲慢〕，蓋未知易安之詞旨也。

四　《漱玉詞彙鈔》

《漱玉詞彙鈔》一卷，清江玢女士所輯校。玢字孟文，錢塘人。是書刊於道光庚子，封面吳蕢香所題也。後有許繡跋。詞據汲古閣本十七首，玢從《陽春白雪》補一首，《樂府雅詞》十六首，《梅苑》六首，《詞林萬選》三首，《歷代詩餘》一首，共四十四首。易安詞散見羣書者，近八十首。此輯殊□完備。玢又輯錄詞話，分附各首之後。內引《問□廬隨筆》，□則玢所著也，評論亦不精塙。□附錄紀事，僅引《清波雜志》、《四六談麈》、《瑯嬛記》、《貴耳錄》各一則。而於易安晚節之傳說，全未言及。蓋玢讀書甚少，既不能爲易安辨正，而又以再嫁爲嫌，故置而不論也。

北平《輔仁文苑》一九三九年一二月一〇日第二輯

五　陳少章《片玉集注》補正

劉肅序陳元龍《片玉集注》，謂其病舊註之簡略，遂詳而疏之。俾歌之者，究其事，達其辭，則美成之美益彰，云云。《清真詞》舊註已佚，未能較其短長。縱觀陳注，亦頗麤牨，往往失之眉睫。今即所知，略爲補正，未暇一一考也。

〔瑣窗寒〕『故人剪燭西窗語』

溫庭筠〈舞衣曲〉詩：『回顰笑語西窗客。』

正　按，此句上云『靜鎖一庭愁雨。灑空堦，夜闌未休』，下云『似楚江暝宿，風燈零亂，少年羈旅』，則明用李商隱〈夜雨寄北〉詩『何當共剪西窗燭，却話巴山夜雨時』之意。又〔荔枝香〕云『共剪西窗蜜炬』，亦用李旨。註但引李賀『蜜炬千枝爛』，非其質也。

〔風流子〕『最苦夢魂，今宵不到伊行』

補　晏幾道〔臨江仙〕詞云：『如今不是夢，真箇到伊行。』

〔解連環〕『燕子樓空』

唐張建封節制武寧云云。

補　蘇軾〔永遇樂〕詞云：『燕子樓空，佳人何在，空鎖樓中燕。』

〔憶舊游〕『舊巢更有新燕，楊柳拂河橋』

宋之問詩：『日別河橋楊柳風，夕臥伊川桃李月。』

正　韓偓〈春晝〉詩：『藤垂戟戶，柳拂河橋。簾幙燕子，池塘百勞。』

〔塞垣春〕『玉骨爲多感，瘦來無一把』

東坡云：『司馬公子見王度，謂客曰，此兒神如秋水而清澈，骨如皓玉而美秀。』一把，俗云『一搦』也。李百藥詩：『一搦掌中腰。』

正　李商隱〈偶成轉韻七十二句贈四同舍〉詩云：『天官補吏府中趨，玉骨瘦來無一把。』

〔氐州第一〕『薔薇謝、歸來一笑』

賈島詩：『薔薇花謝秋風起。』

正　杜牧〈留贈〉詩云：『不用鏡前空有淚，薔薇花謝即歸來。』又〔虞美人〕云：『待得薔薇花謝，便歸來。』明用小杜詩句。陳亦引島語以注之。非也。

〔六醜〕『夜來風雨，葬楚宮傾國』

溫庭筠詩：『夜來風雨落殘花。』

補　韓偓〈哭花〉詩：『若是有情爭不哭，夜來風雨葬西施。』

〔綺寮怨〕『江陵舊事，何曾再問楊瓊』

楊瓊事未詳。

補　元稹〈和樂天示楊瓊〉一首，自注云：『楊瓊本名播。少爲江陵酒妓。』詩云：『我在江陵少年日，知有楊瓊初喚出。腰身瘦小歌圓緊，依約年應十六七。去年十月過蘇州，瓊來拜問郎不識。青衫玉貌何處去，安得紅旗遮頭白。我語楊瓊瓊莫語，汝雖笑我我笑汝。汝今無復小腰身，不似江陵時好女。楊瓊爲我歌送酒，爾憶江陵縣中否。江陵王令骨爲灰，車來嫁作尚書婦。盧戡及第嚴澗在，其餘死者十八九。我今賀爾亦自多，爾得老成余白首。』

〔意難忘〕『私語口脂香』

方干〈美人〉詩：『此此私語恐人知。』杜詩云：『口脂面藥隨恩澤。』

正　白居易〈江南喜逢蕭九徹因話長安舊遊戲贈五十韻〉云：『私語口脂香。』顧敻〔甘州子〕詞亦有『私語口脂香』之句。

〔夜飛鵲〕『但徘徊班草』

王介甫〈次韻留别〉詩：『班草數行衣上淚。』又：『待[一]追西路聊班草。』想即如班荆之義也。

補　《後漢書・逸民》〈陳留老父傳〉云：『陳留張升去官歸鄉里，道逢友人，共班草而言。』注：『班，布也。』

北平《輔仁文苑》一九四〇年三月二〇日第三輯

六　端己〔女冠子〕

韋莊入蜀，伺機返唐。逮唐之亡，哀深家國，故詞多感慨之音。其〔女冠子〕首三句云：『四月十七。正是去年今日。别君時。』考唐昭宣帝天祐四年，禪位於梁王。四月甲子，梁王即皇帝位，則甲子前一日癸亥，即唐祚告終之日。是年四月丁未朔，癸亥正是四月十七日。憶君之旨，昭然若揭矣。又朱溫即位於天祐四年四月，月之二十二日，即改元開平；王建即位於本年九月，國號大

[一] 一作『行』。

蜀，次年戊辰，蜀建元武成。故梁太祖開平三年，即蜀高祖武成元年。以此詞『去年今日』推之，殆作於武成元年乎。莊卒于武成三年八月。詞末二句云，『除卻天邊月，沒人知』，言此心惟有天知，亦即〔菩薩蠻〕『憶君君不知』之意也。

北平《輔仁文苑》一九四一年一月第六輯

顧名詞説

顧名

《詞説》五則，載上海大夏大學《大夏》一九三四年一一月一五日第一卷第六號，題『詞説』，署『顧名』。今據此迻錄，改題《顧名詞説》。原無序號、小標題，今酌加。

顧名詞說目錄

顧名詞說

一 詩餘

詞，或謂之詩餘。《蜀中詩話》：唐人長短句，詩之餘也。亦謂爲即樂府之遺。元積〔一〕樂府古題於詩外區二十四名，其末即列有詞。以其句多長短錯落，流變孔繁，故又稱長短句。文其名者，以六經無『詞』字，云通作『辭』。《說文》：辭，訟也。詞，意內而言外也。以言辭說爲訓故，則本自相通。若局於特解，固復有小殊。推衍鄦書以解詞，江山劉君爲諧婉以闡釋曰：『明乎我所欲言，必有司我言者，而後可以盡我之詞，故隸司部。意者，司我言者也，故曰內。意與志不同，故詞與詩不同。』實則有思旨而語言，由語言成文章。凡屬文辭，胥莫能外。特文以載類萬狀，而詩則盛飾情感。文或有蹇音理，而詩必求韵節。文不定入樂章，而詩咸蘄能永歎。塗軌既分，源流各別。自上古以迄三代，樂章所列，盡屬詩篇。俚巷所歌，行人則采。詩樂一而非二。故〔咸池〕、〔六莖〕之作，與《雅》、《頌》比興之辭無間。戰國以還，兵戎相競，歌詠尠暇情。慷慨則新聲起，言鋪陳則賦誦興，好事功則夷夏

〔一〕 積，原作『填』。

雜。樂器樂歌樂語不盡相稱。删詩則體用以判，散聲則正變以淆。魏文聞古樂則思臥，胡亥改〔大武〕作〔五行〕。部秩淆亂，代有因革。蓋自衛及魯而《雅》、《頌》得所，亦唯有得所之《雅》、《頌》，而不得所者多不可諧律吕，詩有入樂不入樂由此始矣。

二　樂府

漢興，定〔大風〕以代〔韶〕、〔濩〕，作房中、郊祀以代《雅》、《頌》。惠文孝武，復徵集趙、代、秦、楚之歈趣，尊曰『歌詩』。更以樂府令統轄其事，於是樂府之名以立。循名責實，凡歌詩即入樂府之詩，亦即樂府。自《九代》、暨《三百篇》所載、漢人新署，皆屬焉。而不入樂、不屬樂府令之一切韵語，止被詩名，匪具詩德。由賦比興以暨蘇、李所作，胥是也。漢亡魏代，雅樂愈庳。不入樂之詩固不能歌，即入樂之歌詩，或樂府，亦有不盡能合律吕者，而樂府又半成空名。自漢魏有雜曲，至于隋、唐，其作漸多。唐之燕樂，尤稱爲盛。後遂稱其歌辭曰『詞』。宋之燕樂，亦雜用唐聲調而增廣之，於是宋詞遂爲極多。于樂府外又别立題署。實則詞亦樂府之流也。凡填詞，但依古調爲之者，與前世擬樂府無異，蓋雖依其平仄，仍未能被諸管弦。正言其體，特長短句之詩耳。以其製篇擇辭，有殊于雅俗之詩，因而别爲區域。然則七言殊于五言，律詩異乎古體文，何不可判畫之有。故凡有聲之詞，宜歸樂府之條；無聲之詞，宜附近體之列。如此則名實俱當矣。

三 燕樂

宋世，詞本於唐之燕樂，然大氐出自胡戎。其最行者，曰『龜茲樂』，非華夏舊聲。清[一]時『龜茲樂』特盛于閭里，曹妙達等競造新聲，文帝惡之。煬帝初不知音，后乃大製艷篇，有〔萬歲樂〕、〔七夕相逢樂〕諸曲。掩抑摧藏，哀音斷絕。是時，樂有九部，除『清聲』及『禮畢』外，皆夷樂也。至唐，專造燕樂，又並餘九部而總稱『燕樂』。其器大率以琵琶爲主，凡有四均二十八調。自武德、貞觀至開元、天寶，其著錄十四調二百二十一曲。今《樂府詩集》所載諸燕樂詞，大氐即當時文人所作[二]五七言絕句。如『秦時明月』、『渭城朝雨』之類是也。間有爲長短句者，若李白〔菩薩蠻〕，白居易〔憶江南〕之類是也。自是以來，長短句彌盛。《花間集》〈序〉曰：『有唐以降，率土[三]之濱，家家之香徑春風，寗尋越艷；處處之絲羅夜月，自鎖嫦娥。在明皇朝，則有李翰林〔清平調〕，近代溫飛卿有《金荃集》。今衛尉少卿字弘基，更集[四]近來詩客曲子詞五百餘首。』云云。然唐及五代之詞，大體由詩轉化，其聲（謂平側）其辭（謂意與采藻），大氐與詩鄰類。至宋

〔一〕清，疑當作『隋』。
〔二〕作，原無，據文意補。
〔三〕土，原作『上』，據《花間集》改。
〔四〕集，原作『遺』，據《花間集》改。

徽宗崇甯[一]，立大晟樂府，遂命周邦彥諸人討論古音審定古調，由此八十四調之聲稍傳。而美成諸人，又復增演慢曲、引、近，移宮換羽爲三犯、四犯之曲，宋之詞由此益繁。詳其結句參差，位聲拗澀，去詩益遠，又不得不別啟土疆矣。然宋詞大致有所資于唐，其詞有法曲、大曲；慢曲、法曲，即原於宋[二]，如〔望瀛〕、〔獻仙音〕之屬是矣。宋人多辨音律，姜夔、吴文英皆能自度曲，然其數甚少。按，燕樂雖名二十八調，南宋末但行七宮十二調，凡十九調而已。詞雖仍有作者，然亦不以付歌筵，僅爲文士之著撰。蓋其時曲已盛行，而詞避席矣。元明之際，二十八調祇存九宮。至今日，俗樂祇存七調。詞既久不歌，聲律無復解者。按譜填字，徙[三]因舊式。致意於清濁，齗齗於平仄。一字之誤，作色相訶，要之，皆扣槃捫籥之類也夫。

四　錄古樂府書

錄古樂府書，史志以《宋書》爲最詳且精。其書所錄，自晉、宋郊廟燕享之詩，及晉世所用相和曲、舞曲、鼓吹、鐃[四]歌，莫不備載。《晉書》特依放之耳。《南齊書》樂志，所載樂詞，止於郊廟燕饗之辭，餘不錄。蓋以歌辭至繁，難可蓋錄乎。

[一] 崇甯，原作『出甯』。
[二] 宋，疑當作『唐』。
[三] 徙，或應作『徒』。
[四] 鐃，原作『饒』。

五　推考源流

總集，以宋郭茂倩《樂府詩集》爲最備。其推考源流，解釋題號，又至該洽。求古樂府者，未有能捨是書者也。清凌廷堪著《燕樂考原》，於詩、燕樂府[一]、詞、曲遷變，言明且清，亦參考之良篇矣。

上海《大夏》一九三四年一一月一五日第一卷第六號

[一] 燕樂府，疑當作『燕樂、樂府』。